The Light That Failed

光之逝

鲁德亚德·吉卜林 著

关熔珍 祝远德 译

漓江出版社

图书在版编目(CIP)数据

光之逝/(英)约瑟夫·鲁德亚德·吉卜林(Rudyard Kipling)著;关熔珍,祝远德译.—桂林:漓江出版社,2016.12(2023.3重印)

ISBN 978-7-5407-7581-0

Ⅰ.①光… Ⅱ.①约… ②关… ③祝… Ⅲ.①长篇小说—英国—现代 Ⅳ.①I561.45

中国版本图书馆CIP数据核字(2016)第279797号

GUANG ZHI SHI

光之逝

出 版 人　刘迪才
著　　者　(英)约瑟夫·鲁德亚德·吉卜林
译　　者　关熔珍　祝远德
责任编辑　霍　丽　黄　圆
装帧设计　杨　威
出版发行　漓江出版社
社　　址　广西桂林市南环路22号
邮　　编　541002
发行电话　0773-2583322　0771-5824675
传　　真　0773-2582200　0771-5824817
印　　刷　三河市天润建兴印务有限公司
开　　本　880mm×1230 mm　1/32
印　　张　9.5
字　　数　230千
版　　次　2016年12月第1版
印　　次　2023年3月第3次印刷
书　　号　ISBN 978-7-5407-7581-0
定　　价　48.00元

目录

致母亲

——鲁德亚德·吉卜林

如果我被绞死在高高的山冈上，
母亲啊，母亲，
我相信，您的慈爱会伴我天涯！

如果我被淹死在深深的海底，
母亲啊，母亲，
我相信，您的眼泪会沁我心扉！

如果我被粉身碎骨魂飞魄散，
母亲啊，母亲，
我相信，您的祈祷会塑我重生！

前言：这是作者构思《光之逝》的最初来源。

第一章

趁暴风雨停歇时大伙收拾谷仓，

怎么舒适怎么整。

我却只能待在谷仓里，

因为我才三岁。

泰迪却可以在彩虹下奔跑，

因为他五岁，

是个男子汉了。

朋友，故事就要开始了，

就这样开始了。

——《大谷仓故事》[1]

①译者注：《大谷仓故事》指没有多少历史考据的流传故事，如奇闻逸事等。

“哎，要是给她知道我们买枪支子弹，你说，她会怎样收拾我们?”梅茜说。

“切，大不了她揍我一顿，把你锁卧室里去，怕啥?!”迪克毫不在乎地说，“你拿子弹了吗?”

“拿了，就放在我口袋里。它们在里面碰撞得厉害，不会自己在弹夹里就爆炸吧?”

“我也不知道。你要是怕就来拿枪，我来拿子弹。”

“我才不怕呢。”梅茜扬起头，一只手揣在口袋里，快步向前走去。迪克拿着一把小左轮，跟了上去。

这俩孩子实在无法忍受没有实弹射击练习的生活。于是两人就想方设法攒钱，迪克终于攒够了买一把粗制比利时左轮手枪的钱：七先令六便士，而梅茜却只攒了两个半先令，仅够买一百发子弹。对此，梅茜辩解道：“迪克，你可比我会攒钱了。我抵制不了零食的诱惑，你却没有这个麻烦。不过本来嘛，攒钱就应该是男孩子的事。”

迪克对此嘟囔了几句，但还是一起去买了手枪。现在，正想去试一把呢。迪克和梅茜都是孤儿，监护人珍妮特夫人却没有尽到照顾责任。射击根本不在珍妮特夫人为他们严格制订的生活作息表中。在“照顾”迪克的六年里，珍妮特夫人从为迪克添置衣物的政府补贴中捞了不少——她寡居多年，始终嫁不出去——于是，不管是她本身需要发泄痛苦也好，或者是她照顾不周也好，总之，迪克的童年时代不堪回首。

迪克一直渴望得到她的关爱，然而她给予他的却是厌恶，甚至是憎恨。

伴随迪克成长的，不是她的同情和理解，相反是她无情的冷嘲热讽。珍妮特夫人不花时间收拾房间，却花大量的时间对迪克进行所谓的家庭教育，并加入了她所能理解并热切研修过的宗教狂热。在她不那么讨厌迪克的时候，她会教导迪克，让他知道他和上帝之间有一大笔账目要清算。因此，迪克厌恶珍妮特夫人的同时也厌恶上帝。这对年轻人来说，可不是什么健康心态。她认为他是无可救药的骗子，尽管事实上他沉默寡言、惜字如金。他绝不想为不相干的事情撒谎，哪怕是最无关紧要的谎言。但是，如果能够让生活容易一点点，只要有必要，他会毫不犹豫地撒下弥天大谎。这样的生活至少教会了迪克独立生活的力量——这种力量使他抵挡住了上学时男孩子们对他那满是补丁的破旧衣服的嘲笑。假期里，迪克还是得回去继续接受珍妮特夫人的宗教训诫。珍妮特夫人的训诫方式依然是棍棒教育，并不因为迪克上学了而有所减轻。因为，迪克回家还不到十二个小时，又挨了一顿打。

某一年的秋天，迪克迎来了他在这个家庭的新难友：一个长发灰眸的女孩。她和迪克一样沉默寡言。刚来的头几周里，她安静地待在家里，只和她最亲密的朋友：一只养在后院的山羊说话。珍妮特夫人不同意养这只山羊，说它不是基督徒。虽然这是事实，但女孩一字一顿地说，“那我就给我的律师们写信，告诉他们你是个坏女人。阿莫玛是我的！我的！我的！”珍妮特夫人向客厅走去，那里放着雨伞和藤条。迪克知道她要打人了，那女孩显然也知道，但她依然冷冷地说：“你这算得了什么，比你打得更狠的我都挨过！我才不怕你，你要是真打我，我就给律师们写信，说你不让我吃饭。”珍妮特夫人没有走进客厅。女孩等了一下，确信战争的危险已经过去，就跑到外面抱着阿莫玛的脖子伤心地痛哭了一场。

她叫梅茜，一开始迪克还对她存有很深的戒心，害怕她干涉自己仅存的一点行动自由。然而，她并没有干涉他，甚至她根本没有任何友善的表示，如果不是迪克首先示好的话。漫长的假期里，共同承受珍妮特夫人惩罚的压力使两人渐渐走近，尽管只是在两个人串通一气编造谎言对付珍妮特夫人的时候。假期结束迪克返校时，梅茜低声对他说：“现在我得自己照顾自己了，不过——”她勇敢地点了点头，“我能做到。你答应过要送阿莫玛一个草环的，要快啊。”一周后，梅茜写信让迪克把草环寄回来，当知道还要过段时间才能做好时，梅茜很是恼火。结果等迪克兑现承诺，给她寄回礼物时，梅茜却忘了说谢谢。

一个个假期过去，迪克已经长成了高高瘦瘦的小伙子。但他身上的衣服却比以往还要破烂，不是因为珍妮特夫人疏于“照顾”，而是因为公立学校里的鞭笞。迪克在学校里每月至少要挨打三次。相比而言，珍妮特夫人的体罚就根本不算什么了。迪克跟梅茜说：“她打得一点都不疼。打了我，她就会对你好一点了。”梅茜的存在让他更加桀骜不驯。迪克就这样度过了他的学生时代，衣衫褴褛却又粗犷彪悍。低年级的男孩都领教过他的彪悍。他脾气发作的时候，就会想尽办法拿他们出气，甚至连梅茜也要遭殃。但梅茜也不生气，她说："我们都已经够痛苦的了，又何必再彼此折磨呢？不如找点事情做，让不愉快的事情统统过去？"

于是，手枪射击就成了他们找到的共同兴趣。射击练习只能在基林堡草坡下面一块最泥泞的海滩上进行。那里远离简易更衣室和码头，离上岸海潮还有两英里的距离。午后，迪克和梅茜到达了目的地，山羊阿莫玛慢吞吞地跟在后面。太阳照耀在五颜六色的泥滩上，散发出阵阵腐烂海草的气味。

"哇，"梅茜皱着鼻子说，"怎么会这么臭呢，我不喜欢这里。"

"所有不是专门为你量身定制的东西你都不喜欢。"迪克很直白地说，"把子弹给我，我来开第一枪。这种左轮能打多远？"

"半英里吧。"梅茜接得很快，"至少声响很大。小心子弹，我不喜欢这些有锯齿的东西。迪克，一定要小心。"

"好啦，我知道怎么上子弹，看我打那边的防波堤。"

迪克砰地开了一枪，阿莫玛"咩咩"地叫着跑开。子弹打在烂木堆做的防波堤上，溅起一股泥浆。

"瞄准目标的右上方，梅茜，你来试试。小心，子弹装好了。"

梅茜拿着手枪，小心翼翼地走到泥滩边上，然后紧握枪柄，抿紧嘴唇，眯上左眼，瞄准。

迪克坐在岸边的一丛草堆上，看着梅茜的样子，不禁笑了起来。阿莫玛小心翼翼地走了回来，午后散步中种种奇怪的事情，它已经习以为常。这会儿，它正用鼻子去研究地上没人关注的子弹。梅茜开了一枪，却不知道子弹飞哪里去了。

“我一定是打中那根柱子了。”她用手挡住眼前的阳光，向海面上张望。海面一望无际，帆船也没有。“是啊，是啊。肯定打中马拉齐翁教堂的钟了。”迪克笑着说，“瞄准目标的左下方，没准你就能打中了，快看着阿莫玛——他在吃子弹！”

梅茜手上拿着枪，转过身来正好看见阿莫玛一跳一跳地躲开迪克扔过去的鹅卵石。对一只公山羊来说，没有什么是不敢吃的，阿莫玛也是如此。尽管梅茜一直把它当宠物，精心地饲养它，从不缺它吃的，但它还是吃掉了两颗子弹。梅茜急匆匆地跑过去确认迪克是否数错。

“没错，他吃了两颗。”

“这可恶的小坏蛋！那些子弹会在它肚子里晃动，然后会爆炸，那它就活该了……天哪！迪克，我是不是打到你了？”

左轮手枪在新手手中是一件很可怕的事情。梅茜还不知道究竟是怎么一回事，砰的一声，一阵浓烟就在她和迪克之间冒了起来。完了，走火了，肯定一枪打在迪克的脸上了。突然，她听到了迪克气急败坏的声音，不禁跪倒在他身旁，大喊：“迪克，你没有受伤吧，对不对？我不是故意的。”

“你当然不是故意的”，迪克从浓烟中走了出来，一手使劲擦着他的脸颊，“不过，我差点就给你弄瞎了。火药这玩意儿很伤眼睛的。”旁边石头上一个平滑的弹孔显示了子弹的走向。很明显，子弹射那儿去了。梅茜吓得哭了起来。

“不要哭了。”迪克跳起来，又抖了抖说，“真的，我一点事也没有。”

“可……可我差点儿害死了你。”梅茜扁着嘴自顾自地说道，“要是真害死了你，我可怎么办啊?”

“回去告诉珍妮特夫人啊”，想到这一点，迪克自己也忍不住大笑了起来。然后他温和地对梅茜说，“不要难过了。再说了，我们这是在浪费时间。抓紧时间接着打吧。”

“等下还要回去喝下午茶呢。我来拿枪吧。”

这点安慰对梅茜根本没起什么作用，她还想接着哭，但迪克的镇静让她停止了哭泣。尽管迪克捡起手枪的时候，他的手还在抖个不停。她躺在沙滩上喘着粗气，迪克却不慌不忙地向防波堤射击，“终于打中了!”迪克大叫起来。远处树林中一束野草被风吹到了半空中。

“让我试试，”梅茜迫不及待地说，“我现在没事了。”

两人轮流射击，直到把小左轮折腾得快散了架。吃进了两颗随时会爆炸的子弹的阿莫玛被赶到一边——它正慢悠悠地吃着草，搞不懂他们为什么总用石头赶它到一边去。突然他们发现在基林堡向海坡面的水潭里有一截木头浮在水面上，于是他们就一起在这个新目标前坐了下来。

“下次放假的时候，”迪克一边胡乱地摆弄着手上那把脏兮兮、快散架的手枪，一边说，“我们得重新买把手枪——中控火力的——那会射得更远。”

“对我来说，不会有下个假期了，”梅茜说，“我要走了。”

“去哪儿?”

“我不知道，我的律师写信给珍妮特夫人了，我必须去其他地方上学，或许是法国，我也不知道是哪儿，但我很高兴可以离开这里了。”

“我可一点也不高兴。我想，我还得留下来。告诉我，梅茜，你真的要走了吗？真的吗？那么这将是我能看见你的最后的假期了，下个星期我就要回学校去了，我希望——”

说着说着，迪克突然间满脸通红，说不下去了。而梅茜却正扯着草丛，把扯下的草扔下斜坡，斜坡下黄色的海罂粟对着无边的泥滩和远处奶白色的海面自顾自地随风点头。

“我希望，”她停顿了一下说，“还能有机会再见到你。”

“你也是这么想的?”

“当然。但如果——如果你能直接射中那边——那个防波堤下面那儿，就更好了。”

梅茜睁大双眼看了他一会儿。就是眼前这个男孩，十天前还裁了纸条装扮阿莫玛的角，让她的阿莫玛在大家面前成了一个滑稽可笑的嘲笑对象。接着，她垂下了眼帘：这不是那个他。

“别傻了。”对此，她心底不以为然地回了一句，然后迅速地转换了话题。“你真是够了啊。想想吧，假如刚刚那可怕的子弹射中了你，我会是什么感觉？我已经够难过的了。”

“为什么呢？因为你要离开珍妮特夫人了?”

“才不是。”

“那就是因为要离开我了?”

梅茜没有回答。长时间的沉默中，迪克不敢看她。尽管他不知道该如何表述，但他能感觉到过去这四年对他来说意味着什么。越是无法用语言来表达，这种感觉就越是强烈。

“我不知道，”她说道，“我想是吧。”

“梅茜，你必须知道，我可不是仅仅想想而已。”

“我们回家吧。”梅茜有些害怕地轻声说。

可是，迪克根本不想就这样回去。

“我不知道该怎么说，”他恳求道，“对于前不久我戏弄你的阿莫玛，我很抱歉。现在完全不一样了，梅茜，难道你不明白吗?你应该早告诉我你要离开，而不是让我自己去发现。”

“是你自己没有在意，我肯定是说过的，哎，迪克，担心有用吗?”

“可是你一点信息都没有透露啊。我们好歹一起待过这些年，我有可能会不在乎吗?”

“我才不相信你会在乎。”

“是的，以前我不在乎。可我现在在乎，就是现在，非常在乎，梅茜”，他急切地说——“梅茜，亲爱的，求你了，说你也在乎。”

“我在乎，我当然在乎，但这没有用了。”

“为什么?”

“因为我要走了。”

“是的，你要走了，但如果你能够在走之前承诺。就说说，行吗？亲爱的。”“亲爱的”这个词第二次从他嘴里喊了出来，可比第一次要容易、顺溜多了。无论是在迪克的家庭还是学校生活中几乎从未出现过任何爱称；他不得不凭本能来找到它们。迪克一把抓住了那只被手枪的烟熏得黑乎乎的小手。

“好，我答应。”她很认真地说，“但如果我真的在乎，有没有诺言都没有关系的。”

“那，你在乎吗？”就在刚刚过去的这几分钟里，他们的眼神第一次交会，传递着彼此无以言表的情意……

“噢，迪克，别，别这样，求你了！我们早上打招呼的时候，一切还是好好的。可现在，都变了！”阿莫玛从远处向这边张望。

它常常看到的是他们两个吵个不停，却从没有亲眼看到他们亲吻。旁边的黄色海罂粟不断地点头敦促，吻她，吻她，显然明了他的心思。于是，迪克顺应心意，他的唇匆匆印上了梅茜的红唇。这算不上是一次成功的亲吻，却是彼此的初吻，不是责任义务，而是彼此心意相通。这一吻带领他们进入了一个全新的世界，感受彼此的欣喜若狂，完全忘却身处何方，更不用说那些下午茶什么的。两人就这样静静地坐着，执手相望，无声胜有声。

“现在，你可不能忘了。”最后，迪克说道，他涨红的脸比刚才火药灼伤得还严重。

“无论怎么样，我都不会忘记的。”梅茜说着。在深情凝望的眼神交会中，彼此都意识到，对方再也不仅仅是一个小时前的玩伴了，而是彼此对应的神奇存在，是彼此说不清道不明的神秘所在。太阳开始落山，夜风轻轻追赶着海滩上的层层波浪。

“下午茶时间早过了，我们严重迟到了哦，赶紧回去吧。”梅茜说。

“把剩下的子弹打完再说。”迪克说着，笨拙地向前躬着身，牵着梅茜走下斜坡。梅茜紧紧地握住迪克脏兮兮的手。其实她完全可以自己冲下来的。一到海边，梅茜就抽出了小手，而迪克的脸涨得通红。

“真美！”迪克没话找话说。

“切！”梅茜浅笑似嗔，带着点扬扬得意。她站在迪克旁边，看着他最后一次给子弹上膛。迪克对着海开枪，脑子里想象的是他正在保护梅茜免受世上邪恶的伤害。远处泥滩上的一个水坑在夕阳的折射下幻化成一个红彤彤的圆盘。迪克对着那道光凝视了一会儿。他举起手枪瞄准的时候，梅茜，那个给他承诺的女孩，就站在他身边。迪克突然全身弥漫起一种全新的不可思议的感觉，无比希望此刻能够天长地久。渐起的海风吹动女孩长长的秀发，轻拂在他的脸上，她的手搭在他的肩上，亲昵地呼唤阿莫玛“小家伙”。有那么一刻，他突然觉得一切那么不真实，自己仿佛被无边的黑暗包围着，这黑暗让他感觉害怕。子弹呼啸着奔向空寂的大海。

“射偏了，”他摇着头叹惜道，“子弹没有了，我们回家吧。”但他们并不急着赶路，而是手拉着手，慢慢地走着。沉浸在两人世界的他们根本无暇再关心阿莫玛肚子里的两颗子弹是否会爆炸，也根本不管它是否跟得上他们。进入人生黄金时代的他们正全身心地沉浸其中。

“我以后会——”迪克鼓起勇气，想了一下说，“我不知道我以后会成为什么。我不擅长考试。不过，我会成为漫画家。呵呵。”

“那就是成为艺术家喽，”梅茜说，“怪不得我画画的时候，你老是笑话我，原来你喜欢画画。这很好啊。”

“我以后再也不会嘲笑你，”他答道，“我会成为一位艺术家，我会出人头地的!”

“学艺术要花很多钱的，对吗?”

“我每年都有属于我自己的120英镑，珍妮特夫人说，等我长大，我就可以支配那笔钱。这样我就可以开始学艺术了。”

“哈，我可比你有钱”，梅茜说，“等我长到21岁，我每年都会有300英镑。这就是为什么珍妮特夫人对我比对你好的原因。可是，我还是希望能有一个人属于我，一个爸爸或一个妈妈。”

“你是我的”，迪克霸道地说，“永远都是我的!”

“嗯，好的。我们属于彼此——永远！这真是太好了!”她紧挽着他的手臂。在夜色弥漫中，迪克只能看到梅茜脸颊的侧面，看到她长长睫毛下灰色的双眼。两人抛开顾虑，紧紧地相依相行。直到走到前门的时候，迪克才终于说出了煎熬他两个小时的心里话。

“梅茜，我……我爱你。”他轻声地对她说，但对他来说，这句话响彻了整个世界，响彻了那个他明天就要去征服的世界。

说到规矩，他们还没有向珍妮特夫人说明为什么会晚归，又为什么玩违禁武器还差点丢了小命呢。不然迪克又得挨珍妮特夫人训斥了。

“我只是摆弄了一下，它自己就走火了”，知道自己脸上火药留下的伤痕无法掩饰过去，迪克就解释道，“但如果你以为你可以因此而揍我的话，那你就错了。我决不会让你碰我一下。

“坐下，给我杯茶，不管怎样，你再也不能揍我们了。”

珍妮特夫人气得直喘气。梅茜一声不吭，但看迪克的眼神明显带着赞许。整个晚上，迪克都表现得让珍妮特夫人极为不爽。珍妮特夫人诅咒他将会受到上帝的审判，诅咒他下十八层地狱，但迪克根本没在意她的话。直到他去睡觉，珍妮特夫人才回过神来。迪克从远处向梅茜眨了下眼睛，算是道了晚安。

“就算你不是个绅士，但你至少可以表现得像一个绅士吧”，珍妮特夫人恨恨地说，“你又和梅茜吵架了吧?!”

这就意味着，晚安吻可以省略了。然而，梅茜一副冷漠无所谓的样子，把脸颊向迪克前凑泛白的嘴唇却泄露了她的紧张。迪克匆匆亲了一下。离开房间的时候，迪克满脸通红，像火烧一样。晚上，他做了一个疯狂的梦。梦里，他赢得了整个世界，他把它装在子弹盒里，送给梅茜，梅茜却不说一声“谢谢”就一脚踢翻，还冲着他大喊：“你答应给阿莫玛的草颈圈呢？在哪呢？啊？你真是够了啊!”

第二章

收起长矛，

吹响号角，

目标坎大哈，

我们骑着大马，

列队前进。

驾……驾……驾，

列队前进。

嗒嗒，嗒嗒，嗒嗒……

奔向坎大哈，

我们向前进，

向前进。

——《营房谣》

“我并不是对谁有意见，我只不过是希望，不要几千号人都挤在一块儿。这样，大家就不用一大早起来，急匆匆地赶去拿报纸，你能想象营地里的那些大人物，比如‘大法官的情人’、‘读书人’、‘大家长’等等，都屈居在这热烘烘的营房里吗?”

“只见他身穿条纹衣服，头戴蓝色纱巾，一路走来一路问，有人有针线吗？借用一下，我请他吃糖。”

“我借你，够你补个六英寸大小的破洞了。我裤子的膝盖处也磨破了，顺便帮忙补补呗。”

“算得真是够准的啊，干吗不说可以缝个六英亩大小的呢？不过如果你借我针线的话，我倒是可以看看能不能够帮得上忙。不过我觉得，我这个补好了也不一定能够御寒。迪克！你总是拿着素描本在干吗呢?”

“在画我们特约记者补衣服的样子啊。”迪克一本正经地说。这时，来人一把脱下那条破烂的骑马裤，踢到一旁，然后在破洞的地方盖上一块方形的粗帆布。看着如此大的破洞，他嘴里嘟嘟囔囔的，一脸无奈。

“嗨！糖来了！伙计们！给我扬帆全速向那捕鲸船

前进。”

只见一个头戴土耳其毡帽的脑袋突然出现在尾板上，咧开嘴笑的半边脸，随着船的颠簸，一下子又缩了回去。那个穿着一条破烂马裤，身上披了件诺福克夹克和灰色法兰绒衬衫的男人正在继续他那笨拙的针线活。突然，迪克对着素描本笑个不停。

大约有20艘捕鲸船正缓缓向小沙丘方向挺进。这里驻扎着英国六个团的兵力。此刻，士兵们有的在洗衣服，有的在洗澡。从一大堆的船桨、粮食盒、糖袋、面粉和小武器弹药箱中，就知道其中一条捕鲸船已经匆忙卸载。团里的木匠正在骂骂咧咧地试图在没有足够白铅补给的情况下努力修补船身上因曝晒出现裂缝的地方。

他大声地嚷嚷道：“首先得修好这该死的船舵，然后是桅杆，然后是……天啊！什么时候桅杆破烂成这个样子了？居然裂开得像一朵歪歪扭扭的莲花。”

“就跟我的马裤情况一样啊，管你是谁，都一样啊。”正在补裤子的人头也不抬地说道，“迪克，我想什么时候去店里买条新的算了。”

没有人回应他。只有奔腾不息的尼罗河在上游半英里处撞击拍打河道两岸的大岩石，溅起无数飞沫跃过岩石顶端，奔腾咆哮而来，仿佛这汹涌澎湃的浑浊河水具有将白人送回他们故乡的力量。空气中，尼罗河里泥浆特有的味道让水手们意识到他们正在顺流而下，前方几英里的航道对于捕鲸船而言，将是不小的挑战。两边岸上沙漠一望无际，一直延伸到河岸两边，到处是灰色、红色和黑色的小山丘。那里驻扎着一支骆驼队。这一段，从来没有人敢舍弃水路而走陆路，哪怕船只航行缓慢，哪怕是只走一天，哪怕是过去几周那里已经没有战事，而尼罗河却一直战事不停。船只一路经过一个又一个浪头，一个又一个礁岩，一个又一个群岛，一路走呀走，士兵们渐渐不知道自己身处何方，也不知道今夕何夕。他们只知道要到某个地方去，却不知道为什么要去；知道要去做某件事情，却不知道具体要做什么。在他们来到尼罗河之前，在尼罗河另一端一个叫喀土穆的小镇上，英国人戈登为美好生活而奋斗着。一批批英国部队在这些沙漠上抑或是其中一个沙漠上驻扎着；更多的部队等着去占领尼罗河；更多的新兵在阿斯乌特和阿斯旺候命。从萨瓦金到第六瀑布，到处散布着国土被侵占的各种流言蜚语，大家盛传肯定是某个权势人士正在主导这场阴谋活动。对此，河上部队接到的任务就是要确保捕鲸船的航运正常以及岸上庄稼的安全生产，警惕地方帮派从中游突击捕鲸船，尽可能保证睡眠和粮食的充足。最重要的是，尽快完成对尼罗河势力的蚕食任务。

士兵们英勇奋战，记者们忙个不停，然而他们却和同胞们一般无知。因为英国人根本不关心这一切，不管戈登是死是活，也不管半数的英国部队在沙漠中消逝，尽管这些事情更重要，但英国人更关心的是享受早餐时那些幽默的、刺激的、有趣的事情。此时正是苏丹选战时节，各种新闻报道层出不穷，热议纷纷，非常有看头。时不时报道说某个特殊人物被谋杀——对于报道他的新闻机构来说，至少不是坏事——更多的情况是短兵相接，你死我活的战争。在这种情况下，能够生还，绝对是个奇迹，绝对值得花18个便士发个电报回家报喜。很多部队的随行战地记者都有战争背景，有的还是1882年跟骑兵一起攻占开罗的老兵。那时阿拉比帕夏自称为王，他们亲历了发生在萨瓦金的首次惨败，当晚哨兵遭遇夜半袭击，叛乱的人们持长矛冲锋陷阵。有的是年轻人借助于电报业的发展进入这个行业，取代那些在战场上牺牲或致残，但业务能力更胜一筹的前辈。

身穿法兰绒衬衫、浓眉大眼的托尔潘纳属于那种资深员工。只有他们才清楚令人费解的邮政安排中各种调整与变动，清楚最普通最瘦弱的埃及战马卖到开罗或亚历山大港的价钱，也只有他们才能在新闻行业行规越来越多条条框框的情况下，让电报职员服务态度和蔼可亲，满足新任官员的颐指气使。就像在埃及战争中和在其他地方一样，托尔潘纳代表的是中央南方财团。这一新闻财团并不在意所谓批评什么，它只负责给大众播报新闻，它所要做到的就是尽可能地图文并茂，尽可能地详尽细节。因为英国人更感兴趣的是报道一名士兵如何不服管理私自去营救同志的事迹，而不是20位将军如何绞尽脑汁在运输和粮食供应上取得控制权。

托尔潘纳曾在萨瓦金偶遇一名年轻人。当时，那位年轻人坐在刚刚攻克的堡垒边帽子盒大小的位置上，正在画几具堆在石头地上被炮弹轰炸得支离破碎的尸体。

“你画这个干吗呢？”出于一种职业习惯，托尔潘纳忍不住问道。

年轻人头也不抬头地说道：“练手。有烟吗？”

看着他画画，托尔潘纳一直等他画完才问：“你来这有什么事吗？”

“没事啊。只是随便登上一艘船，然后就来到这里了。本来我应该是要在船上做些刷绘什么的，或者是负责其中一艘船上的冷凝器操作，不过我现在已经忘记是哪一艘了。”

“你还真敢说。”托尔潘纳说，不由得重新打量这个新认识的年轻人，“你经常这样画画吗？”

年轻人一听，拿出了更多的画，逐一耐心地介绍起来：“这是中国劳工船上的栏杆”，“这是被买凶刺杀的大副”，“这是函馆岸上的垃圾”，“这是索马里被殴打的马夫”，“这是柏培拉营地上空照明弹的爆破”，“这是在塔著兰湾被追逐的贩奴船”，“这是萨瓦金郊外月光下死在地上的士兵。”

托尔潘纳一边看一边说：“嗯，虽然我本人说不上是个懂画的，但是你画得不错，毕竟喜好是不需要理由的嘛。那你现在要表达什么呢？”

“没想表达什么，只是自娱自乐而已。”

托尔潘纳又看了一下那些素描，赞许地说：“不错，你是对的。灵感来了就要抓住它。”

他敏捷地驾驶汽车穿过那个双战舰之门，飞快地沿河堤进城，然后给中央南方财团发去电报：“觅得一人，善绘图，好用价廉，可任凸版素描印刷，用否？”

那个坐在堡垒上的年轻人，一边晃着双腿，一边絮絮叨叨地说：“我就知道机会迟早会来的。上帝啊，若我能办成此事，他们可就要辛苦啰。”

当晚，托尔潘纳告诉他，中央南方财团愿意给他一个带薪试用三个月的机会。“呃，顺便问一下，你贵姓？”

“赫尔达。他们给我自主权吗？”

“他们录用你了，你得珍惜这次机会。你最好是先跟我学，我正要去内地做一个专栏。我会尽我所能帮你。给我一些你在这儿画的画，我得赶紧送出去。”托尔潘纳嘴上这样回答，但他心里想说的却是：“这回中央南方财团赚大了，这人工花费可真够便宜的。”

之后，他们做了出发前的各种准备，买了些马肉，做了一些金钱和组织上的安排。迪克就这样轻松地加入了战地记者这个新荣誉兄弟会。记者们拥有绝对的权利做他们想做的事情，只要他们老板满意，读者满意，他们想赚多少就可以赚多少。如果他们具有厉害的口才——那种无论遇到男人还是女人都可以说服对方帮忙解决吃饭或睡觉问题的口才、敏锐的眼光、精湛的厨艺、健康的体魄、超强的消化能力和无比强大的各种环境适应能力，那么，随着岁月的流逝，他们将会在这一行如鱼得水，功成名就。然而，很多人都是出师未捷身先死。等到他们生前的作品在英格兰发表的时候，大部分都已经是改头换面，他们的荣耀也就不为人所知了。

不管托尔潘纳怎样引导，迪克都努力顺从他。两人一起努力完成让彼此满意的作品。当然，这可不是一件容易的事情。但是由于两人朝夕相处，一起吃饭，一起喝酒，甚至是一起发稿，渐渐也就意气相投，合作愉快了。迪克曾经成功地在离第二瀑布很远的一个棕榈树营房里灌醉了一个电报员。在他醉倒在地不省人事的时候，迪克窃取了他千辛万苦拿到的独家新闻，那是来自敌对集团的可靠记者的新闻。迪克详细地复制了一份，带给托尔潘纳。因为托尔潘纳告诉他这些手段在爱情或战争通讯中都是常见手段。他还把对手这份用词冗余复杂的新闻精简成了一篇极其精彩的新闻报道发表了。除了从埃及菲莱岛到中东赫拉维和毛拉广袤荒原上那些他们一起或单独经历的冒险经历以外，托尔潘纳还写了不少书。书中描写了他们一起站在广场上，极度担心会被兴奋过度的士兵们不小心擦枪走火毙命的情景；也描写了在寒冷的黎明他们如何跟不愿意出发的驮运行李的骆驼奋战的情形；描写了他们骑着埃及小骆驼，在炎炎烈日下一刻不停、一语不发地踉跄前行的场面；还描写了他们乘坐的捕鲸船在找泊位的时候，撞上了暗礁，船底木板被撞去一半时，他们在尼罗河汹涌的波涛中拼命挣扎的情景。

此刻，他们两个正坐在沙坝上，看着捕鲸船忙着拯救那些部队的幸存者。

“是啊。”托尔潘纳一边说，一边笨手笨脚地补上他那破了好久的衣服上的最后几针，“我觉得不错。”

“你是说你补的这衣服还是说这场战事？”迪克问道。

“我可没想那么多。我知道你希望护卫舰尤里亚勒斯[①]一直打到第三瀑布那里，让它那重达81吨的大炮直轰雅克杜尔，对不对？可我啊，现在，就对我的马裤最满意。”托尔潘纳摆了个常见的小丑动作后，转过身，认认真真地展示他那马裤。

“是蛮漂亮的，特别是上面那几个字母：G.B.T.[②]——政府布洛克火车。这是印度的麻布。”

“才不是，这是我名字的首字母缩写，G.B.T.[③]，吉尔伯

①译者注：Euryalus，尤里亚勒斯，英国制造的护卫舰。

②译者注：G.B.T.Government Bullock Train.

③译者注：G.B.T. Gilbert Belling Torpenhow.

特·贝灵·托尔潘纳。这可是我特意偷来的。”

突然军号声大作，托尔潘纳举起手遮在眼睛上方挡光，看着远处灌木丛间的砾石说：“那帮骆驼军又在那儿搞什么鬼?”只见岸上的人纷纷冲去找武器和装备。

“肯定是比萨军趁我们洗澡的时候偷袭。”迪克很淡定地说。

“你还记得米开朗琪罗的那一幅画[4]？所有初学者都会临摹的，上面画着灌木丛与敌人的那幅。”

岸上，骆驼军一边向步兵团方向行进，一边大喊示威；在河那边，也响起了嘶哑的吼叫声，显然那些幸存者们已经全部救上了船，正恨不得马上参与战斗呢。转眼间，岩石遍布的山脊和灌木耸立的山头上就满是全副武装的人了。

有趣的是，好长一段时间，那些人站得远远的，只是在那里乐此不疲地叫骂、比手势。有人甚至在那里滔滔不绝地长篇大论。骆驼军很高兴有这个空隙摆好阵型，所以他们并不急于开火。沙岸那边的人跑过来跟他们集合。而捕鲸船这边正艰难前行，进入骂战区域，在最近的河岸边靠岸，全部人员下船战斗，除病员及少数护卫人员外。这时，那个阿拉伯演说家终于停止了他的长篇大论，他的朋友们却又闹腾起来了。

---

④译者注：指米开朗琪罗名画《卡西纳战役》，该画描述的是佛罗伦萨战胜比萨（Pisa）的战争的一个场景：在一场大战之后，佛罗伦萨军士精疲力竭，卸去了盔甲，裸体在亚诺河中沐浴休息。忽然间，统帅多纳帝发现比萨军队发动突袭。多纳帝紧急传令，号召军士立刻整军待战，军士们裸体应战。

“他们看上去像是伊斯兰教保守派马赫迪派[1]。”托尔潘纳一边说着，一边挤进了拥挤的列队人群中，“马赫迪派人好多啊，应该有上千人吧。不过，据我所知，这个部落并不敌视我们啊。”

“那么，马赫迪派应该是又攻陷了一个城镇了。”迪克说，“然后，派这些家伙来大呼小叫地羞辱我们。把你的望远镜借给我们看看。”

“我们的侦察员应该早点告知我们这些情况啊。我们被围攻了。”一个副官说，“骆驼军不是马上就要进攻了吗？赶紧行动起来啊，伙计们。”

其实，根本就不需要下任何命令，大家就争先恐后地挤到阵队里面来了，因为大家深知一旦开战，被留在阵队外面必定会死得很惨。阵队向右前进快要占据小山的有利地形时，架在阵队角落方位的150磅重的小型骆驼炮就开火了。这种开战模式已经上演多次，毫无新意可言。总是炙热、令人窒息的队形；也总是尘土和皮革的味道；同样是敌军闪电般的突袭，也同样是集中火力攻打敌方的弱点，然后是双方赤手空拳的肉搏，之后则是死一般的寂静，偶尔穿插几声不顾生死的骑兵进攻时发出的叫喊声。大炮声会时不时地响起。阵队夹杂在不情不愿的骆驼中小心翼翼地前进。而这时，三千敌人也开始进攻了，他们根本不知道在枪支炮弹的猛烈射击下，近距离的进攻事实上是根本不可能的。

①译者注：(Mahdi，伊斯兰教徒期待的救世主，并相信有朝一日会重返世间消除一切不平等)

迎接他们前进的是几声零散的枪响，几个人倒地而亡，吓跑了一些骑马的，但是大部分的人依然是拿着长矛和刀剑，愤怒向前冲，在枪林弹雨中前进，事实上就相当于裸身前行。战事不断的沙漠，本能让他们意识到列队的右翼是兵力最薄弱的地方，因此他们包抄了过去，迅速在他们当中打开了一条临时通道，就像肯特州葎草栽培园中火车全速开过来的时候那些快速关闭的窄长通道，冒着步兵密集的炮火冲了过来，前仆后继，尸横遍野。没有任何一支文明的军队能够忍受这样的人间地狱：那些依然活着的高高跳起，以防被奄奄一息的抓住脚踝，那些重伤的咒骂不已，蹒跚前行，直到统统倒地，哀鸿遍野，血流成河。

然后在滚滚浓烟中，消失的是沙漠的淡蓝色上空和那些满身尘土的军队。炙热地面上的小石头和那些干燥的树枝成了香饽饽。大伙需要精打细算地利用这些东西来休养调整，恢复元气。大家都清楚地知道，敌人随时可能立刻从四周发动进攻。他们的任务就是消灭一切挡在他们前面的敌人。就算打不过，在敌人超过你的那一刻，你也得从后面刺死他们。就算是奄奄一息也得把敌人拽下来，就算是自己会被枪托砸死。

迪克、托尔潘纳和一个年轻的医生一直耐心地等待着，可是后来他们实在是等不下去了，因为如果等到战后再来处理这些伤员的话，他们就没有任何生还的希望了。因此，三人小心翼翼地朝那个列队的最薄弱处前进。突然，一个骑兵，举着折断的长矛，带领三四十个士兵，一路喊打喊杀过来。他们甚为勇猛，没几下就打死了好几个人。没一会儿，列队的右侧便倒下了一大片，其余各侧立刻增援。那些深知自己只有几个小时生命的伤员，有些抓住敌人的腿，将他们打倒，有些则蹒跚着捡起丢弃的枪，朝队列中央胡乱地开枪，那儿两军肉搏正酣呢。

突然有人朝迪克头盔处猛地横刺过来，他下意识地扣动左轮手枪，对着那个黑色的汗迹斑斑的脸不停地射击，直到那个袭击他的人面目全非为止。此时，托尔潘纳正和一个阿拉伯人肉搏，对方把他压在身下，他一直想锁住那人的脖子，在翻来覆去的搏斗中，他不断地伸手去抓对方的眼睛。一旁的那个医生拿着刺刀胡乱地朝压在托尔潘纳身上的人刺了过去。一个没戴头盔的士兵朝迪克的肩膀上方开了一枪，扬起的弹药炙伤了他的脸颊。在托尔潘纳看来，迪克完全是本能地躲过了这一枪。这位中央南方财团的代表推开压在他身上的敌人，站了起来，顺手在裤子上擦了擦手指。那个阿拉伯人双手贴着前额，大声尖叫，然后抓起长矛，朝托尔潘纳猛刺过来。见状，迪克连开两枪，终于这个阿拉伯人慢慢倒地——他朝上一面的眼睛被迪克射没了。这时候火力加强了，中间夹杂着欢呼声。那个骑兵发动的突袭失败了，敌人四散逃走。纵队的中心一片狼藉，尸横遍野，仿佛就是一个屠宰场。迪克在疯狂的人群中挤出一条路来。敌人已经撤退了。零零星星的几个英国骑兵正骑马追击那些还逃不掉的阿拉伯人。

只见尸横遍野，阿拉伯人逃跑撤退的路旁灌木丛上躺着一支血迹斑斑的长矛，再远处就是无边无际的沙漠。阳光火辣辣地照耀着，仿佛一个红彤彤的大圆盘。有人躲在迪克身后，朝他大嚷：“嘿，滚开，野种！”迪克举起手枪，瞄准荒漠方向，双眼注视着远处那刺眼的点点红光。

耳边的喧哗似乎渐渐地消失，仿佛渐渐变成沉吟低语，就像平静海面上的轻声细语。脑海里似乎呈现一幅图景，有左轮手枪和刺目的红光，有某人要赶什么离开的声音……这一切他好像在哪里经历过，内心深处隐隐刺痛。他胡乱地开枪，嘴里无意识地喃喃自语："打偏了，没有子弹了，回家吧。"子弹随意地四处散落在荒漠上。他用手拭擦了一下头部，却发现自己满手是血。

托尔潘纳一见就说："老伙计，你伤得挺严重的。谢谢你的救命之恩，我会记得的。非常感谢。来，站起来！你可不能生病啊。"

这一整晚，军队就在捕鲸船旁扎营。明亮的月光下，一个黑色的身影在沙坝上手舞足蹈，大声疾呼："该死的！喀土穆完了，完了，完了。""两艘蒸汽船被阻在城外的尼罗河上。""船上所有的人都遇难了。""喀土穆完了，完了，完了。"

托尔潘纳对此并不关心，他正全神贯注观察迪克。此时迪克正对着波涛汹涌的尼罗河一遍又一遍地大喊着梅茜的名字。——又是梅茜？

"看哪，看哪，"托尔潘纳一边说一边整理着毛毯，"看看这家伙，还是一个正常人嘛？！看他心心念念就只有一个女人。真是情根深种，走火入魔啊。——迪克，喝点水吧。"

"谢谢你，梅茜。"迪克说道。

第三章

他想
与海盗们一起，
再来
一次海上行动，
去烧掉
西班牙国王的胡须，
再抓
一个哈恩牧师，
卖到
阿尔及尔去。

——朗费罗《荷兰印象》

苏丹战役已经结束几个月了，迪克受伤的脑袋也渐渐康复过来。中央南方财团经过仔细考评，认为迪克总的来说并没有达到他们的标准要求，尽管他们根据迪克具体完成的工作量，还是给他发了酬劳。在开罗，迪克领回稿费，把信件扔进了尼罗河，接着到车站送别了托尔潘纳。

“我要好好休息上一阵子，”托尔潘纳说，“不知道我会住在伦敦哪个角落，但有缘，我们自然会碰到的。

“你留在这里等待着那万分之一的机会吗？要知道，除非我们的军队占领南苏丹，否则机会是不会出现的。要记住这一点哦。

“再见了，愿上帝保佑你，钱花光了就回来吧。到时再给我你的地址。”

于是，迪克开始一个人到处游荡，开罗，亚历山大港，伊斯梅利亚，还有塞得港等一一踏足，尤其是塞得港。世间存在着种种的罪恶，种种的不公，而所有的不公和罪恶都可以在塞得港找到它们的浓缩版。穿过那座沙漠包围的地狱之城，在那一片中心地带，白天你都可以看到大苦湖上方海市蜃楼影影幢幢。如果你停下来，就可以从中看到你生命中出现过的那些男男女女。迪克在一处环境不怎么样，但胜在让人无拘无束的地方安顿了下来。晚上他就到码头那里去，到各式各样的船上，会见各式各样的朋友，比如那些亲切和蔼的英国女人，迪克曾在“牧羊人之家”旅馆阳台上与她们打情骂俏；比如那些奔波忙碌的战地记者，那些受雇于战役的运兵船船长，那些荣耀的陆军军官，还有那些三教九流的人。

各式各样的人，不管是东方人还是西方人，他都拿来做自己素描研究的对象，并且无比兴奋地看着自己素描研究的对象在赌桌、酒吧、舞厅或其他各种地方的活动，从中获取灵感。他常去苏伊士运河那边消磨时光，享受那里的运河风光，炽热的沙滩，络绎不绝的船舶和英国白人战士医院。他努力把这一切画下来，用黑白两色素描，并用所有上帝赋予他能用的颜色来着色。没有颜料的时候，他就会找新的替代材料继续作画。这个做法让他深深着迷，但是，这也耗掉了他的钱。120英镑的年薪就这样提前用完了。“看来我得收紧腰带，苦命工作了。”

正当他准备开始接受苦哈哈的命运安排的时候，他收到了托尔潘纳从英国发过来的神秘电报，上面写着：“快，快回来。你成名了，快回来。”

瞬间，他脸上笑容绽放，“够快！真是好消息！”他自言自语道。“今晚要好好狂欢庆贺一下。成功与否靠运气。看来，我的运气来了！”他将一半的积蓄交到他最熟的朋友——比奈特夫妇手上，给自己订了一支最棒的桑给巴尔舞蹈。比奈特先生边喝着小酒边摇动着身体，自得其乐，而比奈特夫人却考虑得很周到。她微笑着说：“先生您需要一张椅子，您需要作画，您的娱乐方式也真是奇特。”

比奈特先生从里间的小床抬起他那青白的脸。“我知道，”他声音发颤，“我们都了解先生，先生是位艺术家，就像我从前一样。”迪克点头称是。比奈特先生接着很严肃地说，“最终，先生也会像我一样，从人间跌入地狱。”说完他便哈哈大笑起来。

“你必须也来跳舞。”迪克对他说，“我希望你来。”

“看在我的面子上？我就知道是这样。为了我的面子吗？我的天！这不是让我丢人丢到家了吗！我不干，快把他带走，他是个魔鬼！怎么办呢？莎莉丝特，向他再多要点钱。”这彬彬有礼的比奈特先生开始激动地跳了起来大声抱怨道。

“在塞得港，一切都可以卖。一切都好商量。”女士说。“如果我丈夫来的话，那就这么多了。嗯，这怎么说来着，这叫作一半的主权吧。”

迪克付了钱，疯狂的舞会就在比奈特夫人房子后有围墙的院子里举行。在煤油灯的映照下，比奈特夫人负责弹奏钢琴，她身上褪了色的淡紫色丝绸，一副总要从她肩膀滑落的样子。就着她那弹得不怎么样的西方华尔兹，赤裸的桑给巴尔女孩疯狂地舞动。

比奈特先生坐在一张椅子上，睁大眼睛盯着前方，却不知在看什么。直到回旋的舞步和钢琴碰撞的叮当声不知不觉地潜进他的酒杯，沁入身体每一处经络，驱走全身血液，他的脸上瞬间亮光闪闪。迪克粗鲁地掰过他的下巴，将他的脸转向灯光。比奈特夫人扭头从肩膀上看过去，咧嘴大笑，露出一颗颗牙齿。迪克靠着墙，画了一个小时，直到煤油灯开始油尽灯枯，发出异味，女孩们则气喘吁吁地躺在坚实的地板上。迪克啪的一声合起画本，准备离开。比奈特先生有气无力地扯了扯他的手肘。“给我看看，”他呜咽道，“毕竟我，我曾经也是个艺术家！”迪克给他看了草图，“我是那样的？”他大声喊道，“你打算将这幅画带走，然后向全世界展示，这是我——比奈特？”他嘟嘟囔囔地哭了起来。

“您已经结完账了，z”比奈特夫人说，“希望以后还有机会再见您。”

后院的门啪的一声关上了，迪克踏上满是沙子的街道，急切地走向最近的赌场，在那里他已是为人熟知的常客。“如果运气还在，这就是个好兆头；如果输了，我就继续留在这里。”他将钱一张一张地摆在赌场的桌子上，却没有勇气看轮盘转动的情况。好在运气还不错。

轮盘旋转了三次，他为自己赢了20镑。然后他就登上了一艘陈旧的货船，并跟船长成了朋友。船驶到伦敦时便将迪克放下。这时迪克身上的英镑已经所剩无几，但他也无心关注这个了。

只见久违的伦敦上空笼罩着一层灰蒙蒙的雾。街道上冷飕飕的。英国的夏天向来如此。

“伦敦还是这么荒芜啊，看来没有多大改变啊，这真是令人愉快。”从码头出来，迪克就朝西边走，边走边想，“现在，我该做什么呢？”

街边密密麻麻的房子没有回答他的问题。迪克看着昏暗的、长长的街道，震惊于飞速川流不息的车流。“噢，你这兔子窝，”他对着一排光鲜亮丽的半独立式住宅说道，

“既然我现在回来了，脚踏进来了，你知道日后你要做什么吗？你得给我提供男仆和女仆，”说到这，他拍了一下嘴唇，“还有国王的专属宝物，还有时髦的衣服和鞋子。”说完，他精神抖擞地向前迈步，却突然发现自己的一只鞋子旁边裂开了。于是，他弯腰脱下鞋子来检查，不料却被一个路人给撞到臭水沟里去了。“好吧”，他说。

“这是生活中的又一个裂口，日后我也会把你撞进沟里去。”

体面的衣服和鞋子可不便宜。采购一番，离开最后一家商店时，迪克虽然确信自己在短时间内衣着得体，但是却囊中羞涩，仅有50先令了。他又回到了码头旁的街道，给自己找了间房。在这里，人们为了防小偷，床上的床单几乎都明显做了标记，似乎还没有人上床睡觉。衣服送到之后，他到中央南方财团打探托尔潘纳的地址。地址拿到了，他还得到一个消息——他仍可领到一些钱。

“有多少？”迪克很淡定地问道，就像一个习惯了与百万英镑打交道的人。

“30到40英镑。如果你方便的话，我们当然可以现在给你。虽然我们通常一个月才结一次账。”

“我现在越是表现得迫切想要什么，那我就越有可能会最终失去什么。”迪克心想，“我还是得慢慢来。”于是，他大声说，“不值几个钱啊，再说我还打算先去乡下去住上一个月呢。等我回来再说吧，到时我再来处理。”

“不过，赫尔达先生，相信我们还是可以继续保持联系的吧？”

学习如何保存面子是迪克生活中的生存之道，此刻他敏感地看着说话的人。“托尔潘纳对我来说很重要，”他说，“见到他之前，我不会接任何任务。到时会有一单大生意等着我呢。”然后，没有做任何承诺，他就回到了他码头边的小房子。这时，他才意识到，这才是当月的第七天，更糟糕的情况是，这个月居然有31天！

对一个有着天主教徒的饮食喜好又胃口好的人来说，仅靠50先令度过24天是相当不容易的。同样，在寂寞凄凉的伦敦，开始独自生活也不是一件愉快的事情。迪克一个星期的房租是7先令，这样一来每天用于买食物和水的钱则不到1先令。当然，画画所需的材料是他第一要购买的物品，他已经太久没有画画了。经过半天的考察和对比，迪克得出一个结论，2便士一份的香肠和土豆泥是最佳选择。现在，一个星期内，一或两天，把香肠当作早餐其实还算过得去。至于午餐，尽管有土豆泥相伴，吃久了还是感觉索然无味。而晚餐是不适宜吃土豆泥的。三天过后，迪克厌倦了香肠，再也吃不下了。几经考虑，他拿手表去典当抵押，换回一顿羊头大餐，因为骨头和肉的分量不少，使得它没有看上去那么廉价。吃完羊头，迪克又只能回到香肠和土豆泥果腹的日子，之后整天就只有土豆泥了。这样的生活让迪克胃痛不已，痛苦不堪。然后他典当了他的马甲和领带，对从前的奢侈浪费深感懊悔。在艺术面前，再也没有什么东西比饥饿引发的胃痛更有启迪意义了。迪克在国外很少走动，他根本不把锻炼身体当成一回事，也根本没有关注身体欲望产生的相应问题。而现在，没有满足的身体欲望让他发现自己已将人类分成两种：一种是看上去有可能给他东西吃的人，另一种是不会给他东西吃的人。“我以前从来不知道我会对人的脸蛋有什么看法。”他想。为了给他的谦逊一个奖励，上帝让一个出租车司机在迪克吃饭的香肠店留了吃剩一半的大面包。最后迪克将它拿走了——这时候的他甚至可能会为了这半块面包而与全世界为敌。这样的胜利让他感到无比雀跃。

这个月终于熬过去了，迪克几乎是迫不及待地、欢呼雀跃地去取钱，然后他急急忙忙地赶到托尔潘纳的住址。托尔潘纳住在顶楼。一路上闻到从单人套间里面传来的阵阵肉香，迪克几乎是冲进了房间。托尔潘纳给了他一个热情洋溢的大拥抱，几乎要挤断他的肋骨。随后托尔潘纳把他带进房里，一口气跟他说了二十件不同的事情。

最后他说：“但是，你看起来瘦了不少啊。”

“有吃的吗？”迪克的眼睛探扫着整个房间问道。

“马上就吃早餐了，香肠怎么样？”

“不，除了香肠，什么都可以！特博，我已经整整三十个日日夜夜没吃上那该死的肉了。”

“啊？！你最近究竟做了什么蠢事啊？”

迪克一五一十地告诉他最近几周发生的事情。然后他解开他的外套，已经没有马甲了。“我的日子过得还好啦，挺好的，呵呵，就是勉强度日呗。”

“你很有骨气。不过，真是蠢！好了，先吃了再说吧。”

于是，迪克开始“埋头苦干”，鸡蛋和培根，狼吞虎咽，直到他再也咽不下为止。酒足饭饱之后，托尔潘纳递给他一个装满烟草的烟斗，他大力地吸了一口，飘飘欲仙，仿佛三周抽不到好烟一样。

“哇，”他说，“真是太爽了。对吧？”

“你究竟为什么不来找我呢?”

“不是不想来，是不能。我已经欠你太多了，老朋友。而且，我有预感，饥饿是暂时的，要成其事，是要先苦其心志、劳其筋骨、饿其体肤。苦难会给我带来好运的。现在一切都已经过去了。财团里没有人知道我曾经经济困难过。警报解除了。我现在有一连串的疑团，我的事情究竟是怎么回事?”

“你收到我电报了吧? 你在这里出名了。人们都非常喜欢你的作品。我不知道为什么，但是他们确实很喜欢你的作品。他们说你的画作展现了一个全新的艺术领域，而且表现手法也很新奇。‘他们’主要是英国本土人，他们称赞你有敏锐的洞察力。有六家报社希望聘用你，希望你给他们的书配图。”

“切”，迪克不屑地哼了一声。

“他们希望你画一些更小的画，然后卖给他们。他们认为把钱投在你身上是明智的。

“天哪! 谁能解释一下公众究竟有多蠢啊?”

“他们可是非常明智的。”

“我明白你的意思，他们大都随波逐流，追求时髦。而你正好是那些人认可的所谓的艺术最新的代表人物。他们正对这所谓的艺术大感兴趣。现在你啊，可是时髦人物啊，风头正劲啊，不管怎么说，你现在可是意气风发了。我似乎是这里唯一了解你的人。而且我一直时不时给那些最能帮助你的人展示你之前给我的画作。你在中央南方财团的工作已经有人接手了。你可真是幸运啊。”

“切! 这叫幸运? 这能叫幸运吗? 我可是像狗一样全世

界地操劳，才等到这一天！以后也许会幸运吧。现在，我首先需要一个地方好开展工作。”

“来我们这里吧。”托尔潘纳穿过楼梯平台，带迪克到一个房间说，“这虽然只是一个大合间，但绝对是为你量身打造的。这有扇正北的天窗，足以满足你作画时自然采光的需要，除了卧室，还有大把的空间，随你怎么用。还有比这更好的吗？”

“挺好的。”迪克一边说着，一边环视着这个占据顶楼三分之一空间的大房间，周围是东倒西歪的房子，不远处是泰晤士河。浅黄的阳光正透过天窗照耀下来，照耀到地面上厚厚的尘埃。几步路就可以从门口走到楼梯平台，再多走几步就到托尔潘纳的房间。消失在黑暗之中的楼梯深处，隐隐约约可以看到微弱的气灯火焰，传递上来的是楼梯下面一大群男人聊天的声音，关门开门的声音，黑暗中感受到一份其乐融融的温馨。

“这里全部由你做主吗？”迪克小心翼翼地问道，他是边缘人物，充分了解自由的重要性。

“对啊。这是门锁钥匙和没有限制的出入卡。最重要的是我们是这里的永久租户。虽然我不推荐这个地方给基督教青年会搞活动，但是用来招待客人还是可以的。给你发电报时，我已经租下这几个房间了。”

“你真是太好了，老伙计。”

“你没有想过你要离开我吧，对吧？”托尔潘纳搂着迪克的肩膀，两个人在房间里走来走去，兴致勃勃地商量着房子的布置问题，也就是以后的工作室的布置。突然，他们听到隔壁有人叩托尔潘纳的门。托尔潘纳一听，就高兴地说："肯定是某个家伙要上来喝一杯。"打开门，只见门外站着一个身穿缎子面料外衣，身材肥胖，长相凶残的中年男子。他张大了嘴，嘴唇苍白，还有很重的黑眼圈。

"这人心脏可真是不中用，"迪克在跟他握手时心想，"真是太差了。看他的手指可是一直抖个不停。"

七层楼梯让来人喘个不停。他一边气喘吁吁，一边忙着自我介绍。他是中央南方财团的主管。他说，"我非常钦佩你的作品，赫尔达先生，我以财团的名义向您致谢。我也相信，赫尔达先生您是不会忘记，正是我们把将您的画作公之于众的。"

一听这个，迪克不禁瞄了托尔潘纳一眼，发现托尔潘纳也正在盯着他的脸。

"我不会忘记的，"迪克下意识地说，一种自卫的本能涌上他心头。

"冲着你们给我这么高的报酬，我当然也不会忘记的。呃，顺便说一下，等我在这个地方安顿好了，我希望能够拿回我寄给你们的画作。在你们那里，肯定有将近150幅吧。"

"嗯，这也是——我这次来这里要跟您说的。这个我们不同意。赫尔达先生，这些画作当然是我们的财产，当时没有任何协议说要给回你啊。"

"你们的意思是，你们要保留这些画作？"

"是啊，而且我们还希望你能够协助我们安排一些展览，当然可以根据赫尔达先生您自己的要求来进行。展览由财团的名义来资助举办，当然也是由我们手上掌握的媒体来负责宣传和报道了。这样的展览对你是有物质上的好处的。你的画作，还有你的——”

“都属于我自己。你们通过电报雇佣的我，甚至是以最低的佣金。我不会给你们的！老天有眼的，先生！它们是我的命！”

一旁的托尔潘纳看着迪克的脸，闻言甚至吹起了口哨。

迪克在房内踱着步，陷入了沉思。他眼看着自己所剩无几的画作——他的第一批画作，在他一开始扬名时就要被这个老男人给占据了。迪克甚至连这个老男人的名字都没记得，他说他代表着整个财团，可是这对迪克来说根本不算个事。这次不公的做法并没有太大动摇他的决心。他在其他地方见多了这样的强权，也懒得跟他去争辩道德上的对或错。

但是，他还是很想知道这个衣冠楚楚的男人究竟会无耻到什么地步。于是，他压抑住自己的愤怒，努力好声好气地重申了一次刚说的话。托尔潘纳一听就明白，来了，冲突开始了。

“抱歉，先生，不过，你们没有——没有一个更年轻的人能够来跟我谈这件事情吗?”

“我是代表财团说话的。我觉得没有必要再找一个第三方来——”

“很快就有了。你最好乖乖地把画作还给我。”

那个人盯着迪克，愣了一下，然后转头看向倚靠着墙壁的托尔潘纳。他不再是过去那个中央南方财团的员工，那个他可以随意命令干这干那的员工了。

“是啊，这可真是一个冷酷无情的剽窃行为啊。”托尔潘纳严厉地说，“先生，恐怕您惹到了不该惹的人了。迪克，下手不要太狠，要知道，这里不是苏丹哦。”

“你可要好好想想，我们财团是怎么让你声名大噪的——”

可惜这并不是什么好话。相反，它却勾起了迪克过去几年的痛苦回忆，那些漂泊无定的寂寞孤独、颠沛流离和壮志未酬的回忆。这些记忆让迪克无法认可眼前这个富态逼人的男人，无法接受他享用他那些年的心血的建议。

“我还真不知道该怎样收拾你才好啊。”迪克一副冥思苦想状，“毋庸置疑，你就是一个剽窃者，我应该打你个半死，但就你这身子骨，根本就不经打啊。我可不想让你死在这里。而且，我刚刚搬进来，你要是死在这里，可是很不吉利的。先生，你可别动手啊。你可别激动啊。”

说着他一手抓住了那老男人的前臂，另一只手则伸进他的外套里搜身。“天啊”，迪克对托尔潘纳说，“这个阴险的白痴还真是一个小偷啊！在埃斯纳我就看见一个赶驼人因为偷了半磅椰枣了，他身上黑色的皮就被一条一条地扯了下来。他的皮可是跟鞭绳一样坚韧呢。不过，这个家伙的皮却是软答答的——软得跟女人的一样。”

世上再也没有什么比随意就让人给收拾掉的感觉更令人感到耻辱了。财团的这个主管呼吸开始沉重了起来。迪克走到他旁边，一把揪住他，就像一只猫抓住一块柔软的地毯一样。然后他用食指按在他又黑又重的眼袋上，摇着他的头说：“那些是我的，我的！我的！！——你想偷我的东西?！嗯?！找死啊，你！我随时可以收拾你，知道吗?！”

“马上给你办公室写个条子——就说你是主任——命令

他们把我的画作交给托尔潘纳——一张也不许漏。等一下，你的手正在发抖。好了，现在写。”迪克一把拿出一本小笔记簿放在他面前。纸条写好后，托尔潘纳拿着它，一句话也不说就离开了。而迪克则绕着这个被吓坏的老男人一圈又一圈地转，并不停地给他洗脑说，这样做完全是为了让他的灵魂安宁。托尔潘纳回来的时候，手里拿着一个巨大的文件夹。这时，他还听到迪克几乎用一种循循善诱的口吻说：“现在，我希望这对你而言是一次教训。以后我安定下来在这里工作，如果你还来挑衅，来胡说八道的话，相信我，我会抓住你，撕碎你，杀死你。无论如何，我一定会收拾你。滚，你个混蛋，给我滚！”那个老男人惊慌失措地离开了。迪克深吸了一口气说：“呼！这些人还真是无法无天啊！我这个可怜的孤儿人生中第一次见到的事情居然是团伙抢劫，有组织的掠夺啊！想想这老男人的心还真是黑啊！我那些画作还好吧，特博？”

“还好，总共147张。迪克，我必须得说，你干得可真漂亮啊。”

“他妨碍到我了。这些画作对他而言，不过是几个钱而已，但对我而言，那是我的一切。我想他不会有什么行动的。我可是免费给他健康医学忠告啊。相比而言，恐吓他一下下根本就不算什么了。现在，让我们看看我的画作。”

两分钟后，迪克直接坐到地板上，埋头于那堆画作中，一边笑呵呵地翻看，一边回忆着当初以什么价格出售那些作品。

一个下午就这样不知不觉地流逝。等托尔潘纳再来到门口的时候，发现迪克正在天窗下狂野地跳着萨拉班舞。

迪克并没有停下他的舞步，“特博，我发现我画得比我想象中的好。”他说，“这些作品很好，真的是太好了！它们会光芒四射的。我觉得应该大胆妄为一次，给我的这些画做一次展览。今天那老家伙还想从我手上骗走它们。你知道吗？我现在后悔刚才没有狠狠地揍他一顿。”

“去！”托尔潘纳说，“出去为你的傲慢告罪一下，以后可绝不能再这样了。现在我们去把你的家当拿上来，然后一起试着把这地方弄得更井然有序些。”

“好啊！那之后，之后呢？”迪克兴奋地大声说，“我们是不是就可以大把大把地赚钞票了？”

第四章

炊烟袅袅，

玉米地里狼藏身。

母鹿置幼处，

全力以寻猎。

明月出，烟霾散，

村民至，弃食逃，

月当空，狼咆哮。

——选自《西奥尼狼群狩猎之歌》

（《丛林奇谭》）

大概三个月后的一天，迪克刚从乡下度假回来。托尔潘纳问道："嘿，成功的滋味怎么样？"

"很棒啊！"迪克坐在画室的画架前，咂巴着嘴唇说，

"我还想更好——更加更加好。那些贫困潦倒的日子都统统过去了，我很满意现在衣食无忧的生活。"

"小心啊，老伙计。生于忧患，死于安乐哪。"

托尔潘纳伸展四肢躺在长椅上，一只小猎狐正趴在他的胸膛上呼呼大睡，而迪克正在准备一块画布。整个房间里到处都是各种零零碎碎的东西，有毛毯布套装的水瓶啊，皮带啊，军徽章啊，还有一小捆的旧制服，一个安放各种武器的支架，等等，从门口一直堆放到里面。在这一大堆杂乱无章的东西里面，只有一个平台、一块背景布和一个绘画的模特是唯一固定下来的东西。平台上沾了泥土的脚印显示，刚刚离去的模特是一个军人。秋日的阳光淡淡地照耀着画室，在每个角落投下阴影。

"是啊，"迪克很是潇洒淡定地说道，"我喜欢有权有势，喜欢吃喝玩乐，喜欢紧张刺激，不过，我最喜欢的还是钱。我几乎就像那些喜欢紧张刺激，花钱买乐子的人一

样，几乎哦……不过，他们很标新立异——令人万分惊奇的标新立异啊！”

“不管怎么说，他们对你够好了，本来你的那个所谓的素描画展是需要自己掏钱的，人家都帮你搞定了。你看到报纸把你的画展称作什么了吗？野生画派展吗？”

“没关系，他们说什么都没有关系，反正我想卖的每一张油画都卖掉了。我觉得，他们这样界定我的画展是因为他们认为我是一个自学成才的平面画家。

“如果我是在羊皮上画画，或者是刻画在驼骨上，而不是仅仅用黑白素描加颜色，那么我的画肯定可以卖个更好的价钱。说实在的，他们这帮人还真是标新立异啊，还真不知道该怎么描述他们。前几天我就遇到一个家伙，他跟我说白色的沙滩上的影子绝不会是蓝色的，事实上它是深蓝色的。后来我才知道这家伙最远不过就到过布莱顿海滩而已。不过，他却很懂艺术，真是见鬼了！他居然还洋洋洒洒地对我说教一通，还叫我去学校学一些画画的技巧。我真想知道要是老卡麦听到这些的话会怎么说。”

“你什么时候跟卡麦学画的？这家伙早期可是声名大噪啊。”

“在巴黎的时候，跟他学过两年，他的教法很有个人魅力。每次当我竭尽所能画出一幅作品时，他总会淡淡地来一句‘继续努力，孩子’。就为这一句，你会竭尽全力努力做到最好。他很懂色彩，把色彩玩得出神入化。以前卡麦把色彩运用得如梦如幻，我敢说他以前都没见过真正的大作，但是他却能够从中突破，而且做得相当好。”

“还记得苏丹那里的美景吗？”托尔潘纳意有所指地，

一字一顿地问道。

闻言，迪克局促不安了起来。“不要再说了！再说我又想跑那里去了。那里都是些什么颜色啊！蛋白色、棕红色、琥珀色、酒红色、砖红色、硫黄色——有点像鹦鹉冠上的颜色——就是带点褐色的硫黄色，一块黝黑的岩石在画面中间高高翘起，浅绿松石色的天空下面点缀着一个彩带装饰过的骆驼。那里的颜色真是太神奇了！”他开始走来走去，边想边说，“可是，你知道吗，如果你向这里的人展现出来的东西跟上帝在那里创造的一模一样的话，以你的能力和他们的理解能力，这恐怕——”

“你太谦虚了！然后呢?”

“这里的年轻人有一半连去都没有去过阿尔及尔，但是他们却会对我的创作说三道四，会说你的创作理念是借来的，说你根本不懂艺术。”

“迪基，这是我出差一个月的时候发生的事情吧。你经常去玩具店那里溜达，也听到了人们对你的画作的评论。”

“我忍不住嘛。”迪克很是懊恼地说，“你不在，我一个人很没劲啊，而且长夜漫漫嘛。再说了，没有人整天都干活的啊。”

“是啊，是啊，是人就应该去酒吧，借酒消愁。”

“我也想啊，可我偏偏在那里遇到一些所谓的同行啊。他们自称是艺术家，我知道他们当中有些人的确会画画，只是他们不愿意而已。真是的，下午五点，他们请我喝茶，探讨艺术，谈论他们的灵感。好像他们的灵感有多重要似的。过去的六个月，是我生命中听见艺术夸夸其谈最多，看见真正艺术创作最少的一段时间。你还记得卡萨维迪吗？某个大陆财团的员工，跟着沙漠部队的那个？那时他身穿礼服，带着水瓶、系索、手枪、文稿箱、针线包、眼镜等各式各样的东西，整得整个人看起来就像是一棵挂满东西的圣诞树。他常常摆弄这些东西，向我们展现这些东西的用法。要是他不掩饰他和奈尔海的过往，他怎么做都不为过。明白吗？”

“可怜的老奈尔海！他现在就住在城里，比以前胖多了。今晚他本来要过来跟我们聚一聚的。我非常理解你所说的区别。你本来就应该很清楚那些花里花哨的人是怎么样的人，居然还受他们影响，你活该！你可不要让这件事扰乱你的心。”

“不会的。经过这件事，我已经很清楚地了解艺术是什么了——当然我指的是纯粹圣洁的艺术。”

“看来我出差这段时间，你可学了不少啊。那什么是艺术呢？”

“艺术啊，就是向人们展现他们知道的，一次又一次地展现。”

说完，迪克将一块面朝墙壁放着的画作拖了出来。“看，这就是真正的艺术。有一份周刊准备要影印它出版。我给它命名为《致命一击》。这可是用了我在马格里布那里调制的水彩画色来绘画的。呃，我的模特可是个长相俊俏的兵哥哥，我引诱他来这喝酒。我劝他喝酒，不停地劝他，喝酒、喝酒，灌得他满脸通红，一副慵懒散漫的样子，帽子戴到了后脑勺，满眼是对死亡的恐惧，血从他脚踝上的伤口处汩汩流出。他并不帅，但他的的确确是个士兵，很有男人味。”

“啧啧，你还真是太谦虚了。”

迪克不禁笑了起来，“好吧，也就是对你，我才这么说。最初我用自己的方式把他画了出来，想赚点材料费。可惜当时那个艺术经理说订阅者们不会喜欢的。他说那幅画作太血腥、粗野、暴力——他认为人们就算是在为生计忙碌奔波的时候本质上也还是温文尔雅彬彬有礼的，所以他们想要看到的是一些更加色彩斑斓，更加悠闲自在的作品。本来我有很多话要说的，无奈跟那个艺术经理讲这些就如同对牛弹琴，根本没有用。我也就没有费劲了。最后我拿回了我的《致命一击》，放弃了原来的主张。来看看我最终修改后的结果！你看看，我给他画上了一件红彤彤的外套，多么赏心悦目啊，一点污渍都没有。这就是艺术。我给他画上了锃亮的皮靴——看到了吗？这就是艺术。我把他的步枪也画得亮锃锃的——搏击的时候步枪总是干干净净亮锃锃的——因为这就是艺术啊。

“他的帽子我用了白黏土的颜色——激烈搏击的战场上还用白黏土来保持军帽的干净。这当然是艺术必不可少的一部分啊。作品中我展现的是一个没有胡子，指缝干干净净的士兵，给了他一种非常心平气和的气质。这就是他们需要的艺术效果，新鲜出炉的军装模特展。谢天谢地，第一幅素描的价格就翻了一番。要知道，原来的价格就已经相当不错了。”

“那么，你是不是在想把它作为你的工作来做了？”

“为什么不呢？我现在就这么做了。为了神圣的英国本土艺术，也为了迪金森的周刊，我决定就做这一行了。”

托尔潘纳默默地吸了一会儿烟，吞云吐雾中他幽幽地说道："迪克，如果你就只有这么一些废话连篇，我无所谓——你自己的事情自己做决定；但是一想到我们这么多年的友谊，一想到你为了一个十二岁的小女孩一点一滴的努力，我就不得不为你考虑。所以——"

说完，托尔潘纳就一脚朝着那幅画踢去，刺啦一声，一脚穿过，惊得猎狐犬跳了下来，以为是老鼠出没。

"如果你想骂我，尽管骂啊。没有是吧。好，那我继续。

"你真是个大白痴。我们都不过一介凡夫俗子，谁也没有强大到可以随意忽悠糊弄大众，就算是他们像你所说的那么无知，你也不能糊弄人家——而事实上他们也并不傻。"

"但是，事实上他们也就不过如此了。你还期望从这些人身上得到什么呢？迪克指着黄色烟雾说，"他们想要锃亮的家具，只要他们付钱，给他们就是。

"他们都是再普通不过的人，可你说得他们好像是神一样。"

"你说得不错，但这与我们正在谈的事情无关。你喜欢也好，讨厌也好，你都得为他们工作。他们是你的衣食父母。不要再自欺欺人了，迪克，你还没有强大到可以随意忽悠糊弄他们，更重要的是你也过不了自己那一关。醒醒吧，年轻人。

"而且——回来，宾奇[1]。那种红色涂料并不是到处都有。除非你精打细算，否则你将入不敷出，穷苦潦倒，那

①译者注：宾奇（Binkie）是托尔潘纳养的一条宠物狗。

可是比死还要惨哦。靠着这样轻而易举赚来的钱，你会完全迷失你自己的，事实上你已经飘飘然了。为了那点金钱和那可恶的虚荣，你居然就甘愿画出这么拙劣的作品。你画出的东西会很糟糕，你还不清醒？迪克，你很清楚，我很爱你，你也爱我。我可不想眼睁睁看着你自甘堕落，削足适履地去迎合英国人，赚英国人的钱。好了。我说完了，你得向我保证，你不会自暴自弃。”

“保证什么?!”迪克道，“事实上我一直想找个渠道发泄发泄我的火气，可惜我不能。你说得非常正确。我想，我的作品将会在迪金森的周刊上陆续刊登。”

“为什么一定要为迪金森工作？它会让你逐渐丧失才华的!”

“因为它能给我钱，而这正是我最想要的。”迪克双手插在口袋里说。

托尔潘纳鄙夷地看着他。

“哈？我一直以为你很成熟！原来你这么幼稚。”

“不，不是这样的，”迪克大脑快速飞转地应对着。“你不会明白，钱对于一个曾经穷困潦倒的人来说是多么重要。

“没有钱有些快乐就无法享受了。记得吗？有一次，在一艘运载中国劳工的船上，我们顿顿吃面包和果酱，因为船王只给我们这些，那滋味终生难忘。我受够了这种忍饥挨饿，日复一日年复一年的苦日子了。现在机会来了，我一定要抓住它。他们根本不懂行，你就看着我发财吧。”

“那么大人，你究竟喜欢干什么呢？以后你再也不可以吸那么多烟了，不可以再喝酒了，你太滥吃了。看看你现在这个样子，你也就只能穿深色衣服了。那天我建议你买马，你说不要，说怕摔下马摔跛了，所以上街到哪儿你都是搭乘小马车。就算再蠢，你也不至于会以为看看大戏、呼朋唤友、到处结交，就是生活的全部吧。

“你要那么多钱干吗呢？”

“钱就在那里啊，金光闪闪地在那里啊。”迪克说，“它一直都在那里啊。”

“上帝已经给我准备好了，只要我有本事去获取，就可以了啊。虽然现在我还没有找到我渴望获得的，但是我可以先收点利息再说。

“这样，也许有一天，我们就可以一起去环游世界了啊。”

“靠这样的无所事事，靠这样的了无牵挂，靠这样的与世无争？我敢保证不到一周时间你就会感到无所适从。另外，我不会去的。我不喜欢一个人为了金钱出卖灵魂——就是不喜欢这样。

“迪克，没必要再争论了，你就是个蠢货。”

“你不会理解的。当我还在那艘运载中国劳工的船上的时候，其中的一个蒸汽机不幸与一堆木材垃圾相撞了，我们的船长因为救了船上大约两万五千个晕船的劳工而获得殊荣。现在，我们就来说说这些劳工吧——”

“喂，你不要老跑题！每次我跟你谈论如何提升你的精神境界的时候，你总是扯到你那些阴暗的陈年往事。他们不是英国民众；自尊自立是放之四海而皆准的。你到外面去走走，清醒清醒回来再说。我想知道，如果奈尔海今晚在这里的话，我可不可以把你的老底端给他看？”

“随你！”说完，迪克转身消失在伦敦的浓雾中，好好思考去了。

半小时之后，奈尔海吃力地爬上楼梯。他入伍参军的时候，撞针枪才刚诞生，他是那时最年轻最得力的战地记者。除了他的同事——肯努，也就是伟大的战地之鹰外，无人再能够出其右了。与人接触交谈，他三句不离本行，总是提到巴尔干半岛春天即将陷入的纷争。托尔潘纳笑着欢迎他的到来。

“别理会那些巴尔干地区的纷争，这些小国整天瞎折腾。你听说迪克最近发生的事情了吧?”

“是的，他已经臭名远扬了，不是吗?我希望你能让他保持应有的谦虚，他这个人需要时不时地打压一下。”

“的确如此。他现在开始有点得意忘形了。”

“已经得意忘形了！天哪！他还要脸吗?！我不知道他之前的名声怎么样，但是他如果一意孤行，一定会一败涂地的。”

“我也这么跟他说，不过，我觉得他不会听我的。”

“刚开始都不会听的，你要多多规劝他。哇，地上这破烂画是怎么回事?”

“他最近得意忘形的代表作。”托尔潘纳用力扯开那幅油画的破烂的边框，拿出整张画给奈尔海看。奈尔海看了半晌突然打了个口哨。

“这是多彩石印版画”，他说，“这是个用人造黄油在多彩石印板上伪造的赝品！他为什么要这么做啊?他脑子进水了吗?难道他真的以为公众都是一群不懂欣赏的蠢蛋吗?这冷血傲慢的作品差点蒙混过关，但他不可以这么堕落下去了。这段时间他是不是被吹捧太多了，飘飘然昏了头？你是知道的，吹捧他的人根本就是胡吹乱捧。现在正是他崭露头角的时候，他们当然会对他赞誉有加，称他是德塔耶二世[①]，或者梅索尼埃三世[②]。他这是自我膨胀！”

“我觉得这对迪克不会影响太多。就好比你管一只狼崽叫狮子，期待它会为了这点荣誉而放弃一根骨头是不可能的。

“迪克他现在心在银行，他为钱工作。”

“他现在放弃了战争主题的作品，我想他还没明白，仅仅是服务的对象变了，服务的义务并没有改变。”

“他怎么会知道？他还以为他是自己的主人呢！”

“真是这样吗？如果他还有一丝道德，我就能唤醒他的良知。他需要有人鞭策他。”

“是得好好鞭策他一番，让他好好清醒清醒。我应该狠狠批评他的，可我太喜欢他了，做不到。”

“我来吧。我没有什么顾虑。在开罗，他就曾经大胆地干预我跟女人的事情，让我和那女人断绝联系。这事本来我已经忘了，可现在我又想起来了。”

“他让你们分开了吗？”

“等我对付他的时候你就会知道的。但是，到底怎么做才好呢？我会狠狠地批评他，在他画作出版声名大噪的时候狠狠地批评他，毫不留情。我要让他知道一周的人生要

①译者注：德塔耶（Édouard Detaille），法国著名画家，（1848—1912）。

②译者注：梅索尼埃（Meissonier，Jean-Louis-Ernest）法国著名画家，（1815—1891）。

比一份受欢迎的周刊重要得多。到时候你可不要管他，等他自己想清楚了回来。如果他真是有什么的话，我们只需要在他身后支持他就好了。”

“祝你好运。不过我觉得光是大棒教育是搞不定迪克这家伙的。在我们认识他之前，他似乎就已经完全没有信仰了。

“同时他又超级多疑，而且完全没有是非观念。”

“这是性格问题。”奈尔海说，“对待他，你得像驯马一样。有的马，你一鞭打它，它就干活；有的你怎么鞭打它，它都不干；有的你鞭打它，它让你骑着去散步，你甚至可以双手放在口袋了，都不用摸缰绳。”

“迪克就是这样。”托尔潘纳说，“你先在这儿待久一点，等他回来再说吧。到时，你再狠狠地批评他。现在，我带你去他画室看看他最近画的那些糟糕至极的作品。”

迪克本能地遵循内心的呼唤寻找流水来抚慰自己。他倚着河边路堤墙上，看着泰晤士河水滚滚湍流，穿过威斯敏斯特桥拱。他开始认真地思考托尔潘纳的建议，但是，又像往常一样，他陷入了对过去的回忆之中，种种人事纷纷扰扰地涌上心头。迪克怎么也想不明白，为什么有些人死到临头居然还能笑得出来；也有一些人，又笨又丑，生命却因为爱而熠熠生辉；也有一些人，奔波忙碌，一辈子劳苦耕作。不过迪克知道，在这个世上，总有一样东西支撑着他们所有人的生活。穷人的知识来源于磨难，富人用金钱来填补无知。穷人和富人，一个获取信用，一个获取财富。在迪克看来，这逻辑很好啊。那么他以前受苦，现在就应该可以利用他人来发财享受了。

水面上渐渐出现了一个红彤彤的圆影——太阳出来了，暂时驱散了雾气。迪克就一直凝望着这幅画面，直到潮汐拍打防波堤柱消退时仿若海水退潮时的声音响起，他才回过神来。这时旁边一个女孩因情人用强而不顾颜面地大喊："啊！滚开，你个禽兽！"

一阵风吹来，吹散了晨雾，也适巧把停在墙下泊位的江轮喷到迪克脸上的黑烟吹散了。一瞬间，迪克觉得自己像是被蒙住了双眼，一转身却发现与他面对面站着的——竟然是梅茜。

没错，就是她。尽管时间可以让一名孩童成长为一个女人，却没有改变她深灰色的眼睛，她鲜红的薄嘴唇，也没有改变她雕塑般的唇线和下巴。所有的一切都没有变，她穿着一套非常修身的灰色裙装。

人生苦短，感情却一点也没法自我控制。乍一见梅茜，迪克的整个思维还没有完全从如何赚钱享受那里转过弯来去思考如何举止得当，他就感觉自己整个身子的每一根神经都因为见到梅茜而激动叫嚣，完全不受他的意志控制，他甚至感觉自己突然口干舌燥，不知说些什么才好，身体却不禁迈步上前，像个学生一样尴尬羞涩地张口说："你好！"梅茜则大为吃惊："天啊，迪克，是你吗？"雾气再一次聚拢，隔着雾气，只见梅茜脸色益发白皙，仿若珍珠一般。两人相对默默无言。迪克走到她身边。两人就漫步在河堤路上，步调非常地一致，仿佛那些年他们午后在海边滩涂上散步一样。然后迪克问道，声音里带着丝丝的沙哑："阿莫玛怎么样了？"

"他死了。迪克，不是因为那些子弹，是因为他吃得太多了。他就是这么贪吃啊。你说好笑不好笑？”

“是的。啊，不。你是说阿莫玛吗？”

“是吧。也不，那啥，你现在住哪儿啊？”

“那里，”大雾中他向东指了过去，“那你呢？”

“我啊，我住北边——黑暗的北边，穿过公园，还要往北。我很忙的。”

“你现在从事什么工作？”

“我画画，画了很多很多。这些都是我必须做的。”

“为什么，发生了什么事？以前你一年有300英镑的。”

“我现在还有啊。我现在从事画画工作，就是这样。”

“你一个人吗？”

“有一个女孩与我住在一起。迪克，不要走那么快，我都跟不上你了。”

“你也注意到这一点了？”

“当然了。你总是走得很快，我都跟不上你。”

“确实如此，不好意思。你以后还是要继续画画？”

“当然。我是说应该吧。我以前是在斯莱德画廊，后来在圣约翰林的默顿画廊，这是一间大的画室，之后我就到处工作，呃——我是说我去了国家美术馆，现在我在卡麦手下工作。”

“但是卡麦不是在巴黎吗？”

“不是的，他在马恩河畔维特里有一间教学工作室。夏天，我和他一起工作，冬天我住在伦敦。我是房东。”

“你的画好卖吗？”

“时不时就卖出一幅，但不是经常。巴士来了，我得走了，要不然又要等半个小时。迪克，再见。”

“再见，梅茜。你不告诉我你具体住哪儿吗？我还得见你一面，也许我可以帮到你。我——我自己也会画画。”

“明天如果没有什么工作要做的话，我可能会去公园。我从大理石拱门往下走，然后再返回。这算是我的一次小小的短途旅行。当然了，我们还会见面的。”说完，她就上车，消失在浓雾中。

“好的，我——呃，我——噢，该死！”迪克大喊一声，然后一路返回住处。

托尔潘纳和奈尔海发现他的时候，他正坐在工作室门口的台阶上，神色凝重，一直在重复反复地说：“该死，该死！”

奈尔海从托尔潘纳的肩膀后探出身子来对他说：“要是我都不管你了，你才真该死。”手上还晃着一沓还没有干透的画稿。“迪克，看来你这次是得意忘形到昏了头了。”

“嗨！奈尔海。你又回来了？巴尔干半岛和那里的小国现在情况怎么样了？你的脸怎么还是跟以前一样长得不协调啊。”

“别管那个了。知道吗？现在有人要我撰文抨击你。托尔潘纳假正经，他拒绝了。可我刚才一直在认真看你的那些画作。说实在，这些作品真是糟糕透了。”

“哦。就这，是吗？如果你认为可以批评我，那你就错了。你只能够泛泛而谈，而且你还得有足够的版面空间，大到可以塞得下一艘港货船。不过，你继续说，但是请快一点，我要休息了。”

“好！好！好！文章的第一部分评述你的画作。结论是：‘该画作完全没有任何信念可言，在细枝末节上着墨过多，这样显然是一种哗众取宠的做法，不过是赢得随波逐流之辈的附和而已——’”

“这说的是《致命一击》的第二版。你继续。”迪克插了一句。

“对大众而言，对待这样的画作的态度只能是：先是无可奈何的容忍，接着是众口铄金的蔑视，最后是彻彻底底的遗忘。从赫尔达先生的命运来看还不能证明他已脱离危险。”

“哇——哇——哇——哇——哇！”迪克很是不屑地说，“这文章的结论还真是拙劣啊，典型的新闻卑劣文体啊，不过，写的倒是事实啊。可是……”他一下子跳了起来，抢过手稿，“你个满身伤疤、胡说八道的好辩老家伙！战争爆发的时候，你被外派去报道那些残忍的流血战争，不过是为了满足那些毫无鉴赏能力、野蛮的英国公众对野蛮战争的嗜好。他们现在没有竞技场，但他们肯定会有特派记者。你个肥胖好辩者，让我们打开天窗说亮话吧。你就像一个充满活力的主教，一个殷勤的女演员，杀伤力强的飓风，就会自吹自擂。你还胆敢批评我的画作！奈尔海，如果有意义的话，我可以用整整四页的讽刺漫画来反击你！”

奈尔海有点心虚，他没有想到会这样。

“如果确是这样的话，那么我就把这东西给撕成一片一片——就这样！”说完，迪克就把手稿撕成片，飘落在阴暗的楼梯井里。“奈尔海，你回家吧”，迪克说，“回家去躺你那寂寞孤独的小床吧，让我静一静。我要上床睡觉了。”

“干吗啊，现在还不到七点呢！”托尔潘纳惊讶地说。

“如果可以选择，我宁愿现在是凌晨两点”，迪克说着，走回画室，“我得去解决一个重大的危机，我就不吃饭了。”接着关上门，插上门栓。

“他就这样一个人，你能怎么办呢？”奈尔海无奈地说。

“别管他，让他一个人待着吧，他疯疯癫癫的。”

晚上11点的时候，托尔潘纳来敲画室的门。“奈尔海还和你一起吗？”迪克从里面问道。“然后告诉他说，他可以把他冗长的毫无章法的批判文字浓缩为一讽刺短句：‘只有自由才能让人团结，也只有团结才能获得自由。’特博，告诉他，他是个白痴，我也是。”

“好了，出来吃饭吧，不要空腹吸烟了。”

迪克没有吭声。

第五章

他说:“我有上千人马,

“听我号令,

“有泰恩河上的九重塔,

“和蒂尔河上的三重塔。”

她说:“你的人马,

“或泰恩河上

“或蒂尔河上的塔楼

“与我何关?”

她说:“西斯,

“你得跟我走,

“听我号令吗?”

——《哈奇先生与仙女》

第二天早上，托尔潘纳发现迪克还沉浸在烟雾缭绕中。

“嗨，疯子，想明白了吗?”

“我不知道。我还在想呢。”

“你最好还是做些活吧。”

“也许吧，不过我并不着急。特博，我发现，自己还是太自负了。”

“不会吧！是不是因为我或奈尔海对你说教的缘故?”

“不，是我自己的感受，我突然意识到我还是太不知天高地厚了。所以，我现在要干活去了。”

他翻了翻几幅还没有完成的素描，架起一张新的画布，清洗3只画笔，让宾奇去咬躺着的人体模具的脚趾头，把他收集的武器和军备统统整理了一遍，然后声称他已经完成了今天足够的工作量，突然就走出门去。

“迪克这很不正常”，托尔潘纳说，“这还是第一次这么大清早的，就不干活了。可能他发现自己其实是有脾气的，艺术家的脾气或者什么的。”

这是托尔潘纳他们实施了一个月对迪克不予理睬计划之后发生的事情。也许是因为迪克之前一直都是晚上才出门的。“我得弄清楚这是什么情况。”于是他给那个秃头的老房东挂了个电话。老房东可是见多识广，处事不惊的。

“比顿，我不在城里的这段时间，赫尔达先生都是外出就餐的吗?”

“也不全是。他只是穿戴整齐地出去吃过一次。大部分都是在家里吃的，但是有那么一两次去过剧院后，他带了一些非常让人印象深刻的年轻绅士回来，他们非常引人注目。他们待在顶层，所作所为跟你一样。但是，先生，在我看来，凌晨两点半从五段楼梯上扔下手杖然后再扶梯子走下来把它捡起来，嘴里还吆喝着‘亲爱的威利，把威士忌带上楼来’。这不是一次两次了，而是很多次了。这对其他租户非常不好。我想说的是，‘己所不欲勿施于人’，这是我的座右铭。”

“应该是这样！确实应该这样！恐怕顶层不是这座房子最安静的地方了。”

“先生，我不是抱怨。我曾经很友好地跟赫尔达提过，他一笑而过。后来他送了我一张美女画，那幅画很漂亮，就像是彩色印刷出来的一样，但却没有相片那样的光泽面。尽管吃人的嘴软，但是我还是想说，赫尔达的那身衣服穿了好几周了。”

“嗯，还好，”托尔潘纳心想，“发泄发泄有利健康，而且迪克是很有自己的想法的。不过，一旦涉及女人，我就不知道他是否能够保持头脑清醒了。宾奇，幸亏你不是人类啊，小宝贝。人类一旦涉及情爱都会性情大变，做起事情来也是毫无章法。”

出门后，迪克向北拐去，穿过公园，他满脑子想的都是那一年那一天和梅茜在泥滩上的情景。一想起那天他用纸剪成的火腿片装饰阿莫玛的羊角，梅茜为此气得脸色发白，用巴掌打他——想到这儿，他不禁哈哈大笑起来。回想起来，那四年似乎是很久远很久远的事情了，而那四年的每一分每一秒都有梅茜的倩影相依！一切都历历在目。风暴肆虐，横扫大海。海滩上，穿着灰色裙子的梅茜，一边用手拨开被暴雨打湿遮住眼睛的头发，一边大肆嘲笑那些匆匆返航的渔船；炙热的太阳照耀着泥泞的海滩，梅茜抬起脸，下巴向上，深深地呼吸着海洋空气，一副无所畏惧的样子；风暴卷起海浪，冲击海岸夹带沙砾就要刮上梅茜耳朵的时候，她就飞快跑开；梅茜非常淡定地对珍妮特夫人撒谎，完全没有跟迪克通气，迪克不得不费尽心力为她圆谎；梅茜小心翼翼地走在石堆上，手里拿着枪，嘴唇紧抿；穿着灰裙子的梅茜坐在一尊大炮口和一株随着海风上下摆动的海罂粟之间。记忆中的画面一张一张地掠过，最后定格在最后一张。

迪克非常开心能有这么平静的一刻。这一时刻让他思考了新东西，这在他是一种全新的体验。就这样一大上午的，除了到公园去走过来走过去外，迪克根本没有想到，也许他还有其他事情要干。

“现在光线很好，很适合画画啊。”他平静地看着自己的影子说，“一些可恶的家伙应该感激吧，今天我不作画。啊，梅茜来了。”

她从大理石拱门那里朝他走来，他看到她特有的走路姿势一点也没有变。很高兴一点也没有变化，也就是说，梅茜依然是他熟悉的那个梅茜。他们没有互打招呼，以前他们也是从来不互相打招呼的。

“这个时候你离开画室做什么去啊?”迪克说，一副理所当然问个究竟的样子。

“逛逛。随便逛逛而已。上色怎么上都上不好，真令人生气。我把颜色给刮掉，一把扔到废弃画作堆那里，就出来了。”

“我知道怎么调色。你主要想调什么颜色?”

“就是没办法具体说明白啊——好郁闷啊!”

“我不喜欢在刮掉颜色的画上刷上新的颜色。因为等画干了后，那些涂料颗粒就会像毛毛一样一颗一颗地冒出来。”

“如果你使用正确的方法去刮掉那些颜色就不会了啊。”梅茜指手画脚地描述她的方法。看到她白色袖口上沾着点点滴滴的颜料，迪克不禁笑了起来。

“你还是像以前一样不爱整洁。”

“学你的。你看看自己的袖口。”

“天啊，还真是啊!居然沾得比你的还要多。我觉得好像我们都没有什么改变。不过，还是让我好好看看。”他上下打量梅茜。只见梅茜身穿灰色裙子，头戴黑色天鹅绒无边女帽，在萦绕公园树干间的淡蓝色秋雾的衬托下，光彩照人。

“真的，一点都没有改变。真好!你还记得以前我用手包的卡扣去卡你的头发吗?”

梅茜点了点头，眼睛亮晶晶的。她转过头来整张脸对着迪克。

“等一下，”他说，“嘴巴撇撇的，谁惹你了?”

“没有人，就我自己。尽管我很努力了，但是我的工作却一直没有什么起色，卡麦说——”

“‘小姐，继续加油。我的孩子们，你们要继续加油。’卡麦很失望。你们要用心点。”

“是的，他是那么说的。去年夏天他告诉我，要是我做得好，今年他就给我办一场画展。”

“肯定不会是在这个地方吧？”

“当然不是。在画廊。”

“你要出名了。”

“我准备的时间够久的了。迪克，你在哪里办画展呢？”

“我不办画展。我卖画。”

“那你卖什么画呢？”

“你没有听说过吗？”迪克睁大了眼睛。这可能吗？他尝试让她相信他真的是卖画的。此时，他们在离大理石拱门不远的地方。“去牛津街吧，我会让你明白的。”

好几个人正站在迪克很熟识的一家印刷店旁。

“这家店里在复制我的作品卖，”他给梅茜介绍说，一本正经的脸上隐隐透着洋洋得意，心里从来没有一刻像现在这样感觉成功是如此甜美。“你看看我画的那些东西，喜欢吗？”

梅茜盯着那副展现野战炮兵连在战火密集下冲锋陷阵的画作。这时人群中有两个炮兵站在她的身后。

他们正在窃窃私语。只听见其中一个对着另一个说，“他们已经放弃那不服管的马匹了。它根本就不合群。不过他们与其他马匹却相处愉快。汤姆，带头的那个骑得不比你差哦。看，他是多么灵活地驾驭着他的坐骑。”

汤姆回答说："再颠簸一次，第三号就会掉队了。"

"不，才不会。没看到它的铁蹄扎得稳稳的吗？不会有事的。"

而迪克则目不转睛地盯着梅茜的脸庞，满心洋溢着一种功成名就的沾沾自喜。梅茜事实上对这些人的交谈更感兴趣，因为那是她所能理解的。

"这就是我想要的！哦，我就想要这样的啊！"最后她在心里说。

"我——我想要表现的——"迪克平静地说，"看看他们的脸。这让他们很震撼。因为他们不知道具体是什么让他们目瞪口呆，但我知道。我非常清楚我的作品要表现的是什么。"

"嗯。我明白。哇，把所有的一切都融会进一幅画作里面，真是令人惊叹啊！"

"的确如此！就一幅画！为了寻找创作的灵感，我可是四处漂泊啊。你觉得如何？"

"我觉得这就是成功。你是怎么做到的？"

他们一边聊，一边返回公园那里。一路上，就像所有热恋中的年轻男人对年轻女人那样，迪克滔滔不绝地夸耀着自己的英雄事迹。

从故事一开始，迪克就一直不停地说，"我怎么样……我怎么样……我怎么样……"。而梅茜则一直认真聆听，不停地点头回应。迪克讲得精彩纷呈，对那些战争的冲突和穷困潦倒述说得有声有色，梅茜听着，却没有感动分毫。迪克在每个故事结束的时候，都会说上一句"这给了我一些处理颜色或光线的想法"，或总会总结出那是他孜孜以求和最终理解的东西。他口若悬河，滔滔不绝地带她体验了他横跨半个世界的扣人心弦的故事。他一直说个不停，就好像之前的生命中没有机会说过话一样。

在口若悬河、滔滔不绝的时候，他强烈地渴望得到梅茜的共鸣，渴望她说“嗯，后来呢?”渴望她能够跟上他的思路，与他心心相印。因为她是梅茜，因为她会理解他，因为她是他心心念念的女子，是他在芸芸众生中唯一渴望拥有的女子。

“就这样我获得了所有我想要的东西，我曾经为之而奋斗的东西。”说着，他突然就停了下来，“现在轮到你说说你的故事了。”

梅茜的故事就像她灰色的裙子一样乏善可陈。那些年，即使被经销商嘲笑，即使大雾延迟工作，梅茜也一直坚韧隐忍，辛苦劳作，从不退却。而卡麦是个刻薄的、喜欢冷嘲热讽的人。与其他画室的姑娘们相处也不过是一种维系表面的彬彬有礼而已。当然，其间也曾有过令人兴奋的时刻，如在省级展览中展出画作。但总体而言，日子过得让人苦闷不已。“就这样，迪克，你也看见了，尽管我很努力，但是迄今一事无成。”

梅茜的一番话让迪克听得心疼不已，甚至比当年在梅茜亲吻他之前的半个小时里听到她说她不可能能够开枪射击到防波堤时的感觉更甚。一切恍若发生在昨天。

“不要紧的，”迪克说，“要是你相信的话，我想对你说，所有的事情，一切的一切，都比不上基林堡坡地下那株高大的黄色海罂粟。”迪克的语言中充满了别样的意味。

梅茜会意，不禁羞红了脸。“说得真简单，可你如今功成名就，而我却是默默无闻。”

“听我说，好吗？我知道你会理解的。梅茜，亲爱的，虽然我说的听起来可能会有点荒谬，但是你知道吗？我们之间仿佛分开的那十年从没有存在过一样，而且我现在也回来了。我们之间一切都跟以前一样。你还不明白吗？你现在是一个人，而我也是一个人啊。

“还有什么好担心的？交给我就好了，亲爱的。”

此刻他们正坐在公园的长椅上。闻言，梅茜用太阳伞轻轻地戳着地板。

“我明白。”她缓缓地说，“可我有我的工作要做，而且我必须做。”

“那么，亲爱的，让我和你一起。我不会打扰你的。”

“不，我不能。这是我的工作——我的——我一个人的——我自己的！一直以来我都是独自一人生活，我不会属于任何人，除了我自己。我跟你一样记得那些事情，但是，那不算什么。那时，我们都还小，我们根本不知道即将面临的是什么。迪克，别太自私了。我觉得，我明年会取得成功的。请别把我这点点成就带走。”

“亲爱的，对不起。我不该说出那么愚蠢的话，我不能要求你因为我回来了而抛下你自己的生活。我会回到自己的地方等你。”

“但是，迪克，我——我并不希望你走出我的生活，你才刚刚回来。”

“那我听你的，请原谅我。”迪克凝视着梅茜那苦恼纠结的小脸，眼睛里满是欣喜。他深爱她，所以他根本想象不出有一天梅茜会拒绝他。

“是我的错，”梅茜缓缓地说道，“是我的错，我太自私了。可我……我，一直以来我都太孤独了！不，你不会理解的。现在，我又见到你了——我知道这很荒谬，但我就是想让你留在我的生活中。”

“那是自然的，我们是属于彼此的。”

“我们并不是彼此的。但是，你总能理解我，总能在我的工作中给予我很多很多的帮忙。你什么都懂，什么都会。你得帮帮我。”

“我会的。我想，就算我自己也不懂，我也会帮你的。你不用担心见不到我。你，你真的希望我工作上给你帮助?”

“是啊，不过，迪克，记住哦，没有什么好处的哦。那就是为什么我觉得自己很自私。为什么就不能够一切顺其自然呢？可我确实需要你的帮忙。”

“我会帮你的，但是首先，我得先看看你的画，彻底检查下你的素描，找出你的绘画风格。你应该有看过那些报纸中是怎么评价我的画风的！之后我才能给你一些建议，你再画。应该这样做，对不对，梅茜?”

迪克的眼中再次流溢着喜悦的光芒。

“太好了——你真是太好了。我知道，画风对我来说那是不可能有的事情，你可真会说话。可我还是希望能把你留在身边。请你以后不要责怪我。”

“我会睁大眼睛找出来的。再说了，你那样做没有错呢。在我看来，这可不是自私的行为。不过居然敢求我帮忙，你还真是勇者无畏啊。”

“切！怕什么。你不就是迪克嘛，而那也不过是一家印刷店而已。”

“你说得对。这就是我。但是梅茜，难道你不相信我爱你吗？我不想让你把我们之间的感情误解为兄妹之情。”

梅茜抬头看了他一会儿，又垂下了双眸。

“尽管听起来很荒谬，但是，我相信你爱我。我希望在惹你生气前能把你赶走。但是——和我住一起的红发女孩是个搞印象派艺术的，我们的观念完全是相悖的。”

“我想，你我的观点也是相悖的。不过，别担心。相信我，三个月以后，回想起我们之间的这一点的时候，我们会知道自己曾经是多么的可笑。”

梅茜难过地摇了摇头：“我就知道你不会理解的，等到你明白的时候你会心伤不已的。看着我，迪克，告诉我你看到了什么。”

两人站起，面对面相视片刻。

这时浓雾聚集，掩盖了栏杆外伦敦交通的喧嚣。迪克费力倾尽平生所学，将目光瞄准眼前那黑天鹅绒无边女帽下的明眸、小嘴和下巴。

“你还是原来那个梅茜，而我也还是原来的我。”他说，“我们各自都有自己心中的美好愿望，而且我们之间总得有一人做出让步。现在让我们谈谈未来，改天我一定得来看你的画作——我想最好是那位红发女孩在家的时候。”

“星期天是我状态最好的时候，你一定得星期天的时候来。到时我会有一摞故事要告诉你，顺便征求你的建议，现在我必须得回去工作了。”

“你最好在下星期天之前弄清楚在你心里，我究竟算什么。”迪克说，“好好想想我说的，不要不当一回事。再见，亲爱的，好运。”

梅茜像只小灰鼠一样疾速离开。迪克静静地看着她离去，直至她完全消失在视野中，但他并没有听到梅茜冷静地自言自语，“我是卑鄙之人——一个可怕的自私鬼。不过，那是迪克，他不会怪我的。以后迪克会理解我的。”

虽然有很多人像迪克那样深思熟虑过，但还没有人能解释当不可抗力在遭遇不可动摇的力量时会发生什么。他努力地坚信，自己的出现和自己的劝说会在几周内改变梅茜，引导她更好地思考。而且他非常清晰地记住了梅茜的面庞以及面庞所承载的所有情感和思绪。

“如果我没有理解错的话，”他说，“她脸上根本没有任何爱意，而我却自欺欺人地说她有爱。只是她那俏皮下巴和樱桃小口却让我义无反顾。但是她是对的。她知道自己想要的是什么，她正在为之努力。真是理直气壮啊！就我，这世上所有人中，她就单单利用我！可是我又能如何呢？她是梅茜，这是不争的事实。很庆幸能够再次见到她。这一重逢时刻我已等待多年——她利用我，就像我在埃及塞得港利用比奈特一样。

“她说得完全对，明白这一点还真令人难过。我得每个星期天与她相见——就像一个年轻人在追求一位女孩一样。她肯定会过来的，不过，她的小嘴还真是硬气啊。我好想亲吻她，而且我还不得不看她的画作。我甚至还不知道她的作品属于哪种风格。我还得跟她谈论艺术——女人的艺术！所以谈什么艺术呢？特别的？还是永恒的？该死的，还真多！以前艺术曾让我受益匪浅，而现在却是我的情路障碍。我得回家做些艺术的准备。”

在去画室的半路上，大雾中一个孤独女人的身影使迪克突然有了一个可怕的想法。

“她独自一人在伦敦，和一个搞印象艺术的红发女孩住在一起。这女孩可能很能吃。大多数红头发的人都很能吃。

“而梅茜可是一个坏脾气的小家伙。估计她们会像其他单身女人一样——餐无定时，餐餐饮茶。我记得那些在巴黎的学生都是吃了睡，睡醒吃，像猪一样地生活。那时候她可能任何时候都有可能生病，而我却不能及时伸出援助之手。

“哇！这可比拥有妻子还要糟糕十倍。”

傍晚时分，托尔潘纳走进画室。他看着迪克，眼里是浓浓的慈爱。这种爱滋生于男人间的同舟共济，是并肩作战的亲密，是纯粹自然的爱。它包容甚至是鼓励彼此之间的矛盾冲突，相互间的指责揭短，甚至是残酷的坦诚无欺。这份爱永生不息，足以跨越生死，抗衡世间一切恶行。

迪克给托尔潘纳递了装满烟丝的烟斗后，就静静地陷入沉思中。他想到梅茜，想到她种种可能的需求。对迪克来说，能够想到托尔潘纳以外的人是一件很新鲜的事情，毕竟托尔潘纳是个很会为自己着想的人。结果他想来想去，能够想到的就是花钱，在梅茜身上大肆花钱。他想象自己可以毫无节制地把梅茜装扮得珠光宝气：给她那小小的脖子上戴上粗重的金项链，在她圆润的手腕上套上精美的手镯，给她的手指戴上各式各样价值不菲的戒指。他曾握过那双手，那双凉凉的、润润的、光洁的小手。这是一个非常荒谬的想法。可能梅茜甚至不会允许他在其中一个手指上戴上一个戒指，她可能还会嘲笑那些金制佩饰的粗俗呢。迪克想象到最美的画面是：他环抱着她，她的小脸挨着他的肩膀，两人如同神仙眷侣般静静相依相偎看夕阳西下。可惜这一晚上托尔潘纳都在那里走来走去，他的靴子嘎吱嘎吱的，而且他一直在大声地叽叽呱呱，很是烦人。迪克忍不住眉头紧蹙，嘴里忍不住骂娘。在迪克看来，自己的成功是上帝对自己过去的苦难的补偿，他应得的补偿。可是现在，他却为了一个女人而停下了脚步。这个女人钦佩他所有的成功，却没有为他所倾倒。

托尔潘纳一两次试图与他搭话无果之后，直接问他：“我说，老兄，我近来没有说什么话惹怒你吧？”

“你？不。怎么可能呢？”

“那你肝火旺盛？”

“真正健康的人是不会考虑自己的肝脏问题的。我只是正在忧心一些事情而已。这是我要思考的事情。”

“错，真正健康的人是不会整天忧心忡忡的。什么事情让你忧心忡忡到这个份上？”

“自然而然就想了。‘我们每个人都是孤岛，大言不惭地向对方说大话，妄图消弭横亘于彼此间浩瀚的误解。’这句话是哪个人说的了？”

“说得还真对。管他谁说的。除去误解这一点。我认为我们没有误解对方。”

看着口中吐出的蓝色烟圈如云般一直上升至天花板然后又反弹回来，托尔潘纳有点小心翼翼地问道——“迪克，困扰你的是女人吧？”

“如果跟女人有任何一点关系，我就不得好死；而且如果你开始唠叨那样的事情，我就不待在这儿了。我就去租一个红砖构造的画室，用白漆修边，用秋海棠、牵牛花装饰点缀，蓝色的匈牙利花夹杂在便宜的盆栽棕榈间；我将把我所有的绘画作品高挂在苯胺染料豪华涂层的墙壁上，并邀请那些只有看指导书才知道艺术为何物又喜欢胡说八道的女人来做客。特博，你得身着褐色天鹅绒大衣和黄色裤子，再配橘色领带，专门负责去接待她们。你喜欢吗？”

“太刻薄了啊，迪克。好人是不会乱诅咒和发誓的，你刚刚说得过分了。当然，这也与我没有任何关系。不过，想到这世界上在某个地方居然还有事情让你大受打击还真是很令人欣慰的。不管是来自天堂还是地狱，但它肯定能让你心烦意乱、苦恼神伤，你需要教训。”

迪克寒战了一下说：“好吧。等我这个岛屿支离破碎的时候，我会向你求救的。”

“我一定会马上过来，让你再破碎一点。好了，废话讲完。一起去看歌剧吧！”

第六章

“也许你带着千军万马，

“却从未掌握战机，

“相反成了仙后的俘虏。

“意志将心劈成了两半？”

他跌下了战马，

失去了缰绳，

被缚住了四肢，

贡献给了仙境女王。

——《哈奇先生与仙子》

几周后，在一个雾霭重重的周日，迪克正穿过公园回到他的画室。他自言自语道："这——明显就是特博所说的打击。比我想象的还要让人伤心，但梅茜是不会有错的。她的确是对绘画有自己独特的见解。"

他刚刚结束对梅茜的周日拜访，心里依然感觉无比羞辱，因为每次见梅茜都要经受那个印象主义红发女孩的妒忌注视。那女孩他一见就讨厌无比。一周又一周，星期天他总穿上最好的衣服，走向公园北边那栋乱糟糟的房子，先去看梅茜的画作，然后在他觉得必要之处给出批评与建议。日复一日，他对梅茜的爱随着周日拜访次数的增加而渐渐增加。他顺从心意，好几次迫不及待地想要吻上梅茜的双唇。但是他却不得不紧闭双唇，迫使自己从澎湃的欲望中平静下来。一又一个的周日过去，超越于情感的理智警告他：梅茜尚未陷入爱河，他最好尽可能地讨论与艺术奥妙有关的话题，因为这些才是梅茜当前心心念念的大事。因此，他不得不每周在梅茜的画室里痛苦地煎熬。画室建造在一个破旧的闷热小别墅的湿冷的后花园里。小别墅那里一切都是乱糟糟的，根本就是人烟罕至。但这是他的宿命，他不得不忍受这一切，只为了看梅茜端着茶杯忙前忙后的样子。他本来很讨厌喝茶的，但喝茶可以让他在梅茜那里待得更久。所以，他很虔诚地细细品茶。而那个红发女孩就坐在那乱糟糟的画室里，盯着他，一言不发。她总是那样盯着他。

这么久以来，有一次，仅有一次，她离开过画室。那时梅茜正给他展示一本剪报集，里面大多是一些零零碎碎从地方报纸上剪下来的文字，主要是对她送去遥远的地方进行展览的作品的一些非常简短肤浅的评论。迪克弯腰并吻了吻梅茜打开书页的满是颜料的拇指。“噢，我亲爱的，亲爱的，”他喃喃说道，“你就那么看重这些东西？把它们丢到废纸篓里罢！”

“不，除非我能够获得比这些更好的。”梅茜说着，合上了剪报集。

梅茜毫不在意迪克观点的行为明显刺激到了迪克，而且他也深深地关爱着这个女孩。于是为了确保梅茜能够获得更多珍贵的剪报，他主动提出了一个建议：他负责画画，让梅茜署名。

“那太幼稚了，”梅茜说，“我不同意。那必须是我的作品，我的——我自己的——我亲自创作的！”

“那你去为富裕的酿酒商设计房子的装饰浮雕吧，那活你干起来应该会得心应手。”迪克气昏了头，不禁恶言出口。

“迪克，我一定会做得比装饰浮雕更好的。”这是梅茜的回答，那口吻让迪克想起了当年这个灰眼姑娘对珍妮特夫人说话时的无所畏惧。迪克差点就失控大发雷霆的时候，那个红发女孩回来了。

接下来的周日，他在梅茜的脚边放了些铅笔作为小礼物来讨她欢心。他直接向梅茜介绍说，那些铅笔几乎可以直接用来作画，而且颜色是永不褪色的那种。显然，他正在明目张胆地对梅茜大献殷勤，希望她大人不记小人过。他所要做的，更多的是展现他对梅茜的一心一意。

若是托尔潘纳听到迪克是如此流利地鼓吹他的所谓艺术信条，估计他会感到毛骨悚然的。

放到一个月以前，要说迪克会做这样的事情，估计他自己同样也会被惊吓到。但是，为了梅茜，为了让她高兴，他费尽了心机把那些本来自己对艺术的领会中只可意会不可言传的东西统统用通俗易懂的语言向她一一讲述。如果只是要了解绘画创作其实一点也不难，真正难的是你要把你具体绘画创作的方法用语言表述出来。

“如果我手中有画笔的话，我可以讲解得更好。但是我发现教你绘画几乎是不可能的事情。”迪克望着梅茜所抱怨的那个“没有质感”的下巴造型很是绝望地说。那就是梅茜用调色刀刮出来的同一个下巴。“很好笑的事情是我喜欢你绘画中的荷兰风，但我觉得你并不擅长绘画。你用模特作画却就像根本没有用一样，完全是自己想怎么画就怎么画。而且你采用的是卡麦填充式人像阴影绘画方式。那么，就算你自己不懂这个，但是你在绘画中习惯去繁就简，逃避那些难画的地方。建议你花些时间在线条绘画上，画线条不会让你有逃避繁复细节的机会。油画却可以。——就我所知，图片一角那三平方英寸闪光复杂的油画颜料有时会成功除去绘画缺点。不过那是不道德的。就如老卡麦过去所说的一样，你要先花时间做专门画线条的工作，然后我再来指点你怎么画画。”

梅茜不听他的，她根本不想只画线条。

“我知道，”迪克说，“你不就满脑子想着怎么用花团锦簇以遮掩画作人物颈部那些糟糕的造型嘛。”闻言，红发女孩大笑了一下。“你想用群牛没膝于草地的风景来掩饰糟糕的绘画水平。你想做很多你力不能及的事情。你很有色彩感，但你还得要构图完美。强烈的色彩感是你的天赋。这点可以先放一边，先不要想色彩的问题。你需要先打好基本功，在构图方面不断练习。

“现在，你所有的那些奇思妙想恰恰是让你清楚你自己的问题所在。当然，有些想法还是很不错的。线条笔法你必须加强练习。不然，它将使你的弱点全面显现。”

“但是其他人——”梅茜开始反驳。

“你根本不要在意其他人怎么做。除非他们的灵魂是你的灵魂，那就另当别论。你必须坚持自己的绘画风格、自己的绘画手法。记住，在你自己的绘画创作中考虑其他人的观点或做法事实上都是在浪费你自己的光阴。”

说完，迪克愣住了，那在他义正词严的批评中根本没有考虑到的对梅茜的渴望又回来了。他望着梅茜，眼中明明白白地问道：我们是不是应该不要再谈这些争论无果的绘画和建议什么的，直接携手拥抱生命与爱情？

梅茜非常乐意接受迪克提出的新的学习计划，这让迪克差点当场就带她去最近的学校注册。在迪克看来，梅茜的行为是对他明面上的要求的一种绝对的服从，但是却又是对他不言而喻的渴望的一种完全漠视，这明显让迪克备受煎熬。在梅茜的房子里，每七天一次的一个下午的一半的时间他说了算。尽管事实上这种权利是相当有限的，但这又的的确确是如此。梅茜已经学会在很多事情上向他讨教，从画作的正确包装方法到脏兮兮的烟囱的清理等等。而红发女孩从未向他请教咨询过任何事情。

另一方面，每次她都是高高兴兴地迎接他的到来，又高高兴兴地看着他离开……他发现她们就餐的时间很不规律，而且是有一餐没一餐的。正如他开始接触她们时所怀疑的那样，她们主要是靠喝茶，就咸菜和饼干而度日。两个女孩大概每隔一周才去一次市场，靠一位女佣帮助打理家务，但是她们生活得像小鸟一样自由自在。梅茜把大部分收入花在请模特上，另外一位女孩则挥霍在创作设备的精良上，可是她的创作却粗糙不堪。根据自己在码头居住时所经历的经验教训，迪克警告梅茜，半饥饿状态意味着工作能力的严重下降，这可比死亡还要严重。

梅茜接受了迪克的警告，更多地注意自己的饮食。漫长冬日来临之际，每每黄昏时节，他的烦恼又卷土重来了。那些家庭严慈缺失的回忆如影随形般鞭笞着他，他不得不强迫自己一遍又一遍地用壁炉刷清理画室的烟囱，以寻求内心的平静。

他一直以为这些回忆将会是他痛苦的极限。然后，某个周日，那位红发女孩宣称她想试着画迪克的脑袋，因为他能静坐良久。她又补充了一句，尤其是注视梅茜的时候。他不善拒绝，只好做她的模特，静静地坐在那里让她画。就在这静坐的半个小时里，他仔细回忆所有过去那些曾经做过他展现自己绘画才艺的模特。记忆最深刻的是比奈特，那个曾经的艺术家，说自己在艺术造诣上江郎才尽的比奈特。

最后出来的仅仅是头像轮廓寥寥几笔的素描，却呈现了一种不能言说的等待和渴望。最重要的是，它展现了一种人类想要解脱束缚而无望的悲苦与嘲讽。

“我要买下它，”迪克快速地说，“价格由你定。”

“我的索价很高，但是我敢说你会感激我的。如果——”红发女孩说着，一不小心，这幅墨迹未干的速写从手中飘落，跌入画室的炉灰当中。等她捡起画作的时候，已经脏得无可救药了。

“噢，完全毁掉了！”梅茜说，“我还没看到呢，画得怎么样？”

“谢谢你。”迪克低声对红发女孩说了声，就迅速离开了。

“那人该有多恨我呀！”女孩说。“梅茜，他可真爱你啊！”

“说什么废话呢？我知道他喜欢我，但他有他的事业要拼搏，我也有我的工作要做。”

“是的，他喜欢你。我觉得他懂印象艺术呢。梅茜，你看不到吗？”

“看？看什么？”

“没什么。只是，我知道，如果有一个男人能像迪克注视你一样含情脉脉地看我，我会——我也不知道我会做什么。但是他讨厌我。噢，他多么讨厌我呀！”

她并不完全正确。当时迪克的厌恶之情与感激之心交织并存，之后就完全把她抛诸脑后了。然而他心中依然感觉羞辱难当，在穿过浓雾弥漫的公园的时候还对此耿耿于怀。“总有一天会爆发的。”他愤怒地说，“但这不是梅茜的错，就她的认知和理解来说，她是对的，一点错都没有。我不能怪她。这事情已经困扰了我近三个月了。

“三个月！——我花了整整十年的时间到处去摸索钻研我的绘画理念，我工作中最纯粹的理念。十年时间就是这样过来的。那时候没有那些大头针啊图钉啊调色刀啊……这些东西每个星期天都困扰着我。

“哦，我的小宝贝，如果有天我令你伤心，有人也会非常非常难过的。不，她才不会。我在她面前就像一个大傻瓜，就像现在一样。有天我结婚的话，我一定要在婚礼上给红发女孩下毒。她真是太可恶了！现在，我得去找特博吐吐我的苦水。”

最近，托尔潘纳一再地跟迪克说起有关轻浮罪的话题，迪克左耳进，右耳出，一声不吭。周日拜访绘画指导之约的前几周里，迪克满腔热情地投身工作，决心至少要让梅茜看到他全部的能力。之后，他要求梅茜全副身心投身到工作中去，不要分心杂事。梅茜完全听从他的教诲。她接受他的告诫，但对他的画作提不起半点兴趣。

有次她说：“你的画作充斥着烟草和血腥的味道。除了士兵，你脑子里就不能有点别的东西吗?”

“我满脑子想的都是你。说出来会吓着你的。”迪克心里想着，嘴上却说，“非常抱歉。”这是那个红发女孩将其幻想全部消灭之前的想法。那天晚上，他对艺术的亵渎让托尔潘纳很是恼怒。随后，他又不知不觉地在很大程度上违背了自己的意愿，渐渐地他不再对自己的绘画感兴趣。

为了梅茜，同时也为了抚慰他似乎一到周日就会失去的自尊，潜意识里他不允许自己出糟糕的作品。然而，就算他画出最好的作品，梅茜也根本不会关注。所以，他最好还是静静地数着日子，静候每周周日的来临。就这样一周又一周的时光在无所事事中流逝，托尔潘纳很看不惯迪克这样的生活。于是，在一个周日的晚上，托尔潘纳忍不住狠狠地批评了迪克一通。那天正是迪克在梅茜那里指导，整整自我克制了三小时，实在是筋疲力尽的时候。说完，托尔潘纳就去请教奈尔海去了。那时他正好过来找人聊欧洲大陆政治。

“完全的无所事事，对吧？粗心大意，脾气暴躁？”奈尔海说道。

“根本不用为他担心。迪克现在可能是被女人迷得神魂颠倒了。”

“还不够糟糕吗？”

“是的，她可能迷得他无法工作，把他的工作弄得一塌糊涂，这种状况会持续好一阵子。说不定她有一天还会出现在这里，成为这里的常客。因此，如果不是迪克主动跟你谈及工作的事情，你最好还是不要去惹他。他可不是一个脾气温和，容易相处的人哦。”

“的确如此。尽管我希望他是。这家伙好斗、自负、很欠扁。”

“他迟早会得到教训的。他必须得明白，光凭颜料和画笔是无法叱咤风云的。你喜欢他呀。”

“如果可以的话，我希望能替他承受他应受的惩罚；而最糟糕的是，各人有各人的缘法，没人能够替代。”

“你错了。更糟糕的是，这场人生之战无人能幸免。迪克必须像我们一样从中汲取教训。说到战争，明年春天巴尔干半岛地区会有大麻烦。”

“这麻烦已经够久的了。我在想，搞不好等巴尔干的麻烦都解决了，我们还是没有搞定迪克。”

话音未落，迪克走进了房间。于是他们就问了迪克有关意见。

他很是心不在焉地回答道：“还行吧。我对现状很满意。”

奈尔海问道：“你肯定没有认真地看报纸上的新闻报道吧？不用六个月，你的名气就会消失。人们清楚了解你的画风之后，就会去追逐新事物。届时，你何从何去呢？”

“就在这里，英格兰啊。”

“届时你就像我们一样随便找份体面的工作做！？愚蠢！做体面的工作，我可以，肯努夫妇可以，特博可以，卡萨维迪可以，我们所有人都可以，就你不可以。我们竭尽全力，努力创造尽可能多的机会，就是为了让你开阔视野，成就像俄国著名军旅画家维乐奇金丝[①]那样的荣耀。”

“哦！”迪克吭了一声，大口大口地抽着烟斗。

“难道你就想着整天地待在这里，幻想着你的画作能够震撼全世界吗？好好想想，有多少普通人的生活能够是充满追求，充满愉悦的?！成千上万的人一辈子只为了个生计劳碌奔波，整天嘟嘟囔囔的都是他们根本不感兴趣的事情。终其一生也不过是奔了个虚名，不管是声名大振也

①译者注：Vassili Verestchagin（1842–1904）俄国著名军旅画家。

好，小有名望也好，或是臭名昭著也好，都不过是随着上帝的喜好罢了。”

“这个我也懂。相信我，我会努力精进的。”

“信你的话，我就不得好死！”

“那你就不得好死吧。毕竟，你很有可能就会是这种下场的，因为你是个间谍，你很有可能会被那些情绪激动的土耳其人绞死。哎哟！我累了，真是累死了。现在不要跟我讲什么道德规范了。”迪克一屁股坐到椅子上，不一会儿就呼呼大睡了。

“情况不妙啊。”奈尔海低声说道。

托尔潘纳赶紧拿起放在迪克马甲上的烟斗，差点就燃烧起来了，并顺手把一个枕头垫到了他的脑后。“我们无能为力，我们无能为力啊！”他说道。“他真是一个可恶的死顽固，可我就喜欢他这一点。这个伤疤就是他被拖去广场斩首时擦出来的。”

“爱情应该不会让他这么抓狂吧。”

“我就觉得是。他就是一个十足务实的疯子。”

话音未落就听见迪克如雷的鼾声。

“噢，看。不喜欢还真无法忍受这种如雷的鼾声啊。醒醒，迪克，如果你鼾声还是这么响的话，你得到别处睡去。”

“我发现，如果猫咪整夜都在屋顶上晃荡的话，”奈尔海隐晦地提到，“那她白天通常都是睡觉的。这是自然规律。”

迪克揉着惺忪的睡眼打着呵欠，踉踉跄跄地走开了。夜间醒来无法入眠的时候，他满脑子就只有一个想法，一个非常简单、非常清晰的想法。他甚至很诧异自己之前怎么就没有过这样的想法呢。那就是他需要精心策划，要在一个工作日里去找梅茜，向她提议一起去趟短途旅行，带她乘火车去基林堡，去那个十年前他们曾一起溜达过的地方。

“一般说来，”一天早晨，他下巴涂满了肥皂泡，对着镜子里的自己解释道，“重走老路不见得就是安全的。途中之景会让人浮想起过去的点点滴滴，寒风拂面，你会不禁感慨万千；但相信这次肯定会有所不同。我得马上去找梅茜。”

幸运的是，他到的时候，那位红发女孩正好外出购物。梅茜衬衫上沾着点点颜料，正在使劲折腾着她的油画。看到他的到来，梅茜并不是特别高兴，因为工作日的拜访就表示一种公事公办的态度。他必须鼓足勇气才敢向她表明来意。

“我知道你工作一直很辛苦，”他以一种高高在上的口吻对梅茜说，“如果你继续这样下去的话，你会累垮的，所以你最好还是跟我来吧。”

“去哪儿啊？”梅茜不耐烦地问道。她站立在画架前工作太久了，已经累到不想说话。

“只要你喜欢，去哪儿都行。我们明天去坐火车，看看火车会停在哪里。然后我们找个地方吃顿午餐，晚上我再带你回来。”

“要是明天的光线正好适合作画的话，那我又得浪费一天的时光了。”梅茜稳稳地托着那重重的栗白色调色板，犹豫不决地说道。

闻言，迪克差点就要破口大骂，但最终还是及时忍住了。在梅茜看来，工作就是一切。对此，迪克还没有足够的耐心。

“如果你没日没夜地工作的话，那你错过的还要多得多。过度工作只会是慢性自杀，百害而无一利。理智点吧。你需要放松。明天早餐后我会来接你。”

“不过，你肯定可以邀请——”

“不，我不会。我只要你，不要别人。况且，她讨厌我，就像我讨厌她一样。她才不会来。说好了，明天。祝我们有个好天气吧。”

迪克兴高采烈地走开了。最终那天什么工作都没有做成。

他好不容易才打消了包个专车的疯狂念头，但是还是买了一件非常漂亮的灰色袋鼠毛斗篷，内衬是很有光泽的黑貂皮，然后他便沉浸在自己的世界里，独自思考问题去了。

那位红发女孩从艾奇韦尔路上买完东西，拖着疲惫的身躯回来的时候，梅茜对她说：“明天我要跟迪克一起出去一趟。”

“你确实应该跟他出去走走。趁你出门的时候，我要彻底擦洗一遍画室的地板，太脏了。”

梅茜好几个月都没有好好享受过假期了，想到明天的旅行不禁有了些许的兴奋，但心底多少又有所顾虑。

她心想：“冷静理智的时候，迪克谈吐风趣，再也没有人比他更棒了。但我敢肯定，他会冲动犯傻。这真令人担心，而且我肯定，对他，我是说不出甜言蜜语的。要是他理智而不冲动的话，我想我会更喜欢他。”

第二天早晨，来接梅茜的时候，迪克容光焕发，满眼喜悦。只见梅茜身穿一件灰色的阿尔斯特宽大衣，头戴一顶黑色天鹅绒帽子，俏生生地站在门厅那里。这样一位美女，由大理石砌成的宫殿才是她最应该待的地方，而不是现在这细纹木仿真品砌成的房子。那红发女孩将梅茜拉进画室里，匆匆忙忙地吻了她一下。

梅茜吓得目瞪口呆，浑身不自在。“别碰掉了我的帽子，”她说完就匆匆跑下楼去找迪克。那时他正候在马车旁。

“够暖和了吗？要不要再吃点早餐？把这斗篷盖到膝盖上。”

“我觉得很暖和，谢谢。我们要去哪里，迪克？噢，不要再唱了。别人会认为我们疯了的。”

“随他们怎么想，除非他们吃饱了撑的。反正他们不认识我们，我们也不知道他们是谁。梅茜，亲爱的，你真漂亮！”

梅茜正目不转睛地凝视着前方的事物，没有回答他。冬日早晨凛冽的寒风把她的脸颊冻得红彤彤的。淡蓝色的天空中，奶黄色的烟云一朵接着一朵地消散开去。从喷泉四溅的街道到熙熙攘攘的车流，小麻雀正叽叽喳喳地宣告着春天的到来。

迪克说：“乡间的天气一定很好。”

“那我们去哪儿啊？”

“拭目以待吧。”

他们在维多利亚火车站前停了下来，迪克自己一个人先跑去买票。梅茜则舒舒服服地在候车室的壁炉旁等待，在她看来，与其两人在人群中推挤着艰难前行，不如直接先让一个人去售票处买票。不一会儿，迪克领着梅茜进入了普尔曼式卧车厢，他告诉她选择这个包厢的理由是因为这里更暖和。只见车厢里处处装饰奢华，梅茜表情严肃，满脸厌恶。这时，列车缓缓驶离城市，走向乡村。

她第二十遍地说道："我希望我能知道我们这是要去哪里。"

突然，一个记忆深处再熟悉不过的站名在眼前一闪而过，消失在火车前进的方向，梅茜喜出望外。

"噢，迪克，你真坏！"

"好吧，我想你可能会想再到这里来看看。你很久没来这里了，不是吗？"

"是的。因为我根本不想再见到珍妮特夫人，那是她的地盘。"

"不完全是这样的。你看一下外面，那是土豆田上的那架风车；那里还没有盖别墅呢；你还记得我关你在里面的情景吗？"

"记得。她为此还狠狠地揍了你一顿！我可从未告诉过她是你干的哟。"

"她猜出来的。我用一根小棍子从门底下的缝隙塞进去，告诉你我把阿莫玛活埋在土豆田里了，而你居然就相信了。那时候的你啊，别人说什么你都相信。"

他们笑了起来，相互依偎着眺望远方，辨认着那些过去的地理标志，过去的点点滴滴浮现在眼前。他们的脸颊几乎贴到了一起，迪克的双眼紧紧盯住了梅茜的脸颊，透过她洁净的肌肤，甚至可以看到她的血液正在往上涌。他为自己的计划暗暗自喜，并期待着晚上能有个大大的奖励。

列车停稳后，他们下了车，用全新的眼光打量着这个记忆中的小镇。虽然距离尚远，但是他们还是一眼就认出了远处珍妮特夫人的房子。

迪克装作很害怕的样子说："如果她现在走出来，你会怎么办？"

"我会给她个鬼脸。"

迪克用一种童声童趣的口吻说："好啊，给她扮一个。"

梅茜朝着那栋讨厌的小房子扮了一个鬼脸，惹得迪克哈哈大笑。

梅茜模仿着珍妮特夫人的语调说："真是丢人现眼。"

"'梅茜，你给我马上进去。在接下来的三个周日，你要学习圣经集、福音书和使徒书，我毕竟之前已经教过你了，所以你还得帮忙做饭！迪克总带你学坏。迪克，就算你将来成不了绅士，但你至少应该——'"

训斥就这样戛然而止，梅茜回想起她上次听到这句话的具体时间了。

"'看起来像个绅士。'"迪克立即接了下去。

"对极了。现在我们先去吃午饭，然后走路去基林堡——除非你想开车去？"

"必须走路去。这样我们可以好好看看这个地方。这里没什么变化呀！"

他们朝着大海走去。街道依旧，景色依然，一路上往日情景涌上心头。他们准备路过的是一家糖果店。在那些他们一周的零用钱凑起来也不过一先令的日子里，这个店是他们心心念念想要去的地方。

“迪克，带零钱了吗？”梅茜问道，又仿佛是在自言自语。

“只有三先令；如果你想用两先令买薄荷糖的话，那你就不对了。她说薄荷糖不是淑女吃的。”

说完，他们又大笑了起来。再一次的激动兴奋让梅茜的脸颊红润动人，同时也让迪克心头热血沸腾。一顿丰盛的午餐之后，他们走到沙滩上，穿过废弃的、被风沙侵蚀过的土地来到了基林堡。这是一片荒无人烟的土地，甚至没有哪个建筑师愿意花费哪怕一点点的时间去改变它，因此它保持着原来的风貌，没有一丝一毫的污损。海面上吹来的微风拂面，在他们耳边轻轻吟唱。

“梅茜，”迪克叫道，“你的鼻尖上沾到了一点普鲁士蓝的颜料。

“只要你开心，无论多远，也无论多久，我都会一直追随着你。”

她小心翼翼地环顾四周，笑了一下便跑开了，她穿着阿尔斯特大衣，但依旧身轻如燕，跑得飞快，直到最后她跑得上气不接下气才停了下来。

“以前我们总能跑上几英里，”她气喘吁吁地说道，“而我们现在却跑不动了，这太荒谬了。”

“我们老了，亲爱的。我们在镇上生活是会发福的。以前，每次我要拉你头发的时候，你总会高声尖叫，一跑就是三英里。我早该明白，你大声尖叫就是为了引来珍妮特夫人。她手里总是拿着一根棍子和——”

“迪克，我从来不曾故意让你挨打过。”

“是的，你从来不曾。天哪！看看这片海。”

“没什么啊。还是一如既往啊！”梅茜说道。

托尔潘纳从比顿先生处获悉，迪克今早穿戴整齐，胡子剃得一干二净，早上八点半便出门了，手里还拎着一块旅行毯子。正午时分，奈尔海过来下棋和闲聊。

“情况比我想象的还要糟糕。”托尔潘纳说道。

“噢，迪克真是令人讨厌！我觉得啊，你太担心他，你就像一只母鸡一样，整天瞎操心你的小鸡。真是自寻烦恼啊！如果他觉得开心，就随他胡闹好啦。你可以用鞭子狠狠地训练一只小狗，但你却不能用鞭子来教训一个年轻人啊。”

“她不是一个女人。她是女的没有错，不过是个女孩。”

“你怎么知道？”

“今天早上他早早起床，八点就出门。天哪！他半夜就起床了。他只有在服兵役时才会起得那么早。记得吗，就算是那个时候，就算是埃尔马格里布战争马上就要开始了，他都是要我们踢他才会起床。真是说不过去啊。”

“是很奇怪。不过也许他最终决定去买一匹马。他早起可能就是为了去买匹马，对吧？”

“买个屁呀！如果真有所谓的马的话，他早就告诉我们了。他分明是去见那女孩了。”

“别那么肯定。或许那不过是个已婚妇女呢。”

“就算你没有什么幽默细胞，迪克还是有的。有谁会天还没亮就起床去找别人的老婆？肯定是个女孩！”

“那么，女孩就女孩吧。她或许会让他明白这个世界上不仅仅只有他一个人。”

“她会使他荒废业务。她会浪费他的时间，跟他结婚，彻彻底底毁掉他的工作。如果我们无法阻止，那他就会成为一个体面的已婚男子，最终就这样碌碌无为下去。”

“很有可能。但真要这样发展，我们也无能为力啊……不！呵！要这样的话，我宁可迪克他去‘跟男孩们鬼混’。不过也不用过于担心了。一切有真主阿拉呢。我们静观其变就好了。下棋啦，好不好?”

那位红发女孩躺在自己的房间里，眼睛定定地盯着天花板。屋外人行道上渐行渐远的脚步声听起来就像是重复了多次而实际上却只有一次的深吻。她的手就放在身体两侧，很用力地时而打开，时而又合上。

负责打扫画室的女佣敲了敲她的门：“打扰一下，小姐，我扫地板的时候发现那里有两三块肥皂之类的东西，一块黄色，一块有斑点，还有一块是能去除墨迹的。现在，我准备提桶去走廊那边搞卫生了，但是我觉得我还是应该先来问一下你的意见，我该用哪块肥皂去擦地板呢。是黄色那块吗，小姐?”

女佣的请示没有丝毫冒犯之处，不料红发女孩却勃然大怒。她怒气冲冲地冲到房间中央，几乎大喊道——“你以为我会在乎你用什么吗? 随便哪种都行！——随便!”

女佣吓得逃了出来，红发女孩盯着镜中的自己，看了一会儿后不禁双手掩面，好像自己刚刚大声说出了一些伤风败俗的秘密一样。

第七章

红玫瑰、白玫瑰，

为爱亲采撷。

然其不屑一顾，

唯爱蓝玫瑰。

为寻蓝玫生长之地，

我踏足了半个世界，

也问寻了半个世界，

只有嘲笑和不屑回应。

或许终其一生，

蓝玫只是水中花。

一如我的苦求，

不过一场虚空。

最真还是红玫瑰、白玫瑰！

——《蓝玫瑰》

那片海依然如故。海平面很低，只漫到泥堤处。海面上马拉宰恩钟声浮标随着海潮的起伏而摇曳，叮当作响。在白色的沙滩上，干枯的海罂粟树桩不停地晃动，吱吱作响。

梅茜低声说："以前的防波堤没有了啊。"

"感恩吧，大部分基本跟我们以前见到的还是一模一样。我觉得现在的孩子肯定不会像我们以前一样，可以在堡垒上架枪来耍。过来看哪。"

他们来到了基林堡的斜堤上，在那四十磅重、炮口涂满焦油的大炮凹槽处坐下避风。

"现在，如果阿莫玛还在就好了！"梅茜说道。

对此，两人都沉默了下来。好一会儿后，迪克安慰地握着梅茜的手，呼唤着她的名字。

她摇了摇头，眺望着大海。

"梅茜，亲爱的，那又有什么区别呢？"

"有！"梅茜好不容易鼓起勇气挤出这个字，"我——我想说的是，如果它在……但这不可能。噢，迪克，理智点。"

“你觉得这不可能吗?”

“是的，我觉得，这不可能。”

“为什么呢?”

梅茜手托下巴，仍旧注视着大海，仓促地说道——“迪克，我非常清楚你想要什么，但我无法给你。这不是我的错。真的，不是我的错。如果我觉得我会爱上任何人的话——可问题是，我不觉得我有爱。我只是不懂得这是一种什么样的感觉。”

“亲爱的，真的是这样吗?”

“迪克，你一向对我很好。我唯一能够回报你的就是向你坦白真相。我不想对你撒谎，那样我会更讨厌我自己。”

“到底怎么回事?”

“因为——因为你对我倾尽所有，我却无以回报。我很自私，也很卑鄙，每每想起，我心里都惶恐不安。”

“亲爱的，你要永远明白，我清楚自己做什么，那是我自己的选择。你根本不需要自责，一点也不用。那跟你没有关系。”

“不，有的。你越是这么说，我越是难受。”

“那我们就不谈这个了。”

“可我该怎么办呢? 每次你跟我独处的时候，我都知道你想跟我说什么；就算你嘴上不说，你默默注视的眼光也说明了一切。我都知道，可是我无法回应，你都不知道有时候我有多讨厌我自己。”

“天啊，”迪克急得几乎要跳起来了说，“说实在的，梅茜，如果不是你三番五次提起，我会——不过，这真的有这么困扰你吗?”

“不，不会。”

“如果真的这么困扰你，你就告诉我事实吧。”

“我想，我会告诉你。”

“谢谢你。不过，从另一个角度来看，这也蛮伤人的。但是你必须学会谅解，毕竟一个陷入爱河的男人总是有点令人讨厌的。你应该是理解的，对吧？”

对于最后一个问题，梅茜认为没有必要回答，于是她一声不吭。无奈迪克一再地提问。

“当然，总有这样一些人。他们总是在我工作的时候，干扰我的工作，想要我听从他们的。”

“你会听吗？”

“刚开始的时候我会听。但是他们根本不理解我究竟关心的是什么。以前他们经常赞美我的作品。我以为他们是真心欣赏我的。我也为这些赞美深感自豪，可我永远都不会忘记，等我跟卡麦说这些的时候，他却大肆嘲笑了我。”

“梅茜，你不喜欢别人嘲笑你，对吧？”

“我讨厌被人嘲笑。我自己从来不嘲笑别人，除非他们真的很糟糕。

“迪克，你老老实实告诉我，你觉得我的作品画得怎么样？我所有一切的表现怎么样？”

“老老实实，清清楚楚，明明白白，”迪克引用了一句很久以前的流行语，“你先告诉我，卡麦是怎么和你说的？”

梅茜犹豫了一下说：“他说——他说这些画作还是蛮有感情的。”

“你怎么可以这样骗我呢？别忘了，我可是跟他学了两年的，我可是很了解他常常会怎么评价作品的。”

“我没骗你。”

“情况可能更糟糕吧。你只说了半句吧。卡麦应该是看了你的画作之后转过头来这样说，‘画作还是蛮有感情的，不过没有什么创意’。”迪克有意地加重舌音的卷舌程度，就像卡麦平时说话那样。

“对，他就是这么说的。现在我也觉得他说得没错。”

“那当然。”在迪克的认知里，这个世界上有两个人无论做什么或者说什么都不会错，而卡麦就是其中之一。

“现在你也这么说。真是太令人泄气了。”

“不好意思。不过，是你自己让我实话实说的。况且，我这么爱你，我是不会对你隐瞒我的想法的。你的画作情感表现很强烈，有时候又很平静，当然并不总是这样，甚至有时候觉得蕴含无穷的力量，但是却又让人无法明确说明究竟为什么会有这样的感觉。至少，这是你的画作给我的感受。”

“这世间很多事情都是无法解释得明明白白的。这点我想你应该跟我一样清楚。我只是想要成功。”

“但是，你走的路子不对。难道卡麦没有跟你说吗？”

“别整天拿他来说事，我只是想知道你的看法。我的作品是不是很糟糕，从一开始就很糟糕？”

“我可没这么说，我也不这么想。”

“那么就是说，我的水平不过是业余水平而已。”

“亲爱的，真不是这样的。你通身散发着职业女性的魅力，我对此非常敬仰。”

“你没有在背后取笑我？”

“肯定没有，亲爱的。知道吗？对我来说，你是最重要的。快把斗篷披上，要不就着凉了。”

梅茜把斗篷有柔软貂皮的这面紧紧地裹住自己，而把袋鼠毛的那一面翻到外面。

“好舒服啊。”她将下巴贴近衣领，轻轻地蹭着那柔软的绒毛，“为什么呢？我只是想努力获取成功，难道我错了吗？”

“就是因为你太努力了。亲爱的，难道你还不明白吗？好的作品可不是人为臆造出来的，它也不属于具体某一个人。不过是外在的存在借助画家把它画出来而已。”

“那怎样才能获得成功呢？”

“先别想怎么成功！当下我们所能做的事情是学会做好自己的工作，做我们手中各种绘画材料的主人而不要做材料的奴隶。而且，我们要勇于创新，无所畏惧。”

“我明白这一点的。”

“现实中很多东西都来自我们的外部世界，这是非常奇妙的事情。如果我们能够静静地坐下来，把外界传达给我们的东西展现出来，那么就有可能画出好的作品。当然要获得成功大部分取决于我们是否可以成为我们行业的大师，擅长绘画的一笔一画。但是一旦我们过多关注成功与否，一味地急于求成，老想着功成名就、开画展，我们就失去了绘画的造诣，失去了绘画的感触，失去了很多很多。至少这是我的感悟。我发现你没有做到心平气和，全身心地投入你的作品创作，而是整天担心这担心那，担心那些你无能为力的事情。你明白吗？”

“你说得倒是很容易。人们都喜欢你的创作，难道你没考虑过开画廊?”

“经常考虑。但我总觉得一旦我考虑画廊的事情，我就会失去画画的灵感。这就是一个简单的三分律。如果我们不重视我们的工作，只是把它当成我们追名逐利的手段，那么我们的工作也不会让我们功成名就。如果我们在事业上无法出人头地，那么我们就注定是失败者。”

“我没有不重视我的工作。你是知道的，工作就是我的全部。”

“当然。不过不知道你是否意识到，你三分之二的精力放在自己身上，只有三分之一放在工作上。亲爱的，这不是你的错。我自己也是这样的，而且我自己也清楚自己就是这样。法国很多学校以及这里的所有学校都鼓励学生为学分而努力，学分正是他们的骄傲所在。有人告诉我，全世界都对我的作品感兴趣，正如全世界都对卡麦的松脂油画感兴趣一样。我深信我可以通过我的笔画提升艺术对世界的影响力，从而改变这个世界。真的，我真的相信我能做到！每当我想到我其实对绘画艺术的知识把握还是不够，脑子里对我所谓的影响力有所动摇的时候，我就会努力地在绘画领域勇往前进，准备将来能够震撼整个世界。”

“但是，有时候我们真的可以就这样做啊。”

“亲爱的，千万不要心存邪念。而且，就算我们真的功成名就，你也会发现，其实这很微不足道。因为与大千世界相比，它是那样的渺小。梅茜，跟我一起吧，我会让你了解世界究竟有多大。工作和吃饭一样重要——这是很自然的事情——但是你还是要了解你是为什么而工作。我对整个世界的了解也不多，但是我可以带你去我了解的地方

——带你去看海那边的群岛。

“要在茫茫的大海上乘风破浪漂泊几周才能到达那里。那里的海很深很深，深到海水泛着黑曜石般的光泽。你可以天天坐在船头锁链上看着日出日落。海面一片孤寂，恐惧感倍生。”

“谁恐惧了，是你，还是太阳？”

“当然是太阳啦！还有就是海底下，天空中，各种声音萦绕耳畔。你会发现，小岛上一片生机，开满了兰花，芬芳满溢！一切美不胜收，无以言表。

“抬头望去，不远处，瀑布飞流直下三千尺，恍若缀着银丝的绿宝石一样银光玉色美丽非凡。成千上万的蜜蜂在石林里飞来飞去。你甚至还可以听到成熟的大椰子从树上掉下来的声音。你可以叫一个穿着象牙白衣服的服务员帮你做一张吊床，黄色的吊床上缀着流苏，就像一只大大的成熟的玉米。然后你躺在上面，伴着蜜蜂嗡嗡，水流潺潺，渐渐入梦。”

“在那里可以工作吗？”

“当然啦！人总是要有事可干才行的。你可以把你的画作挂在棕榈树上，让鹦鹉来做评判。要是他们争论不休，你就扔个成熟的番荔枝给他们。番荔枝落地，就会迸出许多汁水来。还有很多地方呢！跟我一起吧，我们一起去看看。”

“我不是很喜欢这样的地方，听起来让人懒洋洋的，你给我讲讲别的地方吧！”

“那我给你介绍一座矗立在蜜色沙砾上，由红色砂岩修建而成，大大的红色的死亡之城怎么样？那里到处是砂岩石丛，生长着野龙舌兰，一直不为人所知。梅茜，你知道吗？有四十位国王埋骨那里，他们的坟墓一个比一个华丽。在那里，你可以看到皇宫、街道、商店、水池等等，你会觉得人就应该生活在这样的一个地方里。在那里你还可以看到小小的灰色的松鼠孤零零的，在市场上萌萌地摸着自己的小鼻子；看到镶嵌着宝石的孔雀似乎要从一扇精雕细刻的门廊上跳跃出来，在大理石光滑的平面上尽情开屏，炫耀它如绣如织的尾巴；你甚至还可以看到猴子，黑色的小猴子穿过广场到水池那里找水喝，那里可有40英尺深。它从那些攀爬植物上滑到水边，它的伙伴抓住他的尾巴，以防万一它会掉进水里。”

“你说的是真的吗？”

“我曾经去过那里，亲眼所见。夜幕降临的时候，所有的灯光都闪耀起来，晶莹剔透，仿佛你置身于一片璀璨珠宝当中。就在太阳就要落山的前一刻，一头肥嘟嘟的脾气暴躁的大野猪会准时出现，像调过闹钟一样准时。只见它獠牙上满是口水泡沫，带着他的家人，慢跑进城门。你只要爬上那黑黝黝的石头神像的肩膀，就可以看到那野猪摇头晃脑、大摇大摆地走进一个宫殿，在那里舒服过夜。夜晚大风骤起，飞沙走石，隐约中可以听到城外沙漠在呼啸吟诵‘现在我要躺下来睡觉了’。然后一切陷入黑暗，直到月亮升起。梅茜，亲爱的，我们一起好吗？一起去领会这个世界的真谛。世界很美好，也很可怕。但是我不会让你见识可怕的事情。在这里，不管是你还是我，我们都不用再为画作或别的什么事情而烦恼，我们只管做自己想做的事情，只管尽情享受爱情。一起，好吗？让我教你怎么酿酒，怎么搭吊床，教你很多很多的事情。你会自己亲身感受颜色的意义。让我们一起来领会爱情的真谛。也许，我们可以一起好好地做一些美妙的创作呢。一起吧。”

“为什么呢?”梅茜说。

“因为你不可能在做决定之前就已经千帆过尽，就已经百味遍尝。亲爱的，我爱你，跟我走吧。在这里你还没有你的事业，你也不属于这个地方，你的长相就可以看出你有一半吉卜赛人的血缘。吉卜赛人天性崇尚自由自在。而我，就连那些海水的味道都能够让我心潮澎湃，兴奋不已。亲爱的，让我们一起走过这片海域，寻找我们的幸福!”

说完他站了起来，站在大炮映照在地上的影子上，俯视着梅茜，静静地等待着女孩的回复。冬天日头短，不知不觉中，短暂的一个下午就过去了，月亮正慢慢地从平静的海面上升起。巨大的海潮不断向着泥泞的海岸冲刷过来，远远看去就像一条一条长长的直直的银线。海风已经渐渐停息下来。在一片寂静中，隐隐可以听到远处一头驴正从茂密的草地经过。朦胧的月光下，一声轻微的跳动声传来，仿佛沉闷的鼓声。

“那是什么?”梅茜立刻问道，“感觉就像是心跳的声音。”

“在哪里?”

这突如其来的声音在迪克提出请求的瞬间寂静中显得尤为突出。请求被打断让迪克大为恼火。因为他自己都无法确定以后自己是否还有勇气进行这样的请求。梅茜坐在大炮下的位置上看着他，不禁有些害怕。

她希望他能够理智些，不要再用那些她似懂非懂的海外的激情来让她烦心。然而，她还没来得及多想，他脸色一下子就因为听到的声音而变了。

他说："那是一艘蒸汽船，双螺旋桨热动力蒸汽船，声音是它发出的。我看不清楚，但我猜它肯定靠岸边很近。啊！你看，那往上直冒的一道道红光，那是开路的信号。"

"那是个废弃的轮船吧？"梅茜说。对她来说，迪克的话就像古希腊语一样令她费解。

迪克把目光转向大海。

"废弃的轮船?！开玩笑！那是向前开进的信号。先是红色向上的信号，之后是绿色信号，桥头那边会发过来两个向上的红色信号。"

"那是什么意思啊？"

"我没猜错的话，这是前往澳大利亚的克罗斯基斯公司的轮船发出的信号。不过我不知道它是哪一艘。"他说话的语调变了，有点像自言自语，而梅茜对他的话不以为然。这时，月光突破了阴霾，照射在正向海峡驶去的轮船黑色的舷边上。"船上有四个船桅和三条烟囱，而且吃水很深。那肯定是巴拉隆号，或者普迪亚号。不，普迪亚号船头是弯形的。那应该是巴拉隆号了。它正驶往澳大利亚。

这船会在一星期后到达南十字星座那边，幸运的老船！——噢，幸运的老船！"

他很认真地看着，为了看得更清楚还走上了炮台上的斜坡。但是，此时海上的雾气再次浓厚起来，而且那条船发出的声音也渐远渐弱。梅茜在叫他，声音有点生气，他回应了一声，但眼睛依旧注视着大海。他问道："你有见过南十字星座就在你头顶上方闪耀的样子吗？那可棒极了！”

“没有。”她立刻回应道，“我也不想看。如果你真觉得它那么好，那么干吗不自己一个人去看它就好了呢？”

梅茜从围住脖子的黑貂毛皮衣领处扬起脸颊，眼睛像钻石一样亮晶晶的。月光照耀下的灰色袋鼠斗篷显得格外冰冷。

“天啊，梅茜，你躲在那里看起来很有一点异教情调，别有风情。”

梅茜的眼神显然表示她并不喜欢这样的赞美。“对不起。”他说，“南十字星座并不值得亲自跑一趟去看，除非有人帮你。那艘船走远了，听不到声响了。”

“迪克，”她轻轻地说，“假如我现在来到你身边——你先听我说——就假设我，我非常非常的喜欢你。”

“不是像喜欢兄弟那样？毕竟你在公园说过的，你不会——”

“我没有兄弟。假如我说，‘我要你快点带我去你说的那些地方，马上去。也许，我真的很喜欢你’。你会怎么做？”

“直接打车把你送回原来的地方。不，我不会的这样做；我会让你自己走路回去，但你不会这么做的。亲爱的，我也不愿意冒这个险。你值得我无条件等待，直到你毫无顾虑地愿意跟我走。”

“你真的相信这样才好吗？”

“我隐隐约约有种感觉，我真的相信有一天你会全心全意地跟我走，难道你都没有这样的感觉吗？”

“呃——是的，我觉得这很恶心。”

“比往常还恶心吗？”

“你根本不知道我在想什么。太可怕了，我都不好意思说了。”

“没关系。你承诺过要告诉我真相的，不是吗？”

“你会不会觉得我很不知好歹？尽管——尽管我知道你很喜欢我，我也很想和你在一起。但是为了得到我想要得到的东西，我甚至——甚至可能会放弃你。”

“我可怜的小宝贝！我知道那种心境。它不会让你成功的。”

“你不生气吗？真的，我都鄙视我自己。”

“你也不用奉承我。我之前也有过各种猜测，但我并不生气。我只是为你感到遗憾而已。这么多年了，你当然应该可以保留一点点你自己的追求。”

“你没有必要护着我！我只想要得到长久以来为之奋斗的东西。而你毫不费劲就功成名就了。我——我觉得这不公平。”

“我能做些什么呢？如果可以，我愿意折寿十年去换取你想要的成功。可是我爱莫能助，我也帮不上忙。”

闻言，梅茜嘟嘟囔囔地表示不满。他继续说：“从你刚才所说的，我知道你现在所谓的通往成功的道路是错误的。并不是放弃谁就可以获取成功的，这点我深有体会。你要做的是必须放弃你自己，循序渐进，不要总被私念影响。在你接触一种新的绘画理念，开始付诸实践的时候，永远不要踌躇满志，要不断地进取，不断地创新。”

“你是怎么做到相信这一切的？”

“这并不是信与不信的问题。这就是规律。你可以选择接受，也可以选择拒绝。我试着去遵守，但我做不到，结果我的工作在我手中毁于一旦。记住，无论在什么样的环境下，每个人工作中有五分之四是不如意的，但是剩下的五分之一却值得你为之奋斗，为之付出。”

“即便是糟糕的创作也有人赞赏，那不是挺好的吗？”

“的确非常好。但是——我告诉你个事。这可不是什么好事。不过，你太像一个男生，我跟你聊天的时候，常常忘记我是跟一位女士在交谈。”

“说啊。”

“记得我在苏丹的时候，有一次，我经过一个我军奋战了三天的地方。那里上千人尸横遍野，可我们连掩埋他们的时间都没有。”

“好可怕啊！”

“我一直想把这个场面在大双开的画纸上勾画出来，我想知道远在家乡的人们看到的时候会怎么想。那战争的场景让我非常震撼。它看起来就像是一张布满各种颜色的毒菌的可怕温床，我从没见过这么多人就这样在我眼前逝去。所以我开始明白男人也好，女人也好，都不过是创作所需要的材料，才明白不管他们说什么或是做什么其实都无关紧要。知道吗？严格意义上来说，你要做的事情最好是潜心画画，努力探索色彩的意义。”

“迪克。那真是太可耻了！”

“等等，我所强调的是，严格意义上来说。不好意思，我所说的每一个人，是指男人或者女人。”

“我很欣慰你承认男女一样。”

“但对于你来说，我可不那样认为。你可不是一个女人，你只是一个普通人。梅茜，你应该像其他普通人一样地工作和生活。这就是为什么我对你那么粗鲁的原因。”他边说边向海上扔出一块鹅卵石，“我知道，别人说什么我根本不需要关注。我也知道，他们的指手画脚只会糟蹋我的创作。然而，我还是把一切都搞得乱七八糟。”说着，他又把另一块鹅卵石投向海面，“因为别人的恭维奉承让我情不自禁得意扬扬，即使光是看着这个人的前额我就知道他在废话连篇。但是那些谎言让我听了开心，我也会在创作中加些恶作剧。”

“那要是人们不再恭维你了呢？”

“那么，亲爱的，”——迪克咧嘴大笑——“我也不知道。”

“我是这些艺术天赋的管理者，我希望人们能够喜爱并欣赏我的作品。这样说真是太厚颜无耻了。但我还是认为，即使是一个天使，如果只是完全从外部来描画人类，那他也很有可能无法刻画出其中之精髓魅力。”

梅茜因迪克以天使自比而捧腹大笑。

“不过你似乎认为，”她说，“所有美好的事物都会出自你的双手。”

“不是我认为，而是这本就是其内在规律，就像在珍妮特夫人那里也一样。所有美好的事物确实出自你的双手。我很欣慰你看得如此透彻。”

“可我不喜欢这样的论调。”

“我也不喜欢。不过，总有不得不按规定行事的时候，不是吗？难道你已经强大到能够单独去应对了吗？”

“我认为我必须那样做。”

“那让我帮你吧，亲爱的。我们可以紧握彼此的双手，一同前进。我们可能会跌跌撞撞，但也比各自摔倒要强。梅茜，你能明白吗？”

“我认为我们不用一起上路。常言道：同行相轻。我们是对手呢，我们不可能意见一致的。”

“我真想去和说出这‘鬼话’的人见见面！我想，他肯定是住山洞、吃生肉。见到他，我肯定赏他几个箭头吃吃。

“你说好不好？”

“就算我跟你结婚，我也只能把一半的心思放在这段婚姻上。另一半就会像现在一样忙绿于我的创作。七天当中有四天我都不适合与别人交谈。”

“你说得好像世界上就只有你搞绘画艺术一样。难道你觉得我会不知道那种焦虑，那种顾虑重重，那种痛恨被打扰，那种无法企及成功的焦虑吗？如果七天当中你只有四天不适合与人交谈，那你已经很走运了。而且，就算是这样，那又有什么区别呢？”

“如果你也曾经有所体会的话，那当然大不相同了。”

“的确如此，但我可以充分理解这样的生活。其他人也许不能。他可能会嘲笑你。但现在谈论这些没有任何意义。如果你还会那样想，说明你还没有把我放心上。”

闻言，梅茜没有吭声。只见潮水渐渐地漫过泥泞的海堤，激起了二十个小涟漪。

“迪克，”她慢慢说道，“我深信你比我优秀。”

“这似乎跟我们的争论没有任何关系。如果有——那在哪方面呢？”

“我也说不清楚，但从你对艺术创作等事物的见解和谈吐看——而且你那么有耐心。我觉得，你就是比我优秀。”

迪克迅速地在脑海里回想了一下一个普通人一生大概要经历多少挫折与磨难。想来想去，也没有发现自己有什么东西可以证明自己是很优秀的。他把梅茜斗篷的下摆提了起来，轻轻地吻了一下。

“为什么，”梅茜装着没有注意到迪克的行为一样继续说道，“为什么你能够领会到的东西，我却没有领会得到。你所说的那些东西让我难以置信。可是偏偏我又清楚地知道，你说的都是正确的。”

“如果我真的能够领会明白什么，那么，天知道，我想要的不过就是看明白你，了解你！而且，我能够明白的那些我也只是想跟你说而已，我清楚地明白这一点。似乎只有你，能够让我一下子就明白了所有的事情。但是我说得好，做得还远远不够。也许你可以帮我……不论怎么样，在这个世界，就我们俩彼此相依相识了。你愿意跟我在一起吗？”

“当然愿意。我好想知道，你是否能够明白我有多孤独多寂寞？”

“亲爱的，我想，我能够体会。”

“两年前，当我第一次住进那所小房子的时候，我常常在屋后的院子里难过地走来走去，很想大哭一场发泄发泄，却怎么也哭不出来。我从不会哭。你会吗？”

“有时会。是什么让你困扰，工作太累了吗？”

“我不知道，但我曾经梦到我几近崩溃，穷困潦倒，在伦敦街头忍饥挨饿。然后我就会一整天想着那些景象，恐惧不已。喔！真的是令人恐惧！”

“我能够理解那种恐惧，那是最可怕的。有时它在深夜把我惊醒。你应该没有过那种感觉。”

“你怎么知道我没有？”

“我只是说说而已，你别介意。你那一年三百磅的钱安全吗？

“我把钱投在统一国债上。”

“很好。如果有人来找你并提供更高的投资，即使是我来找你谈，不要接受。永远不要动用那些钱，也不要借出一分一毫。即使是那个红发女孩问你借。你听好了吗？”

“别这样叱责我！我没那么蠢。”

“这世界上多的是愿意用自己的灵魂换三百磅一年的人。女人们就会围过来叽叽喳喳，今天借五镑，明天借十镑。而且，女人从来没有还钱的概念。

“好好保管好你的钱，梅茜。这世上没有什么能够比在伦敦穷困潦倒更可怕的了。这真是非常可怕的。一个人不应对任何事情都有所畏惧。但是，天啊，穷困潦倒就是让我感到恐惧！”

每个人都有自己害怕恐惧的东西——这种恐惧，如果不与之斗争终将会被其吞噬，并丧失人格。迪克因为曾经贫困潦倒而造成的惨淡不堪的痛苦经历已经深入了他的骨髓，无时无刻不在刺痛着他，提醒他曾经的不堪与惨痛。这些记忆与他如影随形，让他羞愧万分，即使是现在功成名就，顾客纷至沓来，他也无法感受功成名就的喜悦。就像奈尔海一看见湖泊或磨坊水坝的平静水面都会情不自禁地全身颤抖一样，抑或是像托尔潘纳一看见一切可以切割或刺穿的武器就会害怕一样，迪克惧怕穷困潦倒——尽管他自己很讨厌自己的这种行为，尽管这种贫困潦倒不过是他曾经开玩笑性质的尝试而已，但是他的害怕和恐惧比他的同伴所经受的恐惧都要更严重。

梅茜注视着月光下那张表情丰富的脸。

“你现在有很多钱了。”她轻柔地说。

“我永远都挣不够，”他说道，大声地强调着，说完，他又笑了起来，“我的账户里永远都差三便士。”

“为什么是三便士呢?”

“因为有次我把一个人的行李从利物浦大街站运至黑修道士桥。这个路段的价位是六个便士。你别笑，真的是。那时候我正等着钱急用。结果他只给了我三便士，居然还说是没有零钱，真是好意思啊。所以啊，不管我以后赚了多少钱，我都永远拿不回那三便士了。”

迪克这一番与他之前一直强调工作神圣性的说教相悖的言辞让梅茜大为震惊。在她个人而言，她喜欢自己的付出能够得到赞许。但她还是理解既然所有的人都渴望付出就有所回报，那么要回那三便士也是他的合法权利。于是，她伸手进自己那个小巧的钱包里摸了会儿，郑重地拿出了三便士。

她说：“这给你。我来付给你。迪克，不要再想了。那不值得。你要吗?”

“当然。”那个极具艺术天赋的家伙毫不客气地拿走了硬币，他说，“我已经赚了无数次了。我们可以结账了。我要把它镶嵌到我的手表链上。你是天使，梅茜。”

“我很难受，感觉有点冷。天啊，斗篷都白了，你的胡子也是！我没想到这么冷。”

迪克阿尔思特长毛大衣的肩上落上了一层薄薄的冰霜。他也忘记了天气的情况。两人不禁一起大笑了起来，所有刚才那些严肃的谈话都付之一笑。

然后两人一起跑步取暖，往陆地上跑去，一直越过垃圾堆。转过身来的时候，只见荆豆丛浓密的阴影衬托着月光下潮汐的澎湃涌起，美丽壮观，让人叹为观止。梅茜能够跟他一样注意到那些色彩差异，注意到茫茫白雾中的浅浅蓝色，团团灰色中的紫色，还有其他的一切的一切。它们当下的颜色展现——都不是只有单一的一种色彩，而是成千上万颜色荟萃起来的色彩缤纷，对迪克来说，那是一种锦上添花般的愉悦。而且，月光仿佛照亮了梅茜的灵魂。一向矜持缄默的她，忍不住开始打开了话匣子，侃侃而谈：谈她自己的一切；谈她感兴趣的事情；谈卡麦，她那个最聪明的老师；谈她工作室里的女孩们；谈那些波兰人，说如果他们不克制的话，就会过度工作而亡；谈那些法国人，说他们说得永远比他们做得多；谈那些邋遢懒散的英国人，说他们总是辛苦地工作个不停，生活却毫无好转的迹象，说他们不明白潮流并不是权力所向；谈那些美国人，说他们在闷热寂静的下午发出刺耳的声音，把本就紧绷的神经折磨到分崩离析；谈那些强硬的俄国人，说他们既不保守也不拘谨，给女孩子们讲鬼故事吓得她们尖叫连连；还谈那些冷漠的德国人，说他们来了就一心一意学习画画，学成之后就冷漠地离开，然后就知道临摹啊临摹个不停。迪克着迷似的聆听着，认真地听梅茜诉说她的学习生活，她的种种。他很了解这样的学习生活和经历。

“都没有很大改变啊，”他说，“他们还会在午饭时间偷颜料吗？”

“他们当然还这么干。用他们的说法，这不是偷，是顺应颜色的引诱。”

“我还好，我只顺深蓝色；有的同学顺碳酸铅白。”

“我也曾经顺过呢。当你调色正需要某个颜色的时候，你就会忍不住去顺了。每一管颜料，一旦挤出来用，它就是公共财产了，即使第一滴是你开始用的。这教会大家不要浪费颜料。”

“迪克，我应该也去顺顺你的颜料。也许这样我就可以像你一样成功了。”

“尽管我想骂你，但是我肯定不能这么做。你刚刚失去了一个绝妙的机会去看这色彩缤纷的世界。在这个世界上，成功、对成功的渴望或者是三层次的成功能够比得过……不，我不会再提这个问题了。我们该回去了。”

“我很抱歉，迪克，但是——

“你对那些可比对我感兴趣多了。”

“我不知道，可我认为我不是的。”

“如果我告诉你一个达成你梦想的捷径，你会回报我什么呢？麻烦、混乱、纠结以及其他种种？你会保证都听我的吗？”

“当然会啊。”

“首先，你不能因为你恰好在创作而忘记吃饭。你上星期就有两天没有吃午饭，”迪克试探着说，因为他知道他在和谁交谈。

“不，没有。只有一次而已，真的。”

“那就已经很糟糕了。而且，你不可以因为做晚餐很麻烦就用喝茶和吃饼干来代替晚餐。”

“你开玩笑的吧！”

“在我的人生中我从没有这么认真过。啊，亲爱的，亲爱的，你还没明白你对我来说代表着什么？让你受冻，被撞倒，被滂沱大雨淋湿，钱被骗光，或者让你因过度工作或饥饿而亡，都是整个世界的阴谋。而我偏偏没有照顾你的合法权益。为什么呢？我甚至不知道当天气变冷时你知不知道该给自己添衣取暖。”

“迪克，你真是个最难沟通的男生！那你想想，你不在的时候，我是怎么过来的？”

“那是因为我不在，而且我也不知道。但现在我回来了。我会尽我最大的努力付出，让我能够拥有权利告诉你不许淋雨。”

“包括你的成功吗？”

这一次，迪克花了好大力气才强忍着没脱口骂人。

“珍妮特夫人说得没有错。梅茜，你真的很可恶！你在学校待得太久了，你认为所有人都得围着你转吗？这世界上真正懂得绘画艺术的人不到一千二百个，其他的则是假装自己很懂的人或者是根本不在意的人。记着，我曾经见过一千两百人就死在毒菌床上。要知道，获得成功不过是非常非常小的一部分人发出的声音而已，现实世界一点也不在乎一个搞艺术的人成功与否，一点也不在乎。无论如何，你我都应该明白，世上每一个男人都有可能会和他的梅茜争论。”

“可怜的梅茜！”

“我觉得迪克才可怜好不好?!你觉得，当他在为比他生命还珍贵的事物奋斗的时候，他还会想去看画吗？就算他想，就算全世界都想，就算有上亿的人歌颂我的光辉和荣耀，但在我，这又怎么比得上知道下雨天你没有带伞去艾得维尔路上购物让我挂心呢?!现在我们去车站吧。”

“可在海滩上的时候，你说过……”梅茜有点忐忑不安，仍坚持道。

迪克忍不住大声抱怨了起来：“是的，我知道我说了什么。对于我来说，我的创作就是我的一切，或者说就是我自己，或者说是我希望如此，成就我自己。我相信我已掌握了创作艺术的规律。但我内心依然有着我心心念念的牵挂，尽管你差不多已经把它毁掉了。我刚刚才明白也许它并不重要。不过，我还是会按我说过的去做，而不是做我做过的。”

返回伦敦的时候，梅茜一路上小心翼翼，不再提出那个引起争论的话题，两人倒是相处愉快了起来。一路上，迪克滔滔不绝地大谈特谈有关运动之美，还没讲完终点站就到了。他觉得自己应该给梅茜买一匹马——一匹永远也不会低头的马，把它和另一匹马一起圈养在伦敦20英里之外。这样，为着她的健康，梅茜可以和他一起每周骑两到三次马。

对此，梅茜说：“那太荒谬了！那不合适。”

“有什么合适不合适的。现在，就在今晚，在整个伦敦，有谁会有兴趣去理会我们做什么事情？又有谁会要求我们去解释什么?”

梅茜看着远处的灯光，看着那些迷雾，感受着街上人来人往的混乱和喧嚣。迪克是对的。但是在她看来，马匹什么的根本没有什么艺术可言。

“有时候你非常非常的可爱，但更多的时候你又愚蠢得不得了。我不想让你给我买马，也不想让你今晚送我回家。我自己回去就可以了。我只想让你答应我一些事情。你再也不会再想那三便士了吧，对吗？记住，你已经得到报酬了。而且，我也不允许你为了这么一点小事而心怀怨恨，甚至是蓄意为恶。你千万不要因小失大，你一定会出人头地的。”

这是梅茜对迪克今晚话题的一个有力回击。说完梅茜就自己坐进了马车。

“再见，”她简短地说道，“你星期天过来吧。今天我过得非常愉快。迪克，为什么不能一直如此呢？”

“因为爱情就像画直线：你必须前进或后退，而不能停在原地不动。顺便说一句，继续你的直线创作。晚安，同时，看在……看在我的分上，照顾好你自己。”

他转身走路回家，一路上陷入了深深的思索中。这一天并没有实现任何他期待发生的事情。但是——这一天，毫无疑问——让他与梅茜更亲密了。现在只是时间的问题而已了，最终的奖赏值得等待。不由自主地，他再一次转身走向了泰晤士河边。

他望着河水自言自语：“她一听就明白。她明白我的灵魂的困扰，并且一下就解救了它。我的天啊，她是怎么明白的！而且她居然说我比她优秀！比她优秀！”他为她的这种荒谬的说法大笑不已。

“我想，要是女孩们能够猜对男人一半的生活的话，她们绝对不能——或者，她们不会再和我们结婚了。”他把她给的那三个便士从口袋拿出来，认为那是一个奇迹，一种承诺，最终可以带他走向终极的幸福。与此同时，他又情不自禁地担心着梅茜。她独自一人走在伦敦街头，没有人可以护卫她的安全。而伦敦到处充斥着野蛮、充斥着无尽的危险。

迪克用一种异教徒的方式把银币扔进了泰晤士河里，然后胡乱地向命运祈祷，如果有什么罪恶将要降临的话，那么请让他全部承担，让梅茜安然无恙，因为这三便士是他最最珍贵的财产。虽然这不过是枚小小的硬币，但是由于是梅茜给的，又供奉给了泰晤士河，那么这一次命运之神一定可以让他得偿所愿。

硬币沉了下去，他回过神来，不再想着梅茜。他走下桥，一路吹着口哨走回家。第一次和一个女人待了一整天以后，他恨不得找个人来抽抽烟，聊聊天，分享分享。然而，巴拉隆向大海深处渐行渐远，自由自在驶向南十字星座的影像在他内心蓦地升起，一股更强烈的渴望也在他心底泛起。

第八章

让我告诉你，

他们俩是海华沙之友，

一是音乐家齐比亚波斯，

一是伟男子奎瓦新那德。

——《海华沙之歌》

过来找人下棋的奈尔海还没走，仍在滔滔不绝地谈论着下棋的战术，看见托尔潘纳正在整理最后几页手稿，就顺便看了看第一部分，还一边看一边很是不屑地评论着。

“它既有油画般的意境又兼具写生风格，”他说，“但是从东欧画的角度认真来看，它还真不值什么。”

“它随时都可以脱手啊……三十七、三十八、三十九，一共三十九张，对吧？哎呀，应该还有十一、十二页的缺漏啊！”托尔潘纳一边整理着手稿，一边轻声地吟唱：“卖羔羊咧，卖羊羔喽，如果我想有多少钱就有许多钱，我就不会哭，卖羊羔喽……”

这时迪克走了进来，一副心花怒放的样子，异常好脾气。不过他完全沉浸在自己的世界，一点也没有注意到旁人。

“终于回来了？”托尔潘纳说。

“算是吧。你在干什么？”

“工作。迪克，你整天无所事事地晃荡，你以为你有英格兰银行当靠山啊。星期天、星期一、星期二都已过去，但你什么都没画。这真是可耻。”

“那些灵感忽闪忽现，我的孩子——它们就像我们的‘烟丝’一样，总是填满了又空了，”他回答道，一边往烟里填充烟丝准备吸烟。

“而且，”他弯腰把洒落在外的烟丝扔进了壁炉，“阿波罗也并不总是眷顾——噢，奈尔海，你个令人讨厌的家伙！”

奈尔海说道：“这可不是你散布灵感学说的地方。”说完把刚用来揍迪克的托尔潘纳那个又大又精致的风箱放回墙上。“我们相信熟能生巧。哎，你坐哪儿？”

“如果你没那么肥硕的话，”迪克一边说一边四处寻找武器，“我想——”

“不要在我这里嬉闹。上次你们两个的垫子大战就砸坏了我一半的家具，你们还有脸面和宾奇问好？你们看看它。”

宾奇跳下沙发，围着迪克一阵讨好，不时用爪子刮刮他的靴子。

“宝贝！”迪克把它抱了起来，亲吻着它右眼上的黑斑纹，“你就是宾奇？是那个丑陋的奈尔海把你从沙发上推下来的吧？宾奇，咬他！”迪克把它扔到舒舒服服躺着的奈尔海的肚子上，宾奇则假装一步一步逼近他，似乎要把他干掉。可惜，奈尔海一个沙发垫就把它给收拾了，之后灰溜溜地伸着舌头气喘吁吁地回到迪克身边。

“特博，你还没起床，宾奇这小子一早就去散步了。我从放下的百叶窗看见它在街角那儿讨好那个屠夫。看它的姿势和动作，感觉它在家没有吃饱似的。”迪克说。

托尔潘纳严厉地问道：“宾奇，确有此事？”这只小狗躲在沙发垫后面，白嫩肥厚的后背对着他，完全没有兴趣理会此事。

“令我惊讶的是另一只脏狗也去散步了。”奈尔海说，“你起那么早干什么去了？托尔潘纳说你还差点买了匹马。”

“他很清楚这么重要的生意需要我们三个都在场才行。我没有去买马。我只是感到孤独，心情很不好。所以我到海边去看看，去看看那些美丽的船只来来往往。”

“你去哪儿了？”

“英吉利海峡附近某个地方，叫普罗格里还是叫斯尼葛利的地方，或者是某个水域，我忘了它的名字了，但是从伦敦到那儿只用两个小时，而且那里有很多船只经过。”

“有没有见到你熟悉的东西？”

“只有一艘去澳大利亚的巴拉隆号轮船和一艘来自美国奥德萨装满粮食货物的货船，这艘船有些超载。今天雾很大，但是海面空气依然很清新。”

“所以，你就穿了自己最好的裤子去看巴拉隆？”托尔潘纳指着裤子问。

“除了那些自己涂鸦的旧衣服，我就只有它了。况且，去海边，我想穿得体面些。”

“她是不是搅得你不得安宁？”奈尔海很关切地问。

“神经。不要说这事了。抱歉，我自己去了，没叫上你们。”

托尔潘纳和奈尔海交换了一下眼神。而迪克则弯下腰，忙着去弄托尔潘纳的靴子和鞋撑。

“这样才行。”弄完他说，“我都不好意思去评价你对拖鞋的品位了。但是，穿起来舒服才是最重要的吧。”

他把脚伸进一双黑色鹿皮的软面鞋，找了一张长椅，舒舒服服地躺下。

“那是我最爱的鞋。”托尔潘纳说，“我准备自己穿的。”

“你个该死的自私鬼，就见不得我快活一会儿！只要我快活一会儿，你就开始烦我，开始给我捣蛋。去，再去给我找一双来。”

“迪克穿不了你的衣服那可真是件好事。特博，你们俩真像共产分子。”奈尔海说。

“迪克的东西从来不合适我穿。他唯一的好处就是做个伴而已。”

“胡说！那你是真的没有穿过我的衣服？”迪克说，“我可是用投币的方法来记事情的哟。昨天，我就把一枚金币放在烟灰缸里了。你怎么能指望一个人认真记账呢？如果你……”

闻言，奈尔海笑了起来，接着托尔潘纳也跟着笑了起来。

“昨天藏了一枚金币！你可是从来没有金融家那么精明的想法的。一个月前，你借我5英镑说一个多月后才要还你。你还记得吗？”托尔潘纳问道。

“当然记得。”

“十天后，我就还给你了，你把它放在烟灰缸下面了，你还记得吗？”

“啊，天啊，是吗？我以为我把它放在我一个颜料盒子里了。”

“你才晓得！差不多一周前，我去了你的工作室拿烟灰缸的时候发现的。”

“那你把它弄哪里去了？”

“带奈尔海去看歌剧，然后请他大吃了一顿。”

“就那一点钱，你不可能请奈尔海两次，就算请他吃便宜的军供牛肉也不可能。好吧，我想我迟早会找到它的。你们究竟笑什么？”

“在很多方面，你真是笨到无可救药了。”奈尔海边说，边为晚餐的事情暗笑不已，“没关系了。我们都很卖力工作，我们花的钱不过是你自然增值的钱而已。你就算游手好闲也没有关系了。”

“你个肥头大耳的家伙也这样说，那真是太好了。改天我也要把属于自己的晚餐给拿回来。我们现在去看歌剧？”

“我们穿上靴子，穿上衣服，马上洗漱出发？”奈尔海懒洋洋地说。

“算了，不去了。”

“要不，设想一下，我们换个思维，来个惊人的变化，好不好？我们，就我们，拿上画笔，拿上画布，继续工作去，怎么样？”托尔潘纳意有所指地说道。但是，迪克只是在他柔软的鹿皮鞋里动了动他的脚指头。

“整天就工作啊，工作啊，咯咯咯的！就算我手头上还有一些没有完成的作品，我现在也没有模特啊；就算我有了模特，我也没有可以定型的喷雾器啊，要知道我从来不会画到一半就停工的啊；就算我有了喷雾器和20张背景图片，今晚我也不会做任何事情。因为我没有心情啊。”

“宾奇宝贝，这人太懒了，对吧？”奈尔海说。

迪克很敏捷地站了起来说：“好吧。我也做点事吧。我去取努迦潘迦系列书籍，我们给‘奈尔海传奇’再加些插图。”

迪克离开房间的时候，奈尔海问托尔潘纳：“对他，你是不是多虑了？”

“或许吧。但是我知道如果他愿意的话，他肯定会出人头地的。所以，当我知道他应该可以出新作品，可以做得更好，但是他却停步在别人的表扬中沾沾自喜的时候我就会很生气。你我都是——”

“不管是天命使然还是我们自身力量使然，我们这么做，更多的是不想他留下任何遗憾吧。或许是我想得太多了吧。”

“我也是这么想的。我们现在也知道我们面临的问题了。我非常想知道如果迪克全身心投入工作他的作品会是什么样子。这就是我为什么对他那么热心的原因。”

“该说的、该做的，你都已经做了。很有可能的情况是，就恰恰是因为一个女孩，他不再听你的了。”

“你觉得他今天去哪儿了呢？我真的很想知道……”

“去海边了。你没有注意到当他说起她的时候，他的眼神很不一样的吗？他像只秋燕一样焦躁不安。”

“是的。那他是一个人去的吗？”

“我不知道，我也不关心。不过他明显开始表现出一种出去闯荡的狂热症状。他想要搬离这里，他想要出人头地。这一点是可以肯定的。不管他从前说过什么，他现在是有了这样的觉悟了。”

“这也许就是他的救赎了。”托尔潘纳说。

“或许吧——如果你乐意去做一个救世主的话。”

迪克回来的时候带着他那本厚厚的用大夹子夹住的写

生簿。奈尔海很熟悉他这本写生簿，只是他不太喜欢而已。因为在这本写生簿里，迪克画了各式各样的在世界各地现实发生的事件，有的是他本人切身体会的，有的是发生在别人身上但却跟他有关系的。其中画得最多的是奈尔海本人以及他的生活。

当现实的情况无法满足他的创作欲望的时候，他就开始沉浸在无比狂热的虚构当中。他在画作中展现了奈尔海不是很体面的生涯中的各式各样的事件，比如他与诸多非洲公主的婚姻；比如他为了他那些阿拉伯妻子对攻打马赫迪的军队的背叛；比如他在缅甸让专业文身师帮他做的文身；比如他在血迹斑斑的中国广州刑场上采访黄种人刽子手的情况以及他当时的恐惧；最后是他如何借助于那些鲸鱼啊、大象啊、犀鸟啊来寄托他的精神啊等等。托尔潘纳还在旁边时不时地添油加醋，补充描述，使得整个作品异彩纷呈，奇异独特。基于这本写生簿被外界界定为“赤裸裸”的画作，迪克觉得当时无论如何都应该把奈尔海画得一丝不挂，给他画上衣服真是一个错误。最后一张的素描画得很粗糙，完全算不上精致。画面上展现的是这个饱经折磨的男人呼吁陆军部给他颁发一个埃及勋章。此刻，他自己本人正舒舒服服地坐在托尔潘纳的桌子上翻看着那些素描。

“奈尔海，你曾经去过布莱克?！你真是太幸运了！”他说，“有些素描远远不止是栩栩如生而已哦，甚至是浪漫无限哦。‘被伊朗人包围着的洗澡中的奈尔海’——这有事实依据的哦?”

“这应该就是我上次洗澡的事情了，你竟然乱写乱画。

你的画里画上宾奇的传奇了吗?”

“没有。宾奇除了扑食猫猫，就什么都不干，有什么好画的。看看你。哈，这里把你画得就像教堂里用彩色玻璃装点得五光十色的圣人。你的身架骨骼画得好精致，好有线条。这样一幅画像可以作为传家宝留给你的子孙后代，你可要心存感激啊。想想此后五十年，你的画像将会留印在十基尼硬币一幅的不可多见的新奇的复印画上。那得多赞啊。这一次我要尝试画点什么呢? 奈尔海的家居生活?

“有关他的家居生活的还真是一点都没有画到呢。

“那么之后，当然就画奈尔海的非家庭生活了。与妻妾们在特拉法加广场的会面啊。就是这样。来自世界各地的她们到此参加奈尔海与一位英国新娘的婚礼。这是很有传奇史诗意义的，同时也是一项非常棒的创作素材。”

对此，托尔潘纳说:“这样浪费时间是可耻的。”

“别担心。这并不影响我的手头工作，而且我现在已经开始不用铅笔素描了。”说着他迅速进入工作状态。

“那可是尼尔森画册专栏时期。现在奈尔海专辑将会慢慢超越它。”

“这次给他画些衣服吧。”

“当然会画上的——一幅面纱和一个橙色花冠，因为他已经结婚了嘛。”

托尔潘纳从迪克身后从肩膀上探头过去看见他拿出一张纸，三下两下画出一个扛着石头的宽肩肥背的身子，“哇啊，你可真聪明!”

“想象一下，”迪克继续说道，“如果我们每次出版一些这样的画，奈尔海就雇一个文笔好的人，对我的画作进行一些正面的评价，让大众更好地了解我的作品。”

“嗯。你必须得承认，我这么做的时候我是有告诉过你的。我知道我是不能够打击你的，尽管你有时候的确需要被打击一下。所以我把这活让给别人，比如，年轻的麦克拉根……”

“才不——噢，等下，你个老家伙；把你的手拿开，别碰墙上那幅画——你就会胡说八道和骂我。画上的左臂还没有画好呢。看来我真的得画块面纱上去才行。我的铅笔刀呢？哦，麦克拉根怎么做？”

“我只是告诉他一个大概的批判思路——去抨击你的作品，主要是一些泛泛的评述，抨击你的作品不够经典传世之类的。”

“于是这个小蠢货”——迪克仰起头，眯着一只眼睛看着自己手上的画作转动——“独自一个人待在房间里，用一瓶墨水加上他自己满脑子里对我的想象，就做出对我的作品的评述了？你应该找个成年人有经验地来做这种事情。特博，你觉得这个新娘的面纱怎么样？”

“就这么三笔两画的就把整个实物展现出来了，你究竟是怎么做到的？”托尔潘纳问道。对他来说，迪克作画的方法永远都是新奇的。

“这就取决于你把它们放在哪里了。要是麦克拉根能够更了解自己的工作，他可能就会做得更好。”

奈尔海一再地坚持道：“那么，你为什么就不能老老实实地按照传统的做法来画那些线条呢？这样才有可能画出经典传世之作啊。”要知道为了雇一个年轻人来给迪克的作品写评述，奈尔海已经是历经了种种磨难。那个年轻人几乎所有的时间都投入去思考什么是艺术和艺术的目标是什么，而这在他所写的评述中是一个不可分割的整体。

“等一下，等我看看怎么处理你的那些妻妾们再说。你似乎结过很多次婚，我得把她们都大致勾画出来：其中有米堤亚人、帕提亚人、以东人[①]……好了。现在，我们先不要谈那些弱点啊、邪恶之类的东西以及满脑子想着怎么努力创作他们所谓的经典传世之作。迄今为止，我对自己所掌握的艺术技巧非常满意，我已经尽我最大的努力画过一幅画了。以后至少有那么几个小时，也许几年，我都不会再做那样的努力了，甚至有可能以后都不会了。”

“什么！你现在留存下来的都是你最好的作品？”托尔潘纳说。

“你已经卖掉了？”奈尔海问。

“哦，没有。它不在这儿，也没有卖。更棒的情况是，它根本卖不了。我认为没有人知道它在哪儿。我知道我……可是，越来越多的妻妾们要画进去，就画在广场的北边，在那里看人们对于狮子的恐惧。”

“你最好乖乖解释。”托尔潘纳说。迪克则从画纸上抬起头。

“是那天去的那片海提醒了我，”他慢慢地说，“我希望它还没有被人们发现。因为它重达好几千吨，除非你用液压凿将它劈开。”

---

①译者注：这三个都是古王国的后裔。Medes(米堤亚王国)伊朗高原上的古王国的后裔。Parthians（帕提亚人）里海东南部的古王国的后裔。Edomites（以东人）：亚伯拉罕之孙、以色列人先祖雅各之兄以扫的后裔族人。

“别傻了。你骗不了我们的。”奈尔海说。

“这件事情没有什么好骗的。因为这本身就是一个事实。那时我乘坐一艘又破又旧的大客船改造而成的货船从利马一路晃荡到了奥克兰。这是一艘某意大利旧船货运公司改造而成的货船。搭乘这艘船可真是够疯狂的。她每天只用十五吨煤，速度还可以达到时速每小时七海里。我们觉得自己真是太幸运了。一路上我们时不时会停下来休息一下，让轴承冷却一下，顺便检查看看轴上的裂缝是不是又大了。”

“那时你是个乘务员还是个添煤工？”

“那时我才刚刚出道，所以只是个乘客。不然，我肯定可以做个乘务员吧。”迪克非常认真严肃地说道，一边转身过去继续画他那些愤怒的妻妾们。“我是唯二从利马出发的乘客，那艘船有一半基本是空的，到处都是老鼠、蟑螂和蝎子。”

“不过，这个和你说的那幅画有什么关系呢？”

“等一下嘛。那艘船以前曾经到过中国做偷渡客运生意，它的下层舱里有两千个铺位。现在这些铺位统统拆掉了，整艘船上下都空了，光线从舷窗孔里透进来。要在这样的光线里工作是非常烦人的事情。可是我后来慢慢也就习惯了。好几个星期我都一事无成。而船的整个航线都是零零碎碎，飘忽不定的。因为怕碰上暴风雨，船长根本不敢往南方去。所以，他就在附近海域里的社会群岛的一个个小岛中穿梭奔忙。我就到下层船舱那里去，在它的左舷上作画，尽我最大的能力在那船体上作画。我所能够用的颜料就是那些经常用来刷船体的棕色和绿色的漆料，还有一些用来刷铁制品的黑漆。这就是我在船上所能够找到的所有颜料。”

“乘客们都以为你疯了吧。”

“除了我，船上只有一个人，而且还是一个女人。不过这倒是给我一些作画的灵感。”

“她长得怎么样？”托尔潘纳问。

“她的长相糅合了黑人、犹太人和古巴人的特点，长得还不错。她不识字，她也不想识字。但她常常到下甲层这里来看我画画，但船长不喜欢她这样，因为是他请她来的，所以她不得不偶尔到桥板上去走走。”

“我明白。那可真是令人开心。”

“这是我拥有的最美好的时光了。刚开始在海上航行的时候，随时都会波浪起伏，颠簸不定，我们根本不知道下一秒是起还是伏。但是当海面风平浪静的时候，那儿简直就是天堂。那女人经常帮我调漆料，用蹩脚的英语和我交谈。而船长则是经常偷空溜到下层船舱来，美其名曰预防火灾。所以，你可以想象吧，我们说不准什么时候就会被他抓到我偷用船上的漆料。我想到了一个只用这三原色作画的绝妙创意。”

“什么样的创意？”

“可以用爱伦坡的两句诗来形容：‘不管是天堂的天使，还是深海的恶魔，都不可能割裂我与安娜贝尔·李的灵魂与共。’大海给我灵感，真的是完完全全来自大海的感受。

“我画了那场激烈的战斗，画出了那场在绿色的海水中争夺那个美得令人窒息的赤裸女神的战争。那女人就当我的模特，我画出来天使，同时也画出了恶魔——那些海之恶魔与那些海之天使，还有他们之间淹得半死的女神。我这样说起来你们可能没有什么感觉。但是，要是在那里有很好的光线的时候，它看起来美极了，美得让人震撼，让人肃然起敬。它有七英尺宽，十四英尺高。整幅画都是在船上那个摇曳不定的光线中创作的，最后展现出来的画面也随着光线的改变而改变。”

“那女人给了你很多灵感吗?”托尔潘纳问道。

“她和大海都给我很大的启发。在绘画过程中有很多失败的地方，我记得我当时尽了最大的努力把所有想要表达的内容统统都浓缩融入了这幅画作。我为自己的这个处理方法感到无比兴奋，我干得太棒了！我觉得那是我最好的作品了。现在，我觉得那艘船要么是已经破旧不堪，要么就可能是已经沉入海底了。哇噢！那曾经多美好的时光啊!”

“后来究竟到底发生了什么事情?”

“都结束了。我下船的时候，他们用羊毛毯子把画给盖起来了。不过就连装卸工都把那幅画保护得很好。因为画上的恶魔的眼睛让他们心生恐惧，我坚信是这个原因。”

“那个女人呢?”

“完工的时候她怕得要命。她经常要先在胸前画十字祷告一番才敢下来看那幅画作。只有三种颜色，没有任何别的颜色了。那时候外面是茫茫大海，里面是毫无节制的纵欲，还有凌驾一切的对死亡的恐惧，噢，我的天啊!”他不再看向素描本，却直勾勾地盯着房间的某处。

“那你现在为何不再试试同样类型的东西呢?”奈尔海问。

“因为灵感这东西不是说有就有的。也许再登上同样的一艘货运船，遇到一个同样的犹太古巴女郎，过着同样的日子，我才能有别样的感悟，才能……”

“你不会在这里找到那些东西的。”奈尔海说。

“是的，再也不会找到了。”迪克“砰”的一声合上那素描本，“这房间热得像个蒸笼。谁去开一下窗。”

在一团暮色中他倾身向前看，看着窗外楼下更黑更暗的伦敦。那些楼房要比其他房子高出许多，居高临下地俯视着数以百计的烟囱，歪歪斜斜的烟囱帽远远地看起来就像扭身蹲着的猫咪，还有那些粗制滥造的砖块以及每隔八块砖就用铁柱支撑和固定起来的锌制的具有宗教意味的工艺品。往北边看去，只见皮卡迪利广场和莱斯特广场的灯光在黑漆漆的屋顶上投下一轮红彤彤的光圈，南面则全部是泰晤士河一带整整齐齐的灯光。一列火车呼啸着驶过附近的一条铁路桥，轰鸣声一下子盖过了所有马路上沉闷的喧嚣声。奈尔海看了看表，说：“这是去巴黎的午夜邮递专列，你想的话，在这里可以订购到去圣彼得堡的车票。”

迪克把头和肩部都探出窗户外，望着河的对岸。托尔潘纳走到他身边，而奈尔海则悄悄绕到钢琴边，打开了琴盖。此时，宾奇摊开四肢舒舒服服地躺在沙发上，一副完全不受周围干扰的样子。

奈尔海对他们两个人说：“喂，你们两个以前见过这地方吗？”这时一艘蒸汽拖轮的汽笛声响起，显示要拖自己的驳船到码头靠岸。紧接着泰晤士河上交通繁忙的声音充盈入耳。托尔潘纳用肘部推了推迪克，说：“这是一个捞钱的好地方，却不是一个安居的好地方，对吗，迪克？”

迪克一手摸着下巴，两眼注视着窗外的黑夜，一副名家大将的样子说道：“天啊！这城市得多富庶啊，给我攻下来！”

晚风轻拂着宾奇的胡须，让它打了个大喷嚏。

托尔潘纳说：“我们这样开着窗会把宾奇给弄感冒的，进来吧。”他们把头从窗外缩了回来。“迪克，终有一天你会功成名就。如果到你死的时候，肯塞尔格林公墓[①]还没有满员关闭的话，你最终会葬在公墓那里的。届时你就和名人比邻而歇了。因为在离你不到两英尺的地方，就是另一位大家和他家人的墓穴了。”

“真主不会同意的！我会在那天到来之前离开这里的。宾奇，腾个地儿让我伸伸腿吧。”迪克一边大大地打着哈欠说着，一边一屁股坐在沙发上，拧着宾奇柔软的耳朵。

“你看他那个衣柜的风格与这里的一切非常格格不入。”托尔潘纳对奈尔海说：“除了你，没人碰过它。”

“这不一通废话吗？！”迪克抱怨道，“奈尔海来的时候，我都不在。”

“那是因为你总是不在。哇喔！奈尔海，弹得好，让他听听。”

奈尔海的生活充满虚伪和杀戮，
他模仿着狄更斯的文笔啊模仿，
却只有奈尔海的呐喊越来越高，
迫使玛利亚甚至宁愿去死！

①译者注：这是伦敦市的一个名人公墓。

迪克引用了托尔潘纳在《努迦潘迦》一书中的一段话。

“奈尔海，加拿大人把驼鹿叫作什么?”

奈海尔大笑了起来。唱歌是他一种礼貌的恭维方式，这是许多出征海外的记者都熟知的事情。

“那我该唱什么好呢?”他坐在椅子上转过身来问道。

“《早晨的摩尔·罗伊》吧。”托尔潘纳试着回答。

“不，”迪克很尖锐地反对。奈尔海睁开眼睛看了他一眼。这是奈尔海为数不多能够记全歌词的船歌曲中唱得不是很好的一首，但是以前好几次迪克都能够做到面不改色地听完。奈尔海跳过前奏，直接进入沉重的召唤主旋律，搅动了海上吉卜赛人的心：

“再会了，西班牙女郎，

再会吧，亲爱的西班牙女郎……”

迪克坐在沙发上，心神不定地转过身来，耳边仿佛听到了巴拉隆驶向南十字星座的茫茫大海时的阵阵鸣笛声。

这时托尔潘纳跟着奈海尔一起合唱了起来：

我们咆哮，咆哮着前进，

像真正的英国士兵一样，

穿越茫茫的海水，

从韦桑岛到锡利群岛，

走遍古英格兰海道，

探遍所有四十五个联盟……

“三十五，三十五啦，”迪克很是不耐烦地打断道，“不要篡改《圣经》！奈尔海，继续。”

“我们攻占第一块陆地，它叫亡灵岛……”

他们一直激情澎湃地唱完了整首歌曲。

奈尔海说："要是船头是朝着另一个方向走的，比如，朝着韦桑岛的灯光，那这就会是一首更好的歌曲了。"

"像失控的风车一样猛甩双臂。"托尔潘纳说，"奈尔海，给我们来点别的吧，你今晚的雾笛吹得真是棒!"

迪克说："给我们唱个《恒河舵手》吧，你在我们到达埃尔马格里布的前晚，就在广场上唱过。顺便，我想知道今晚还有多少人过来一起唱歌?"

托尔潘纳想了一下说："天啊！只有我和你了吧。雷诺、威瑟利、迪涅斯都死了。文森特在开罗染上了天花，带着病回来了，最后还是死了。是的，现在就只有你、我和奈尔海了。"

"唉！然而，在这里的人，终其一生都在舒适温暖的工作环境里工作，每个街道的角落还有警察放哨站岗，安全舒适生活的他们却说我的画作要价太高了。"

奈尔海说："他们要买的是你的作品，不是你的安全保险单，傻孩子。"

"为得到另一个，我就赌了一把。你们不要唠叨了，继续唱《恒河舵手》吧。你到底是从哪儿学来这首歌的?"

奈尔海说："从一块墓碑上，很远的地方的一块墓碑上。我配上了大量的基础和弦伴奏。"

"噢，一切转眼成空！开始。"奈尔海开始唱了起来。

伙计们，我的缆绳滑落了，一切随波逐流去，

所有的雄心壮志，统统搁浅在这里。

六月晴朗的清晨，我无比自由轻松地出发，憧憬着最最美好的未来。"

乔，我的伙计，让我们一起肩并肩，像楔子一样挤进去，

伙计们，让我们抓紧匕首，但不要杀人。

查诺克喊道："给我赶走这些混蛋，把那个婆罗门捆起来。乔，我负责那个身材高挑，脸色苍白的寡妇，你负责那个褐色头发的小女孩！"

年轻的乔（你已经快六十了），为什么你的肤色那么黑？

凯蒂，你蓝色的眼睛柔情似水，是谁玷污了你的双眼？为什么？听！……

最后他们三个一起唱了起来，迪克任低沉的音乐随着耳边咆哮的海风一起渐渐散去。

早晨的枪声——啊，抓稳！是火铳的声音！

一如我感受到海的变幻，我听到了那荷兰高级海军上将的心声。

听，恒河正咆哮前进，浪潮汹涌。

慢慢地我靠近查诺克，来到我那深褐色头发新娘的身边，我祝福费尔莱特的凯特——感谢霍尔韦尔。

抓稳了，我们要穿过沙丘的寒冷与阴郁，驶向美好的天堂。

"现在可以说说，歌里究竟是什么事情搞得他不得安宁？"迪克一边说一边把宾奇从脚边拖到胸前。

托尔潘纳说："这取决于那个人。"

奈尔海说："那个居高临下、俯瞰大海的人。"

"我没有想到她会用这种方法搞得我心神不宁。"

"男人在与女人分手的时候都会这么说。尽管解决三个女人要比处理一段人生经历简单得多。"

迪克没有多想，张口就说："但女人可以是——"

"生活的一部分，"托尔潘纳接过了话茬补充道，他的脸阴沉了下来说，“不，她不可以。她说她很同情你，并且会在工作上以及一些本该是男人做的事情上帮助你。然后，她一天发五个条子来问你为什么不跟她在一起。”

“不要急着下结论，”奈尔海说，“当你一天收到五个条子的时候，你一定已经想好了怎么处理这件事情，而且也做好了行动的准备。孩子，千万不要这样啊。”

迪克有点局促不安，立马换了个话题道：“我就不该出去看海，而且你也不该唱歌。”

“大海可没有一天给你发五个条子啊。”奈尔海说道。

“是啊。但是最要命的是，我对她完全没有抵抗力啊。她是个永垂不朽的老妖精，很遗憾，我却遇见了她。为什么我就不能生于斯，长于斯，死于斯呢?”

“听吧，他在中伤自己的初恋?！那你究竟为什么不听她的呢?”托尔潘纳说。

迪克还来不及回答，奈尔海就提高音量大喊，几乎要把窗户给震碎了：“众所周知，《海的男人》一书中一开篇就用八行文字描绘了大海的真实写照，就给出了‘海是一个恶毒的老女人’的断言。结局却很是克制，故事进展缓慢得犹如船舶慢吞吞地驶向不顺畅的地方，停泊时纤夫们在岸边鹅卵石道上挥汗如雨蹒跚而行，拉动起锚机作业时发出‘咔咔’声。”

你赋予我们生命，你也同样收取我们的生命！
她比你好得多；
因为她拨动了我们的心弦！
《海的男人》这样说。

为了吸引迪克的注意，奈尔海耍了一点小心思，把这首诗唱了两次。可是，迪克正等着听男人跟他们的妻子告别这一段。

你爱我们，但能感动我们吗？

她比你更爱我们，

她会让你拥有更甜美的梦。

《海的男人》这样说。

这些粗糙的语言让迪克听起来热血沸腾，感觉就像那时候海浪拍打着摇摇晃晃的来自利马的船头时的情形。那时，迪克在昏暗的船舱里整天忙着调颜料，纵情交欢，描画着恶魔与天使们，甚至是幻想着下一秒是否要把意大利船长的刀抹上他的脖子。这突发的狂热的感受比许多病症都来得要真实，它让人时而清醒，时而狂躁，促使他就算再爱梅茜胜过世间的一切也要离开，离开再去体验那种放纵无拘的生活：去与伙伴们一起摸爬滚打，诅天咒地，投机赌博，纵情欢爱；再一次开着船去体验大海，感受大海的美景；去与比奈特在塞得港的沙滩上聊聊天，黄衣美女缇娜负责调制饮料；去听步枪射击时发出的碰撞声，看着烟雾一圈一圈地慢慢扩散，时浓时淡直到那些容光焕发的黑色脸庞出现，在那种处境里每个人都奋力挥着自己解放了的手臂，时刻小心自己的性命，也只能顾着他自己。这不可能，完全不可能！可是——

噢，祖先们静躺在教堂墓地，

她比你年岁更悠长，

到我们时墓前绿草更如茵。

《海的男人》这样说……

唱完歌之后一阵安静，之后托尔潘纳说：“那障碍究竟是什么?”

“特博，我不明白，你为什么不去世界各地走一走呢?你也很少说原因。”

“几个月前，我不过是反对你挣钱去环球旅行，你就在这儿射了一箭。现在事情已经过去了。你走吧，干活去，去开开眼界吧。”

奈尔海从椅子上一把伸手过来捏着迪克右边肋骨上的一团肉说：“去减肥吧，身材都完全走样了，软得像面团一样，完全是暴饮暴食吃出来的脂肪啊。做些运动减掉这些脂肪吧，迪克。”

“奈海尔，我们其实都差不多吧。下次你得直接坐地上了，只能在那里眨着眼睛，衣来伸手，饭来张口，然后死于肥胖。”

“我无所谓啊。你坐船去吧，再去利马或巴西吧。南美麻烦总是很多的。”

“你觉得我需要别人来告诉我去哪儿吗？天哪，最大的问题难道不是让人知道了我的目的地吗?！但正如我曾经告诉自己的，我要留在这里。”

托尔潘纳说：“那你最终就会埋葬在肯塞尔格林公墓，与其他人一样名垂青史。你有想过你手上有多少佣金吗?你得缴纳了违约金，然后才可以离开。不过只要你愿意，你还是有足够的钱像国王一样去旅行的。”

“特博，你的笑话一点也不好笑。我仿佛看见自己坐在一艘六千吨邮轮的头等舱里，正询问技术人员发动机靠什么得以持续运转，锅炉房里热不热啊等等。哈哈！如果我现在还要出海的话，我一定会做一个四处游荡的闲人。不过，我现在并不想这样。好吧，我妥协，先来一段小小的旅行吧。”

托尔潘纳说：“有点道理。你打算去哪里？这对你是有好处的，老伙计。”

奈尔海本想发言，但是注意到迪克闻言后眼里闪过的亮光，又闭上了嘴巴。

“我首先想的是去勒斯雷马场租一匹马，小心地骑着它去里奇蒙山，然后再骑着它慢慢走回来，免得它累得大汗淋漓，让勒斯雷马场的人不高兴。为了呼吸新鲜空气和锻炼身体，我明天就动身。”

“哇！”迪克差点来不及挡住可恶的托尔潘纳朝他头上扔来的垫子。

“确实是需要新鲜空气和锻炼。”奈尔海一边说，一边重重地坐到了迪克身上。

“让我们一起给他点颜色看看。特博，捏住他的鼻子。”

他们之间的谈话突然变成了一场混战。迪克一直坚持不开口；奈尔海紧紧捏住他的鼻子，迫使迪克鼻腔里的空气往嘴巴里猛灌。可是就算憋得不得了，迪克还是努力憋住嘴里膨胀的空气，直到两腮不得不鼓起来，最终喷了出来。见状，奈海尔他们忍不住捧腹大笑。而迪克则扯起那个缝线脱落的沙发软垫子猛敲同伴们的头，搞得羽毛四处乱飞。宾奇因为破坏了托尔潘纳的兴致，被一头套进了一个装着半袋子东西的袋子里。一时间只见他上蹿下跳，就像一条绿色的激动狂乱的肉馅羊肚。等他终于从袋子里找到了出路，希望获得一点主人的表扬的时候，发现他们三人正在把羽毛从头发里面挑出来。

迪克一边拍掉膝盖上的灰尘，一边略带悲伤地说：“预言家在本国是不受尊敬的。我再也不碰这些脏兮兮的绒毛了。”

奈尔海说：“这都是为你好，什么都比不上空气和运动。”托尔潘纳一本正经地说道：“真的都是为了你好。一切都是为了让你重视东西本来的价值，让你即使在优越的环境里也不会懒散松懈。事实就是这样，伙计。有句话我本来是不想说的，不过，你真的是太游戏人生了。”

“我向上帝保证，我没有。”迪克马上很认真地说，“如果你这样想我，那你可真的是一点都不了解我。”

“我并不那样认为。”奈尔海说。

“像我们这种，很清楚明白生与死的真正含义的人，怎么会游戏人生呢？我知道，我们假装游戏人生，不过是为了不让自己崩溃或者是为了避免让自己走向另一个极端。伙计，难道我会看不出来你一直都在为我担忧，一直在敦促我好好工作吗？你以为我自己没有思考过吗？只是你帮不了我，你不可能帮得了我，无论谁也帮不了我。我必须用我自己的双手创造我自己的人生路。”

“你听听，你听听。”奈尔海说。

迪克接着问托尔潘纳：“我在‘奈尔海传奇’中创作过却从未在《努迦潘迦》一书中画过的是什么呢？”

托尔潘纳对迪克的突然提问感到吃惊。现在那本名为“努迦潘迦”的书里还有一页是空白的，那是留给迪克还没有空画出来的奈尔海的丰功伟绩的。那时候他还年轻，完全忘记自己全部的身家性命都属于他的雇主——出版社。那天，尽管士兵们知道前面还有二十支敌对部队正在等着他们，但是为了拯救遭受重创的德国第24步兵团[1]，为取得维翁维尔胜利赢得时间，而且他们也知道在他们的幸存战友回到弗莱维盖之前敌人的骑兵旅是会进攻并摧毁那支坚不可摧的步兵战队的，但是他们还是冒着考罗伯特炮兵团的枪林弹雨毫无畏惧地前进，当时奈海尔正骑着马跟在勃莱道的大部队后面跨过一片被太阳晒得干枯而容易打滑的草地。无论何时他都想过好一点的生活，有高一点的收入，有更高尚一点的灵魂，他常用这样的想法来安慰自己——“我曾在维翁维尔与勃莱道大部队一同驰骋沙场，真心期望未来的世界战争越来越少。”

“我明白了。”他很严肃地说，“我一直很高兴，你终于放下了。”

“我放下了是因为那时奈尔海把德国军队学到的东西教会了我，还教会我施密特教骑兵部队的那一套。因为我听不懂德语。那句话是什么？‘珍惜时间，不要那么在意穿着’。我必须以我自己的方式去奋斗，老伙计。”

奈尔海说：“那就朝你的方向奋斗吧，看来你已经有所体会了。”

“特博，他说得没错，他必须独立。”

“也许我会犯错误——甚至是不可挽回的大错误。但是，我要自己找出来，就像我必须自己解决问题一样。但是我不敢再让别人来伺候我了。这比无法独立更令我痛苦。但是我没有办法，我必须独立。我必须自己工作，用

①译者注：德国的第24步兵团，是二战期间德国一支非常活跃的军队，于1945年被摧毁。

我自己的方式生活，我要对我的工作和生活负起责任。

“特博，不要认为我在虚度光阴。我有自己的火柴和硫黄，让我自己燃烧吧，不管我创造的是天堂也好，地狱也好，我总得自己奋斗一回。谢谢你们。”

一阵尴尬的沉默过后，托尔潘纳饶有兴致地问：“北卡罗来纳州的首领对南卡罗来纳州的首领说了什么？”

“问得好！这下有得喝了。”奈尔海说，“迪克，这可是成为正人君子的必修课程啊。”

迪克揪起一脸不高兴的宾奇，晃着它的脑袋说：“我已经想通了，尊敬的宾奇，你嘴里还有羽毛。”

“宾奇，唉，你莫名其妙就被塞进袋子里，弄得四处瞎跑。这肯定伤害了你的小心灵。不要紧。我就喜欢这样，我乐意这样，我就是要这样。不要因为我说拉丁语就对着我的眼睛打喷嚏。晚安。”

说完他走出房间。

奈尔海说：“那明显是对你说的，我跟你说过干涉他是没用的，他不高兴了。”

托尔潘纳说：“如果他不高兴的话，他会骂我的。我也说不清楚了。他有他狂热追求的东西，他不会离开的。我只希望在他不想走的时候他不会被迫离开。”

待在自己的房间里，迪克满脑子就想着一个问题。那就是全世界，或者世间所有的一切，或者一个强烈的刨根问底的欲望，是否值得让他往泰晤士河里扔三个便士，值得他去牺牲。

最后他决定了：“既然是因为看海看出来的问题，那么我现在想那么多干吗？”

“毕竟，如果能够去旅游的话，那就肯定会是我们的蜜月之旅了；可是，可是我没有想到大海对我有这么大的感召力，我和梅茜在一起时我都没有这么强烈的感觉。都怪那些该死的歌曲。又开始了。”

但这次奈尔海唱的只是赫里克为朱丽叶唱的小夜曲。还没有唱完，迪克又一次出现在门口边，一副来不及穿好衣服的样子，表面看起来非常理智，但是平静的双眸中满是渴望。

那一刻，迪克的心绪就如基林堡海面上的海潮一样，起起又落落，走了又来。

第九章

如果我能用再普通不过的黏土

妙手生花

捏出泥塑的上帝神像

于我,是莫大的荣幸。

如果你用再普通不过的黏土

漫天要价

从污泥中谋利,染上铜腥

于你,是莫大的不幸。

——《两个陶工》

之后的几天里，迪克没有干任何事情。周日又悄然而至了。他总是翘首企盼着每一个周日的到来，但是心里又总是惶恐不安，因为红发女孩曾经拿他做过人体素描模特。

他发现，梅茜完全忽视他有关画线条的建议。梅茜现在整个人像是鬼迷心窍一样，完全沉醉在诸如描画“虚构头像”的一些荒谬想法中。这让迪克费了好大一番功夫才控制住自己的脾气。

迪克直截了当地说：“我提建议还有什么意义呢？”

“呃，但这终将是一幅画啊，一幅实实在在的画，到时候卡麦会让我把它寄去画廊展出的。你不会介意的吧？”

“我怎么会介意？但你不会有时间去参加展出的吧。”

梅茜稍稍犹豫了一下，甚至有些心烦意乱，但是她还是说了出来：

“所以，我们要提前一个月去法国。我先在这里把想法草拟出来，到卡麦那里之后再着手画出来。”

闻言，迪克一下子心跳停滞，一想到自己之前宣称“女神永远正确的”心中就万分懊恼：“就在我下定决心放下功名利禄为我们的爱情做出努力的时候，她却努力追名逐利去了。这实在是太让人抓狂了。”

红发女孩就在画室里，迪克不可能公然跟梅茜争论，只好压抑自己的怒气，闷闷不乐。

迪克说：“对不起，请别误会，但你怎么想到要画那样的画呢？”

“是一本书给了我启示。”

“首先，这样做是很糟糕的。因为书本不是成就画作的地方，而且……”

“是这本《暗夜之城》，前几天我读给梅茜听。你知道这本书吗？”身后的红发女孩打岔道。

“我承认这本书我只略知一二，书中也确实有插图，但是她怎么就想到要画这样的画作了呢？”

“应该是喜欢书中对米兰可利亚的描述吧——

她如雄鹰般收起自己的双翼，

却无力去抬起她高贵的头颅，

以及凡体肉胎生成的力量和尊严。

“还有这里。（梅茜，亲爱的，去喝杯茶。）”

脑子里满是不幸的想法和无尽的期待；

她穿着长长的衣服，拿着家里的钥匙串，

有长有短参差不齐，但紧紧扎在一起，

仿佛形成一块透着寒气锃亮的金属；

脚上穿着厚重的鞋子，要把所有软弱无助统统踩下。

红发女孩丝毫没有掩藏自己那懒洋洋的声音中夹杂的讽刺。迪克妥协了。他说：

“但是不是已经有一位名叫杜勒的名不见经传的艺术家这样做了吗？那首诗怎么说来着了？——

三百六十年前，

他的想法独树一帜。

你倒不如改写莎剧《哈姆雷特》呢。你在浪费时间。”

“不，不会的。怎么会是浪费时间呢。”梅茜“砰”的一声放下茶杯，试图安抚自己。“我就要这么做，我是认真的。你不觉得那是一件非常美妙的事情吗？”

“没有经过适当的训练，一个人怎么可能获取卓然成效？隔三岔五冒出个想法，傻子都可以。但要付诸行动，修成正果，足够的训练和坚定的信念缺一不可，而不是有一个想法就贸然行事。”迪克咬牙切齿地说道。

“你不懂。”梅茜说，“我相信我可以做到。”

她身后的红发女孩继续念道——

纵使困难重重，屡战屡败，她依然勇往直前；

纵使筋疲力尽，身心俱疲，她依然越挫越勇；

凭借不屈不挠的意志，

她双手引领时尚，不断创新，

最终化悲痛为力量，

创造传奇——

“我想梅茜就是想在自己的画作中展现自己。”

“难道要我永远稳坐画作被拒次数之最的宝座吗？不，我不会。亲爱的，画‘虚构头像’的想法本身就深深吸引着我——当然，你不会在乎什么‘虚构头像’，迪克。”

“我个人认为你画不了这些靠想象的画。因为你画的都是有血有肉的活生生的人。”

“这无疑是一个很大的挑战。你要把《米兰可利亚》画出来，把她的忧愁之情表达出来，而不仅仅是一个悲痛欲绝的女性。我能够画得更好，而且我能够更好地刻画出她的忧愁。你知道什么是《米兰可利亚》的忧愁吗？”迪克清楚地知道他此时所体会到的就是世间绝大多数人体会的忧愁。

“她就是一个女性。”梅茜反驳道，“她尝尽了世间种种苦难，最后苦尽甘来，她一笑而过。这就是我要刻画的形象。我把她画出来后，再拿到画廊去展览。”

红发女孩起身，满脸笑意地离开了房间。

迪克看着梅茜，心生怜悯，却又无可奈何。

他说：“不要再说画画的事情了。对了，你真要提前一个月去找卡麦吗？”

“要完成这幅画，我就必须提前去。”

“这就是你想要的吗？”

“当然。迪克，别傻了。”

“你功力还不够。你有的只是一些想法，一些未成熟的想法和毫无价值的冲动。真是好奇你这十年是怎么样在这一行顺风顺水地走过来的。你真的要走了？提前一个月？”

“我必须完成工作。”

“你的工作。哈哈哈……对不起，我不是笑话你。没事，亲爱的。完成你的工作是理所当然的。我想，这周就到此为止吧，我该走了！”

“你不留下来喝杯茶吗？”

“不用了。谢谢。到时候我可以去送送你吗？似乎你也不再需要我做什么了，画线条的事就算了吧。”

“我希望你可以再待一会儿，我们可以讨论讨论我的画作。一旦这幅画一举成名了，其他的自然也就声名远扬。

我知道我的一些作品还是不错的，只是懂得赏识的人还没有出现，这一点自信我还是有的。而且，你没有必要这么生气。”

“抱歉。找个周日我们再来讨论这幅《米兰可利亚》吧！你走之前还有四个星期天。一、二、三、四，没错，还有四个星期天。我走了，梅茜，再见。”

梅茜站在画室的窗前，陷入了沉思。这时红发女孩回来了，嘴角泛白。

梅茜说：“迪克走了，我还想跟他探讨一下我的画作的。他这样是不是很自私?”

红发女孩张了张嘴，最后还是没有说什么，而是继续朗读《暗夜之城》。

迪克去了公园，绕着一棵树走了一圈又一圈。在过去的很多个周日里，他把这棵树当成了自己的倾诉对象。他正在喃喃自语地倾诉着，发现软绵绵的英语无法表达他的愤怒的时候，他就用阿拉伯语尽情倾诉。显然，阿拉伯语无疑是为受害者量身定制的。他曾经手把手无比耐心地教梅茜画画，得到的却是这样的回报，真是让人高兴不起来。他甚至对自己产生了不满。凭什么自己很久以前就笃信，自己的女神永远不会犯错?!

“我输了。”他自言自语道，“我输得一败涂地。每每她有什么奇思妙想的时候，我就被晾到一边，什么都不是。但过去在塞得港输钱的时候，我们还可以加大赌注翻身，绝不善罢甘休。她要画《米兰可利亚》！可她没有那功力，也没有那洞察力，也没有足够的训练，有的只是满腔热忱。光有热情有什么用?！她就像是遭到了鲁宾的诅咒，不愿意从诸如画线条这样的基本功练起，因为这是实实在在的下苦功，偏偏她还觉得自己实力在我之上。我也要画一幅《米兰可利亚》，我要让她明白，我能够画得比她更胜一筹。即便她不在乎，即使她说我只能画活生生的人物。我觉得她的画恰恰是缺少了生气。我会一如既往地爱她，绝不退缩。要是能削弱她不断膨胀的虚荣心，我绝不迟疑。我要画一幅名副其实的真正意义的《米兰可利亚》，无可匹敌的《米兰可利亚》。我这就开始。祝她好运。”

他发现自己的整个思绪都混乱了起来，他无时无刻不在想着梅茜将要离开的事，这让他很是焦虑不安。下个星期天梅茜将会向他们展示她对《米兰可利亚》的初步了解，他对此兴趣索然。光阴如白驹过隙，转眼梅茜就要离开了。到时候，恐怕全伦敦的教堂钟声也无法把她给唤回来了。他不止一次地跟宾奇倾诉有关“雌雄无用论”。可惜这只小狗已经听过太多托尔潘纳和迪克倾诉的秘密，耳朵都生茧了，现在权当耳边风了。

梅茜答应让迪克为她们送行。她们要乘夜船到多佛港再出发，希望八月是归期。那时还是二月份。迪克觉得自己很没用。然而此时的梅茜正忙着收拾公园对面这座小房间里的东西以及打包她的那些画作，根本没有闲工夫来考虑其他人和事，更不用说会注意到迪克的情绪了。迪克一路跟去了多佛港，花了整整一天的时间思考着一桩美事：临别时刻梅茜会不会让他跟她吻别呢？他甚至还幻想着用强有力的臂膀抱紧她，就像他在南苏丹看到男人们拥抱女人那样，直接把女人抱走。但梅茜从来不受人控制。她可能会用她那双灰眸眼直直地盯着他说：“迪克，你太自私了。”一想到这个，他的勇气就一泻千里。算了，最好还是向她企求一个吻吧。

梅茜穿着灰色的防水鞋，戴着小巧的灰色布制旅行帽，从夜船上走到凉风习习的码头上时，比以往看起来更加美丽诱人。相比之下，红发女孩就没有那么清新可人了。她的绿眼睛呆滞空洞，嘴唇干燥皲裂。迪克看着那几个大旅行箱子都顺利装船后，走向站在舰桥下的梅茜旁边，正好是舰桥的阴暗处。那个红发女孩正在看着海员们把那些邮包扔到前舱去。

“外面狂风大作，今晚委屈你了。”迪克说，“如果我这边没别的事，我会去看望你的。”

“别，千万别。我会很忙的。要是需要，我会写信给你的。不过我得到了马恩河畔维特里那里才给你写信。我还有好多事要问你呢。噢，迪克，你对我真好，真的很好，一直以来都很好。”

“谢谢你那么说，亲爱的。不过也帮不上什么忙，不是吗？”

“虽然说，你没有帮上什么忙，当然是在某些方面而已了。不过我还是很感激你。”

“我不需要你的感激。”迪克声音沙哑地说完就走到船的明轮边上。

“瞎担心又有何用？再这样下去，我会毁了你的生活，同样你也会毁了我的生活，这点你再明白不过了，对吗？还记得那天在公园你怒气冲冲地说了些什么吗？我们之间，总有一个人最终会失败的。你就不能等那天到来再说吗？”

“不，亲爱的。我要你一切都好好的，完完全全属于我。”

梅茜摇了摇头，说：“可怜的迪克，你让我说什么好呢！”

“什么都别说，给我一个吻吧。我只要一个吻，梅茜，我发誓就一个。你也可以要我吻你，这样我才相信你对我怀有感激之情。”

梅茜把脸颊凑上前去，迪克在黑暗中理所当然地享受了这份回馈。

那真的只是一个吻，只是，没有时间的限制，一个漫长的热吻。梅茜有些恼怒地挣脱了迪克，迪克局促不安地站着，从头到脚全身酥麻。

“再见了，亲爱的。我不是有意让你受惊。抱歉，只是……呃，请你保重，祝你成功，尤其是你的《米兰可利亚》。我也要画一幅。代我向卡麦问好。要注意你喝的水，世界上没有哪个国家的饮用水是安全的，而法国的水质最差。有什么需要给我写信。呃，再见了。不管怎么说，亲爱的，再见了。我可以再索要一个吻吗？不行？好吧，你是对的。再见。”

有人告诉他，轮船要开动了，让他不要那样斜靠在邮船上。于是，他回到了码头上，但心已随着梅茜离开。

“要不是她固执己见，这世界上没有——没有任何事情可以把我们分开，偌大的世界真没有什么可以把我们分开。这些加来海峡的夜船都太小了，梅茜都要站不稳了。我要让特博给报社写信通报这件事才行。”

迪克离开后，梅茜就一直站在原地一动不动，直到听到手边传来轻微喘息的咳嗽声。只见红发女孩眼中一片冷焰。

她说："他吻了你。他是你的谁，你怎么能让他吻你？你又有什么资格接受他的吻？噢，梅茜，陪我去趟洗手间吧，我难受，真的很难受。"

"现在洗手间还没有开放。先坐下吧，亲爱的，我会一直陪在你身边。我不喜欢发动机的味道。迪克真可怜！这是他该得的吻，只是一个吻而已。但是我从来没有想过他会让我这么不安。"

第二天，迪克回到镇上的时候正好赶上午饭时间，而他之前也在电报中说过要回来吃午饭。可是让他伤心至极的是画室里空空如也，只剩下几个空盘子了。

迪克像童话故事里的小熊一样提高嗓门大喊了起来。托尔潘纳走了进来，一脸愧疚。

他"嘘"了一声，说道："别那样嚷嚷，我也是受害者。到我房里来，你就会明白了。"

走到门口，迪克诧异地停下脚步。托尔潘纳的沙发上躺着一位熟睡的姑娘，鼾声大作。只见她头戴价格低廉的水手小帽，身穿蓝白相间的衣裙，短裙上沾满污泥，仿羊皮镶边的夹克在肩部接缝处裂开了。她穿的应该是夏装，可现在才不过二月份而已。旁边放着一把几个便士就能买到的雨伞。更严重的情况是，她脚上穿的靴子已经烂得不能再烂了。看到这一切，情况就不言而喻了。

"噢，我说，老伙计，你这样做太糟糕了吧！你不能带这样一个女人来这里。她们会偷房间里的东西的。"

"我承认，这样做不好。不过，我是午饭后才回来的，她就踉踉跄跄地走进大厅。起初我以为她喝醉了，后来事实证明并非如此。她当时的那种情况，我不能丢下不管，所以我就把带她上来，把你的那份午餐给了她。她太久没有吃东西了，几乎饿到晕厥。一吃完东西她就睡过去了。”

“对于此人此事，我略有耳闻。估计她一直都是靠着香肠过活。特博，她竟敢在这么体面的套间里晕倒，你就应该把她交给警察。可怜的小坏蛋，你看看她那张脸！真真是伤风败俗。满脸的愚蠢，整天闲荡懒散，不切实际的空想，性格软弱，一事无成。真真是典型的伤风败俗。你注意到了吗？她的脸蛋，她的颊骨，无一不展现了她的风骚无限。”

“你这个冷酷无情的畜生，不要乘人之危，积点口德吧。我们就不能行行好吗？她不过是饿坏了才晕倒的。她几乎要饿晕在我的怀里了，食物一送到跟前，她就开始狼吞虎咽起来。那吃相真是太可怕了。”

“我可以给她点钱，不过她很可能会拿去喝酒。难道她打算永远这么睡下去吗？”

这时，女孩儿睁开双眼，诚惶诚恐地看着眼前的两个男人。

“你感觉好点儿了吗？”托尔潘纳问。

“好点儿了，谢谢。像您这么善良的绅士真的不多了，谢谢您。”

“你什么时候不当女仆的？”迪克盯着她那双布满伤痕和皴裂的手问道。

“你怎么知道我是个女仆？没错，我过去是个杂役女工。不过我不喜欢这份工作。”

“那你喜不喜欢自己当家做主？”

“我看起来像喜欢的样子吗？”

“我想你不喜欢。等一下，你能把脸转向窗户那一会儿吗？”

女孩儿照着做了。迪克热切地看着她，热切到女孩儿都想躲到托尔潘纳背后去了。

“你这双眼睛长得可真好，”迪克说道，一边在套间里来回踱步，“它们对我的事业有极大帮助。毕竟眼睛是灵魂的窗户。这显然是上天为补偿你所失去的而补偿于你的。现在不用每周都到梅茜那里去了，我也就没有什么时间限制了，我可以开始认真工作了。

“显然这是上帝的旨意。嗯，就是这样。下巴请抬起一点点。”

“温柔点儿，老伙计，温柔点。看你把人家给吓坏了。”看到女孩儿瑟瑟发抖，托尔潘纳指责道。

“别让他打我！求你了，别让他打我！我今天已经被毒打一顿了，就因为我和一个男的说了两句话。别让他再这样看我了！他是个恶棍！就是！别让他那样看我！噢，他的目光让我觉得自己浑身上下一丝不挂！”

女孩瘦弱身体上紧张过度的神经终于崩溃了，她突然像个小孩子一样尖叫哭泣了起来。迪克突然打开窗户，托尔潘纳猛地把门打开。

“你瞧，”迪克出声安慰，“我朋友在这儿能请来警察，而你可以从这里逃出去。没有人会伤害你。”

女孩儿一抽一抽地哭了一会儿，然后努力挤出一丝笑容。

“这世上没有什么能再伤害你了。现在先听我说会儿话，好吗？我就是他们口中的职业艺术家。你知道艺术家是干什么的吗？”

“用红黑墨水为商店画标签。”

“我承认，我还没有到画标签那么厉害，那些是专业人士做的。我想画你的头像。”

“为什么呢?”

“因为你的头部很漂亮。请你每周三次，上午十一点准时上楼来到这个房间。你只需要坐在那儿让我画，我每周会给你三英镑。这是一镑，当作定金。”

“什么也不用做? 噢，我的天啊!”女孩儿转了转手中的钱币，泪珠一直傻傻地往外冒，“你们两位就不怕我是骗子吗?”

“不怕，丑女才会做那种事。要记住这个地方。噢，对了，你叫什么名字?”

“我叫贝……贝茜，没有必要说我的姓氏吧。不过如果你们要知道的话，我叫贝茜·布洛克，这是一个穷人的姓氏。那么，怎么称呼你们呢? 不过话又说回来，没有人会说出自己真名的。”

迪克用询问的眼光看了眼托尔潘纳。

“我叫赫尔达，我朋友叫托尔潘纳。你记得一定要来哦。你住哪儿?”

“在河的南边租了一间房，五先令六便士一周。你说一周给我三英镑真的不是在开玩笑吗?”

“以后你就知道了。对了，贝茜，下次你来的时候记得别化妆，对你皮肤不好。你需要的各种颜色我这里应该都有。”

贝茜用破手帕擦了擦脸，离开了。剩下的两个人看了看对方。

“你真行啊。”托尔潘纳说。

“恐怕是个蠢蛋吧。其实我们没有义务为这个贝茜·布洛克奔波什么的，也没有哪个女人有权利待在这个楼梯口。”

“也许她不会再来呢。”

“她会的。在这儿她有得吃有得穿。我敢肯定她会再来的。她真倒霉！不过记住了，老伙计，对我来说她不是个女人，她是我的模特，注意点儿。”

“瞧这说的！不过就是个沦落风尘的小稚，一个贫民窟里走出来的黄毛丫头，不知天高地厚，其实什么也不是。”

“你爱怎么想就怎么想吧。先把她养着，没那么恐惧了再说吧。这种女人总能很快恢复状态的。再过一两个星期，等那点卑微怯弱从她眼中消失殆尽的时候，那才是真正的她。那时她就能够为我献上她的开心笑容，我就能完成我的目的了。”

“你确定你不是看在我的面子上可怜她？”

“我没有看在谁的面子上帮人解决烫手山芋的习惯。我之前不是说过了吗？她就是上天派来的，派来帮我画好我的《米兰可利亚》。”

“米兰可利亚？我以前可从来没有听说过这个女人。”

“如果你事事都必须跟他一一说明，那你还要朋友来干什么呢？所以，你应该早就知道我最近在想什么吧。你最近听到我说梦话了？”

“话虽如此。可是你的梦话从来都是天南地北，包罗万象，从劣质烟草到缺德的商贩都有，这又能说明什么呢？有段时间我甚至在想，你是不是背着我做其他什么事情。”

“那可是热情洋溢很有想法的梦话。你要知道，那就是《米兰可利亚》。”迪克在托尔潘纳身边来回踱步，两人一言不发。然后他突然朝托尔潘纳胸口捶了一下，“你没有注意到吗？贝茜眼中的那可怜兮兮的软弱无助，还有那诚惶诚恐的惧意，突然觉得这跟我最近的感受很是相近。同样还是用黄色和黑色——两个主色调。不过饿着肚子我没法儿跟你解释清楚。”

“听起来可真够疯狂的。迪克，你最好还是坚持画你的士兵，而不是跟我胡扯什么人头呀，眼睛呀，经历的。”

你是这么想的？”迪克跳起舞来，嘴里还哼着歌——

当他们手中有了钱他们就骄傲得像只火鸡，

你应该去听听他们是怎么谈笑风生的；

当他们手中有了钱他们就变得又狡黠又滑稽，

噢！你应该看看他们一文不值的时候会是什么怂样。

接着他就坐了下来，用了整整四页纸向梅茜倾吐他的建议与鼓励，然后发誓只要梅茜回到他身边，他就会一心一意地工作。

那个女孩儿果然战战兢兢但又很勇敢地遵守约定而来，而且严格按照迪克的要求没有化妆也没有打扮。等到她发现自己只要坐在那儿不动就好了，她便渐渐地安定下来，甚至还敢对画室的摆设提出了批评和建议。她喜欢这里的温暖舒适，身体的伤痛带来的恐惧也在这里得到了缓解。迪克对她的头部画了两三张纯黑白的素描，但是对《米兰可利亚》具体该怎么画心里还是没有一点底。

几天后，贝茜渐渐熟悉了环境，甚至彻底把这儿当成了自个儿的家。她说，“你这里真是乱得可以，我想你的衣服肯定也是一团糟。毕竟绅士可从来不会思考纽扣和带子是用来干吗的。”

“我的衣服都是买现成的，破了就买新的。至于托尔潘纳是怎么做的，我不知道。”

贝茜很勤快地在托尔潘纳房间里搜寻，挖出了一大包破袜子。“我现在先补好其中一部分，”她说，“剩下的我会带回家补。你知道不？我整天坐在家无所事事，就像个贵妇似的，要不是屋里的女孩子们像苍蝇那样嗡嗡嗡地吵个不停，我是不会注意到她们。我不会跟别人八卦的。放心好了，她们来跟我说话的时候我会迅速停下手里的活的。不会让她们知道我在给你补袜子。这几天我过得很开心。我锁着房门，她们就只能透过锁眼叫我，可我就像个贵妇似的坐在里面，根本不理她们，专心补袜子。托尔潘纳先生的两只袜子就快要穿破了。”

“一星期给贝茜三英镑，高兴的是我的伙伴特博啊。我没有什么袜子要补的。而特博什么事也不用做，只要在楼梯口那里时不时点点头打个招呼什么的。他所有的袜子就都补好了。”

迪克半眯着眼看着贝茜，心想，“贝茜可真贤惠啊。”正如迪克之前所想的一样，充裕的食物和充分的休息改变了她。

“你为啥这样看着我？”她马上反应过来问道，“别这样。你这样看人，让人觉得很猥琐。你不会在心里对我有什么想法吧？”

“那就要看你的表现了。”

贝茜表现得非常好。唯一让她觉得难受的就是每天在这里舒舒服服地当模特，完了之后她又得回到灰蒙蒙的街道上。她非常喜欢待在画室里，坐在火炉旁那张大大的椅子上，把袜子放在膝上缝缝补补，就这样度过静坐的时间。然后，托尔潘纳就会进来聊天，贝茜也会很自然地聊起她过去见过的奇闻逸事，以及她来到这里之后遇到的人和事。这个时候，她会为他们泡茶，仿佛这是她的权利。因为房间里多了个贝茜在里面来来去去，迪克内心就更加热烈地渴望梅茜了。有那么一两次，迪克发现托尔潘纳的目光一直锁定在贝茜那干净整洁的手指头上。迪克意识到托尔潘纳对贝茜情有独钟了。而贝茜显然也是过度关注托尔潘纳的衣着。尽管她很少和他说话，但他们还是会一起在楼梯口那里交谈。

“我真是个大傻瓜，”迪克自言自语道，“我应该是最清楚一个人独自在陌生城市流浪的时候，那一点点温暖的火光意味着什么。我们一直过的都是孤独，甚至有点自私自利的生活。有时我很好奇为什么梅茜却没有这种感觉呢。可我又不能把贝茜赶走。这真是最糟糕的开始，真不知道什么时候才能结束这一切。”

一天晚上，因为光线昏暗，迪克在椅子上坐着坐着就打起了盹来，却突然被托尔潘纳房里的声音给吵醒。他霍地站了起来，“现在我该怎么办？就这么走进去好像很蠢。噢，宾奇轻点儿！”那条小猎犬用鼻子费力推开托尔潘纳的房门，从里面跑出来占据了迪克的椅子。门口因此大开，里面的人却没有注意到。站在楼梯口，迪克看到，在光线摇曳的房里，贝茜正跪在托尔潘纳身旁，双手正紧紧抱住托尔潘纳的膝盖，似乎正在向他恳求着什么。

“我知道——我知道，”她声音沙哑地说，“我没有权利这么做，但是我情不自禁。你人这么好，这么好。你从未留心过我。我把你所有的东西都细心修补过了，真的。

噢，求你了，我并不是要求你娶我，我从未这么想过。

“可是你——可不可以在你找到意中人之前，和我在一起？我知道我不是你想要的人，但我会全心全意对你。我长得也还算过得去吧。说你愿意，好吗？”

迪克几乎听不出托尔潘纳的回答声：“你看着我，我们在一起有什么意义呢？因为我很有可能在战争爆发的时候，一接到通知就要出征，随时随地。一接到通知就要马上出发，亲爱的。”

“这又有什么关系？在你离开之前还有时间，不是吗？我要得不多，你还不知道我做的饭有多好吃呢。”只见贝茜伸手绕上托尔潘纳的脖子，把他的头拉了下来。

“那就到——我——走之前。”

“特博，”迪克站在楼梯口出声喊道，他几乎无法稳住自己的声音，“来一下，老伙计。我有点事儿。”

“老天，希望他会听我的！”似乎贝茜嘴里嘟嘟囔囔地说了一句。她很怕迪克，惊慌失措地走下楼梯跑了。但仿佛过了一个世纪，托尔潘纳才慢吞吞地走进画室来。他直接走到火炉前，双手紧紧地抱着头，仿佛受伤的公牛一样痛苦地呻吟着。

“你有什么狗屁权利横插一脚？”最后他斥问道。

“谁爱插手这事啦？很久以前你自己就已经很清楚了吧，别再做傻事了。这的确是一件痛苦的事情。但是，圣安东尼[1]，你现在没事了吧。”

---

①译者注：圣安东尼，修道生活的开创者，禁欲主义者。艺术史上有众多艺术家以圣安东尼为创作对象，创作了许多名画，如《黄金传说》。《圣安东尼和魔鬼们》。迪克故意称托尔潘纳为“圣安东安”，有嘲笑的意味。

“我不应该让她自由自在地在这里进进出出，让她觉得这里都是属于她的。这是最让我痛苦的地方。这会撩起一个独身男子的欲望，对吧?”托尔潘纳可怜兮兮地说道。

“你说的的确有理。确实是这样。不过，鉴于你现在不适合讨论我们两人之间家务工作的弊端，那你知道你自己接下来要干嘛吗?”

“我不知道。要是知道就好了。”

“你得出去走走，最好去玩个两三个月，好好重拾你的状态。你可以去布莱顿，或者斯卡伯勒，又或者普罗勒海岬，去看看海上船只的来来往往。你最好是马上就出发。很奇怪吗?放心好了，我会照顾好宾奇的，你现在马上出发吧。别死抗着，会让你崩溃的。你现在要做的事情是放开一切，出去散散心。收拾完赶紧走人。”

“没错，你说得对。那我去哪儿呢?”

“你还好意思说你自己是个特派记者?!先收拾，后提问。”

一个小时后，托尔潘纳就乘着马车连夜出发了。

“也许在路上你就知道要去哪儿了，”迪克说，“到尤斯顿，从那儿开始，噢，对了，今晚可以去喝点酒放松放松。”

他回到画室，发现屋子里面更暗了，于是他多点了几支蜡烛。

“噢，你个无耻荡妇!你个没用的小荡妇!明天你就知道我的厉害了!宾奇，到这儿来。”

宾奇在壁炉前的地毯上翻身仰躺着，迪克一边用脚搔它一边思考着对策。

“我还说她是个好人。看来我错了。她说她会做饭。看来她真的是有预谋的了。噢，宾奇，如果你是个男人你就会下地狱；不过如果你是个女人，还是个会做饭的女人，你就会下十八层地狱。”

第十章

你为什么要紧随我身边?

——主人，为了消灭您必须与之战斗的敌人。

随我飞骑而逝的是什么?

——主人，那是黑夜投影的影子。

那么让我们冲锋杀敌去!

——主人，敌人已经消灭殆尽。

但夜战就要开始了;

——主人，天就快黑了。

——《福特的战争》

数日之后，迪克说：“这样的生活真让人开心！特博离开了；贝茜憎恨我；对于如何画好《米兰可利亚》毫无头绪；梅茜的来信又时断时续；而且我觉得我消化不良。宾奇，我怎么就头疼眼晕了呢？我是不是该吃点护肝药？”

迪克刚刚和贝茜大吵了一架。自从迪克把托尔潘纳送走之后，这已经是她第50次责备他了。她罗列了永远怨恨迪克的种种理由，还清清楚楚明明白白地告诉迪克，她之所以还会来这里静坐，完全是因为钱的缘故。最后她还说：“其实，托尔潘纳先生比你好十倍。”

“你说得对啊。所以他才应该离开啊。而我却应该留下来向你示爱啊。”

贝茜坐着，手托着下巴，愁眉不展。“向我示爱?！我恨不得撕了你！要不是惧怕绞刑，我恨不得杀了你。我真的很想这么做。你相信吗?”

迪克笑了笑，一脸的倦意。对于要画的东西完全没有思绪，身边的猎狐小狗又完全不通人话，偏偏又伴着个整天婆婆妈妈的女人，迪克说实在的感觉日子过得很不开心。对贝茜的话他正想反唇相讥，突然就在那一刹那，他感觉眼睛看到画室的一个角落仿佛有一层薄如蝉翼的面纱缓缓展开挡住了视线。他揉了揉眼睛，发现无法揉掉眼中的那层朦胧的薄纱。

“消化不良真丢脸。宾奇，我们得去看医生。眼睛是不能出问题的，没有眼睛就挣不到面包，你也就没有羊排骨头啃了。”

白发苍苍的老医生是个和善的本地人，他一言不发地听迪克描述在工作室里看到的灰影，然后才开口诊断。

“我们偶尔是需要一些休整的，”他喋喋不休道，“就像一艘船，亲爱的先生——确切来说就好似一艘船啊。有时船身发生故障，我们就得找外科医生；有时缆绳出了问题，我可以解决；有时引擎坏了，我们就得去找脑科专家；有时甲板上的瞭望员眼睛疲劳了，我们去看眼科医生。我建议你去看眼科医生。我们时不时是需要一些调理的。你务必去看眼科医生。”

迪克找了一位眼科医生，伦敦最好的眼科医生。他确定那位当地医生对医术一窍不通，更加确定的是，如果自己无奈戴上眼镜，梅茜一定会取笑他。

“宾奇，其实我的胃早都发出警告了，只是我从不放在心上，现在眼前才会出现这些阴影。我的眼睛一定会治好的。”

迪克正要走进通往诊室的黑乎乎的大厅时，一个男子正好迎面撞了过来。在男子急急忙忙跑向街道的时候，迪克看到了他的脸。

“他具有作家气质，额头很像特博。他看上去很虚弱，可能是听到了某些不好的消息吧。”

这样想的时候，他内心突然升起一股很强烈的恐惧感，让他走进眼科医生候诊室的时候几乎喘不过气来。候诊室里布置着笨重的雕花家具，墙上贴着深绿色的墙纸和醒目的照片。他发现有一张是他自己作品的复制品。

他前面还排了很多人。他的目光一下子就被一本耀眼的金红色圣诞颂歌本给吸引了。这本书大概是用来娱乐那些来就诊的孩子们的吧。

“这哪里是艺术，根本就是盲目崇拜。”他边说边把这本书挪了过来，“从天使的画风来看，这应该是德国出版的书。”他一页一页地慢慢翻开，只见一首红色字体的小诗映入眼帘——

“玛丽期待的快乐，
是三个人的快乐——
看到她的好儿子耶稣基督
使失明者重获光明；
上帝，使失明者重获光明吧，
我们会快乐无比。
圣父，圣子，圣灵
快乐永生永世！”

迪克一直在反复诵读着这首诗，然后进去看医生。躺在就诊椅子上，医生弯下腰给他诊治。显微镜照在他眼睛上的光芒让他忍不住畏缩了一下。医生摸了摸迪克头上被剑砍伤留下的伤疤，问是怎么来的，迪克简单解释了这道疤的来历。撤下显微镜之后，迪克才看清了医生的脸。医生脸上的表情让迪克顿时感觉恐惧来袭。在医生一大堆让他听得云里雾里的诊断当中，迪克只隐隐约约听到“伤疤、额骨、视神经、慎之又慎、避免心理焦虑”等等这些词。

“那么，结果呢？”他晕沉沉地问道。“我的工作是画画，丝毫不敢浪费时间。这病你有什么办法治好吗？”

又一次，医生说了一大堆的话，反复强调一个信息。这次迪克听明白了。

“能给我杯喝的吗？”

这间黑暗的眼睛诊疗室见证了太多病例的宣判，病人需要振奋振奋精神。迪克接过了一杯白兰地。

一杯酒下去，他不禁咳了起来，“就我所听到的而言，我这是视神经衰退什么的，因此无药可救了。完全放松，无忧无虑的话，我还有多长时间？”

“大概一年吧。”

“上帝啊！如果我不注意呢？”

“这就不好说了。因为无法准确地判断剑伤造成的具体伤害程度。你这块伤疤是很久以前留下的了，而且长时间暴露于强光之下，对吧？加上你长期从事精细的工作用脑用眼过度，我说得没错吧？所以，我真的说不准如果不医治会有什么后果。”

“对不起，但是这病症一点预兆也没有。请允许我再坐一分钟，一分钟后我就走。很感激你告诉我真相。真是没有任何预兆，没有任何预兆啊。谢谢你。”

迪克走到街上，宾奇兴高采烈地迎接他。

“真是晴天霹雳啊，宾奇！晴天霹雳啊！去，我们去公园走走，理理思绪吧。”他们朝迪克很熟悉的那棵树走去。到了那里，迪克不得不靠着树坐下，因为恐惧让他的胃疼得翻江倒海，而且他的小腿一直打战不停。

“这毛病怎么可以一点征兆都没有就降临了呢？这简直就像子弹一样突然扣扳机射击嘛。这明显是活受罪嘛，宾奇。如果我们小心照顾身体的话，一年以后我的生活就永远处在黑暗之中了。那时候我就会什么都看不见，再也没有什么追求了，就算我能够活到一百岁也永远无法实现了！”可惜宾奇根本听不懂，还在那里欢快地摇动着它的小尾巴。“宾奇，我得设想一下，感受一下什么都看不见是一种什么样的感觉。”迪克闭上双眼，脑海中浮现出闪闪逗点和凯瑟琳车轮。然而当他睁开眼睛扫视公园的时候，发现他眼中看到的跟刚才闭眼睛看到的完全不一样。显然，他还是可以看得真真切切的，可惜随后一簇簇缓慢旋转的火花渐渐遮盖了他的两个眼球。

“小狗狗，情况不妙了，我们赶紧回家。要是特博现在能够回来那该有多好！”

可惜，托尔潘纳现在还远在英格兰南部，正在跟奈尔海一起兴致勃勃地参观造船厂。他的来信总是寥寥数语，而且一副神神秘秘的样子。

迪克向来都是一个人承受自己所有的喜怒哀乐，从来没有向人求助的习惯。此刻，他一个人孤孤单单地在自己的工作室里，想到以后一切看到的东西都会是朦朦胧胧的一片；想到如果命中注定要失明，就算是求完世上所有的托尔潘纳加起来也都无济于事啊，迪克一直在进行着激烈的思想斗争。“我不能让他停下他的旅程回来同情我。我必须得一个人撑下去。”他说。他躺在沙发上，舔着胡子思考着夜色中的黑暗会是什么样子，不知不觉忆起了苏丹的一个场景。一个士兵差点被宽刃的阿拉伯矛劈成两半。一刹那间他感觉不到疼痛。他低下头，眼睁睁地看着体内的血一点点流失，脸上露出愚蠢慌张的神情，这在当时还在为生计奔波劳碌的迪克和托尔潘纳看来滑稽极了，他们还为此放声大笑。那位士兵当时还想跟着他们一起笑，但刚怯懦地咧开嘴，死亡的痛苦就涌上心头。他嘴里还嘟囔着，身子却砰然倒地。想到这一幕，迪克又笑了起来。对于当时那个士兵的惊恐，他现在有了切身的体会。

“不过我还有时间。”他说。他在房中来来回回踱步，一开始的时候还是很平静地步伐，不一会儿就是惊慌错乱的脚步，仿佛有一个黑影就站在他的身后，推着他的肘部，促使他不断往前迈步；一时间他眼睛里面看到的只有不断交织变幻的晕圈和不断往上冒的微粒。

“我得冷静下来，宾奇；我必须得冷静下来。”为了不惊慌失措、分散注意力，他故意说得很大声，“这一点都不好玩儿。我该怎么办呢？我必须做点事情。我的时间不多了。今早我就不该相信那个医生的胡说八道；但是现在情况不一样了。宾奇，灯熄灭后摩西在哪里？”

宾奇像那善解人意的良种小猎犬那样咧开嘴巴，一副笑眯眯的样子，但什么也没有说。

“但世界上有足够的时间吗？宾奇，羞怯没有错。但是我背后常传来——”他抹了抹因害怕而直冒大汗让人极不舒服的前额。“我能做什么？我能做什么？我一点头绪都没有，甚至无法连贯地思考，但是我必须做些什么，或许我该放松一下，什么都不想，先睡一觉。”

迪克又开始焦虑地踱来踱去，时不时停下来拖曳那些长期没有关注过的画布和那些陈旧的笔记本；本能地，他觉得自己该去画画，因为这是一件实在不能再拖的事情。“你做不了了，再也做不了了。”他每次停下来看自己的画布的时候，他都会说，“再也没有什么士兵，我再也画不了他们了。死亡突然来得太早，这对我来说就是一场战争和谋杀啊。”

夜幕渐渐降临，一开始迪克以为这是失明已经悄然而至。“真主阿拉！”他不禁绝望地喊了起来，“在我等待失明的日子里请助我一臂之力，当惩罚降临的时候我绝不会抱怨。那么光明消失前，我能做什么呢?”

工作室里静悄悄的，没有回答。迪克一直呆呆地等着，直到恢复了些许自我控制意识。他双手颤抖，曾经他以它们的稳健而骄傲自豪；他能感到自己的嘴唇也在颤抖，汗珠顺着脸颊流了下来。他完全被时日不多的恐惧所鞭笞，恨不得马上投入工作，达成某事，却又因为脑子里不断重复将要失明而无法做其他事情而愤怒不已。“这是一种耻辱，丢人现眼。幸亏特博不在，看不到。医生说我需要避免精神上的焦虑。宾奇，过来，让我抱抱你。”

迪克几乎要把宾奇的皮都给搓了下来，小狗疼得不禁吠了几声。

黄昏时分，他很忠实地聆听了自己的心声，发现问题解决了。“宾奇，真主很好。虽然他未必如我们期许的那么好，不过这点我们可以过后再说。我想我现在找到问题的解决方法了。所有那些有关贝茜头像的研究都是无用之物。这些东西还差点误导了你主人我。现在我对于这画具体怎么画有了非常非常清晰的想法。那就是‘米兰可利亚聪明智慧无与伦比’，那么她就应该是梅茜的头像，因为我终将得不到梅茜了；而贝茜，当然，她身上展现了所有米兰可利亚应该具备的特质，尽管她本人事实上是一无所知的；当然画像还应该加些其他东西，一切都将展现在一个笑容上，那是为我而笑的。她该是天真烂漫地嬉笑呢？还是应该没心没肺地咧嘴大笑呢？不，画上的她应该是开怀大笑，每个曾经心伤过的人都应该……那首诗怎么说来着？

‘体会熨帖之语，

在所有灾难打击中感受友谊的涌动。’

‘在所有灾难打击中？’这可比仅仅是为了激怒梅茜而画画好多了。我现在就能把这种情绪画出来，因为我自己现在就已经伤心欲绝了。宾奇，我要把你的尾巴拎起来，你真是我的福神。过来，给我预测一下。”

他把宾奇拎了起来。只见它耷拉着脑袋，晃了一会儿，却吭都不吭一声。

“把你拎起来怎么感觉像是拎了只豚鼠；要知道，你可是一只勇敢的猎狗啊，这样拎起来，你居然都不吭一声。看来真是一个吉兆啊。”

宾奇回到它自己的小窝，像它平时看到的一样，迪克在房间里踱来踱去，不停地摩拳擦掌，暗自发笑。当晚，迪克给梅茜写了封信，字里行间满溢着对梅茜身体健康的关心体贴，期待着梅茜大作《米兰可利亚》的诞生，却一丁点儿也没有提及自己的身体状况。一直写到天亮他才想起再过不久他就要失明了。

接着，他就一头扎进工作中，嘴里轻轻地吹着口哨，完全沉浸在艺术创作那种纯粹的心旷神怡的喜悦当中，这样的工作状态是非常难得的，以至于他自己以为自己就是上帝，完全没有去想厄运会如期而至的问题。他完全把梅茜、托尔潘纳，还有就在他脚边的宾奇等统统抛诸脑后，只记得去刺激贝茜。贝茜这人只要稍微刺激一下，就很容易勃然大怒，就会如他所期待的那样看到她那双明媚善睐的双眼中燃起熊熊怒火。

他完全忘我地投入创作中，丝毫没有去想厄运会降临到他头上的问题。他满脑子想的都是他的创作的奇思妙想，尘世万物统统抛诸脑后。

“你今天心情很好嘛!”贝茜说。

迪克摆弄着画画时用到的支腕杖，一圈一圈地画着让人摸不着头脑的圈圈，然后走到餐柜旁边喝了杯酒。入夜，白天的喜悦消散后，他又来到了餐柜旁。来来回回几次之后，他确信那位眼科医生事实上是个骗子，因为他还是能够看得很清楚的。

在这一刻他甚至认为自己完全可以为梅茜撑起一个家，甚至认为无论她喜欢还是不喜欢，她终将都会成为自己的妻子。可惜到了第二天早上，他却没有了这种豪情壮志，不过餐柜上的酒还是能够慰抚他的心灵。

他又重新全身心地投入工作。这一次，他的眼睛开始出现问题，眼里出现种种的斑点、条纹并且模糊不清，不得已他只能走到餐柜那边去寻求慰藉，顺便问问贝茜意见。在他看来，无论是画布上的《米兰可利亚》还是他脑海中的《米兰可利亚》都是前所未有的可爱和生动。此时他感受的是一种无拘无束的快感，就好像当人们知道自己已经是那种被宣判了疾病死亡通知书的，知道自己时日不多的时候，他们往往就会肆无忌惮地纵情欢乐。日子就这样风平浪静地一天一天地悄然过去。

贝茜总是如期而至。虽然对迪克来说，她的声音听起来就像是从远处传来，但她的脸颊却永远近在眼前。米兰可利亚的头像在画布上熠熠生辉，仿佛她尝遍世间所有苦难，却依然一笑而过。在迪克眼中，工作室角落里的那些窗帘都渐渐地灰蒙蒙地隐藏在一片黑暗之中；而且眼里出现的光斑和由此引起的头痛越来越严重了，严重到连阅读梅茜的来信都变成了一件很困难的事情，更不用说是回信了。迪克清楚地知道是怎么回事，但是他不能告诉梅茜自己这里出了问题，也不可以去笑话她创作《米兰可利亚》的蜗牛速度，因为她每次都说她的《米兰可利亚》准备就要完成了。每天白天，他都激情澎湃地投入工作；晚上各种荒诞不经的梦境层出不穷，让他忘却了世间种种的烦扰。餐柜成了他世间最好的朋友。

贝茜对此一无所知，反应异常迟钝。曾经她因为迪克眯着双眼盯着她看而愤怒得狂叫，而现在她只会一言不发地自己生闷气或者在一旁一脸嫌弃地看着他。

托尔潘纳离开已有六个星期。一封不知所云的便签传来了他的归期。“有消息了！好消息！”他写道，“奈尔海和肯努都知道了。我们星期四一起回去。给我们留午饭，顺便搞好卫生。”

迪克把信给贝茜看，贝茜反而辱骂他曾经把托尔潘纳赶走并且毁了她的人生。

“够了”，迪克野蛮狂躁地说，“你最好给我老实安分点，不要老想着随随便便跟那些酩酊大醉的家伙示爱。”他认为是他把托尔潘纳从美色诱惑中解救出来的。

“我可不觉得那样比在工作室里对着一个醉汉静坐糟糕多少。三个星期了，你都没有清醒过，天天酩酊大醉，居然还觉得你过得比我好！”

“你什么意思？”迪克说。

“什么意思？！等托尔潘纳回来你就知道了。”

没过多久，托尔潘纳就在楼梯间那里遇见了贝茜，却对她毫无感觉。相比贝茜而言，更重要的是他有很多话要对迪克说。肯努和奈尔海跟在他身后，一起去找迪克。

“烂醉如泥像条死鱼一样在那里呢，”贝茜小声说，“这样的状况已经差不多持续一个月了。”贝茜暗地里跟着这几个人，想听听他们会怎么说。

他们非常高兴地一起来到工作室，以为会受到迪克无比热情的欢迎，没想到入眼的却是一个形容枯槁的、不修边幅、畏畏缩缩、憔悴凌乱的醉汉。只见迪克胡须满面，密密麻麻的胡子遍及鼻孔周围，正弯腰驼背，神经兮兮直勾勾地眯眼看着他们。边工作边喝酒对迪克来说已经是太平常的事情了。

“这还是你吗？”托尔潘纳问。

“如你所见。坐吧。宾奇很乖，我正在做一些很有意义的事。”他踉踉跄跄地走过来。

“你正在做你一生中最糟糕的事情。人生在世，你——”

托尔潘纳突然停下，转头看向他的同伴，一副很是抱歉地请求他们先离开的样子，然后他们就离开了工作室到别处去吃午餐了。之后他才接着说迪克。不过至于他是怎么说教迪克的，外人就无从得知了，毕竟训斥朋友是一件非常严肃非常私人的事情，而且具体托尔潘纳是怎么训斥迪克的，用了什么修辞，用了什么隐喻，这些都是无法表述的，无法言传的。只见当时迪克只是在不停地眨巴着他的眼睛，不停地玩弄着双手。过了片刻，迪克开始意识到自己还是很有自尊的，也是需要一点点他人尊重的。而且他觉得自己完全没有违背任何社会道德，自己现在这么做也完全是有理由的，只是托尔潘纳根本不知道他身上发生了什么事情而已。这点，他是可以解释的。

于是迪克站起来，试着挺直腰板，对着一张他几乎看不清楚的脸庞。

“你说得没有错，”他说。“不过，我也没有错。你离开之后，我的眼睛就出现了问题。我去看了眼科医生，他用了一个仪器——好像是眼睛检查仪之类的东西——深入地检查了我的眼睛。很久以前的事了。他说，我头上的伤疤，也就是那道剑伤，影响了我的视觉神经。就是这么一回事。我要瞎了。不过在我失明之前，我还有些工作要完成。我觉得那是我必须得做的事情。可是现在我已经看不清了，只有喝酒的时候我的视线才是最清晰的。要不是有人告诉我的话，我根本就没有意识到我喝过头了。但是就算如此，我也不得不继续我的工作。如果你想看看我的作品，在这儿。”他指向那幅快要完成的《米兰可利亚》，等待着托尔潘纳的赞许。

托尔潘纳还没有吭声，迪克就忍不住开始低声地哽咽了起来。能够再次见到托尔潘纳，迪克从心底感到高兴；

可看到他对自己呕心沥血的精妙画作毫无赞赏，迪克感觉很糟糕。他心想，是不是自己所犯下的错误——如果那些确实算是错误的话——让托尔潘纳变得这么毫无同情心、这么陌生疏远。尽管很清楚哭泣是一种很幼稚的行为，可迪克还是忍不住。

在外面等了蛮长的一段时间后，贝茜偷偷地从锁眼瞄向屋内，只见托尔潘纳的手搭在迪克肩上，两人跟平常没有两样地一起在房间里走来走去。

于是她忍不住低声恶毒地咒骂了起来，把正在楼道那里安安静静地流着口水等待再次见到自己主人的宾奇都给吓到了。

第十一章

百灵为上帝唱歌，

鹧鸪呼朋唤友嬉戏，

而我艰难前行，不顾健康，

在我致力精进的领域。

废寝忘食，没日没夜，

但内心深处我更明了，

唯一萦绕在我耳边的，

是那曾经的猎人的号角。

——《独生子》

回来的第三天，托尔潘纳心情异常沉重。

“你是不是要跟我说没了威士忌你就没法干活了？根本不是这么回事吧。”

“一个醉鬼说的话能当真吗？”迪克说。

“如果是你的话，当然可以。”

“好，那我以我的名义向你保证，”迪克干裂着嘴唇，急冲冲地说，“老家伙，我现在几乎看不清你的脸了。你两天不让我喝酒了——不给我酒喝，我什么都画不出来。

“不要拦着我了，天知道我什么时候眼睛就会瞎掉了。

“在我眼睛里面，现在看到的是越来越多的斑斑点点，我的头也越来越痛，看到的东西越来越模糊，好像什么东西看起来都是模模糊糊的一团，糟糕透了。我发誓我说的是真的，只有在我喝到半醉不醉的时候，就像你说的那样的时候，我才可以看得清清楚楚。让贝茜再来坐三天，还有备全我所需要的东西，三天，就三天，我就可以完成这幅画了。三天时间而已，我死不了的。最多也就是去做个急救而已。”

“如果再给你三天，你能不能保证，不管——有没有画完，三天后就一定停下来?”

“不行，你不会明白这幅画对我来说有多重要。不过，你可以叫奈尔海帮你扳倒我，然后把我捆起来。我肯定会反抗，不是为了威士忌，而是为了完成这幅画。”

“行，你赶紧。我给你三天时间；可你太让我伤心了。”

迪克继续埋头作画，完全一副工作狂状态；那个威士忌醉鬼出现了，他眼前的一切也渐渐清晰起来了。《米兰可利亚》就快要完成了，画布中的米兰可利亚完全或者几乎完全就是他理想中的样子。迪克跟贝茜开玩笑的时候，贝茜调侃他是个“醉醺醺的坏蛋”；但这种激将法对他一点作用都没有。

“贝茜，你不会理解的。我们现在眼看就快要完成工作了，很快我们就可以休息，好好享受我们的成果了。画完这幅画后，我会付给你三个月的酬劳。下次如果我能够接到更多活的话——不过现在说这个没有意义。三个月的酬谢，可以让你少恨我一点了吧?”

“不，不可能！我恨你，现在是，以后也是。托尔潘纳先生再也不会跟我说话了。他总是在盯着地图看个不停。”

贝茜没说她曾经再一次向托尔潘纳示爱，也没有说在她激情洋溢的示爱之后，他把她挽起来，亲了她一下之后，就把她推出门外，劝她不要再傻了。托尔潘纳大部分的时间都和奈尔海待在一起，他们讨论着即将爆发的战事，交通运输的问题以及造船厂的秘密备战工事。在迪克完成那幅画之前，他根本不想见他。

“他正在创作上乘的作品，”他对奈尔海说，“这不是他平时的风格。但也正因为这样，他现在完全是疯狂地投入工作中。”

“不要紧的，让他一个人静一静。等他清醒过来，我们就带他出去走走，呼吸呼吸新鲜空气。可怜的迪克，特博，现在他的眼睛坏了，我也不用再羡慕你了。”

“是啊，那将会是又一个‘身有残疾的人天助成才’的例子。最糟糕的是我们不知道他具体什么时候会瞎掉。而这种不确定性和漫长的等待会使迪克更加迷上威士忌的。”

“要是砍伤他脑袋的那个阿拉伯人知道这样的结果，他得多得意啊！”

“如果他还活着，随便他尽情地笑。可惜，他已经死了。这也算是一种小小的安慰吧。”

第三天下午，托尔潘纳听见迪克叫他。

“画完啦！”他大喊，“终于完成了！快进来！她是不是很美，是不是很可爱？我拼了命才把她画出来的。不过这一切都很值，对不对？”

托尔潘纳看着画布上那个笑容满面的女人头像，只见她红唇饱满，眼神迷离，淡定从容地笑，一如迪克竭尽所能所要展现的那种万事付诸一笑的淡定。

“谁教你这么画的啊？”托尔潘纳问道，“这种风格和理念都和你平时的作品大相径庭。多美的一张脸啊！那迷人的神情！那傲慢的姿态！”不知不觉中，他扭过头来，跟着画上的女人一起笑了起来。“她显然已经历经了人间沧桑——我觉得她应该是过得蛮艰难的，不过现在苦乐浮华她都已经不在乎了。是这个意思吗？”

“完全正确！”

“这嘴唇和下巴你是怎么画出来的？那根本不是贝茜的啊。”

“那——那是另一个人的。但这样不好吗？简直太棒了，不是吗？这样还对不起那些威士忌吗？我做到了，我画出来了。我一个人独立完成的，这是我所能画出来的最好的作品了。”越说越激动，他大大地喘了一口气之后，平缓下来低声道：“天啊！如果我现在就能达到这样的水平了，那以后十年我还能画出什么样的作品啊！——对了，贝茜，你觉得怎么样？”

贝茜正咬着双唇，恨恨地看着托尔潘纳，因为他一直都没有正眼瞧她一下。

“那是我见过的最可恶、最残忍的东西。”说完，贝茜转身走开了。

“年轻人，有这种想法的人不止你一个——迪克，画像中女人的头像姿势隐隐透露着一种残忍和恶毒的神情，这个我不是很能够理解。”托尔潘纳说道。

“那可是我的绝技，”迪克轻笑着说，因自己的画作被人完全领会而洋洋得意。“我这个可一点也不是狂妄吹嘘哦。这的的确确是一个‘法式画法’，你是不会明白的；但是要画出这种效果，需要扭转笔刀，用透视法从下巴到左耳上方一点一点细细地处理左边脸部，而且还要加深耳垂下的阴影。这就是臭名远扬的障眼法画技；不过即便这样，我也是玩这一技法的行家里手啊——噢，大美女！”

“原来如此！我能感觉到，她确实是个大美人。”

“所以，任何一个曾经失意过的男人看到这幅画的时候都会有相同的感悟的。”迪克拍着大腿说，“他会从画中看出自己的问题，而且，我敢说，他伤心失意的时候，他应该扭过头去从容大笑，就像画上的女人一样，笑看天下。

我已经用尽了我全部的心力，还把我的视力也搭进去了，不管结果如何，我都不在乎了……我累了，太累了。我想好好睡个觉。把威士忌拿走，已经够了，它的任务完成了。拿三十六英镑给贝茜，多给三镑，算讨个吉利吧。然后把这幅画盖上。”

几乎是一说完这话，迪克就倒在长椅上睡着了，掩上了他万分苍白憔悴的脸。贝茜试图捉住托尔潘纳的手：“你是不是打算永远都不和我说话了？”但是托尔潘纳光顾着看迪克，根本没有注意她说什么。

“真是要强啊！明天我要好好地照顾他，好好重视关爱他。这是他应得的——嘿！贝茜，你说啥？”

“什么也没有。待会儿我走之前会把这里稍微清理干净的。你现在能付给我三个月的工资了吗？迪克说过让你给我的。”

托尔潘纳给贝茜开了张支票，然后回自己房间去了。贝茜留下来认真地打扫画室，把门半敞开透气，倒了半瓶松节油到抹布上，开始使劲擦去画上米兰可利亚的脸。那幅画上的颜料还没那么快变干。她拿起调色笔刀，边用湿抹布擦拭，边用调笔刀刮掉画上的颜料。五分钟后，整幅画就面目全非，各种颜料掺杂在一起。她把沾满颜料的抹布扔进了画室的火炉，朝熟睡的迪克伸了伸舌头，骂道：“骗子！”接着就从楼道跑掉了。她以后再也不会见到托尔潘纳了，但至少她报复了那个破坏了她恋情的那个人，那个老是取笑她的人。兑现那张支票是贝茜这场闹剧的最大收获。随后，贝茜便乘船驶过泰晤士河，最后消失在泰晤士河以南一带无尽的水域荒原中。

迪克在长椅上一直睡到晚上，直到托尔潘纳拽他到床上的时候他才醒了过来。只见他的眼睛亮晶晶的，尽管他的声音因为睡眠很是沙哑。像小孩子一样倔强，迪克说，“让我们再看看那幅画吧”。

“去——睡——觉，”托尔潘纳说，“你现在很虚弱，尽管你自己没意识到。你现在衰弱得像只神经兮兮的猫。”

“我明天就改。晚安。”

再次经过画室时，托尔潘纳掀开了画上的罩布。一看，吓得他差点尖叫起来：“完了！全被擦掉，全被刮花了！要是迪克看到了肯定会暴跳如雷。一定是贝茜干的——这死丫头！只有女人才会干出这事！写给她的支票上的墨迹还没干，她就敢做这样的事！迪克明天看到了肯定会疯掉的。都是我的错，我就不该怜悯那些贫贱的东西。噢！可怜的迪克，上帝给你的打击可真不小啊！”

那晚，迪克彻夜未眠。一方面是出于万分的欢喜，另一方面是因为他平日里眼睛看到的烟花现在完全变成了即将迸裂的蕴含五光十色焰火的火山。“喷发出来吧！”他大声说。

“我已经完成了我该完成的任务，现在你要怎么样对我都可以随便你了。”他静静地躺着，双眼直勾勾地盯着天花板，长期酗酒而积累的狂热充斥着他全身上下的所有血管，脑袋里充斥着各种各样狂乱的想法，他双手干巴巴像鸡爪子一样弯曲着。他发现自己正在一个装有成千上万个灯泡旋转着的圆屋里画米兰可利亚的脸庞，发现他的各种奇思妙想就站在几百英尺下摇摆的小支架上一起为他欢呼喝彩。突然，就在他的神庙里面，某种东西顷刻爆裂，就像一张过度拉伸的弓弦那样爆裂，之后整个金碧辉煌的宫殿就坍塌了，只有他一人独守黑夜。

“我要睡觉了，房间太暗了。点盏灯吧，让我们再看看《米兰可利亚》的美丽。外面应该有月光吧。”

突然间，托尔潘纳听到迪克用一种非常陌生、透着绝望恐惧的声音叫他。

他第一个反应就是“他肯定是看到那幅画了”。于是，他冲到卧室，只见迪克端坐在床上，不停地用手拍打着空气。“特博！特博！你在哪儿？可怜可怜我吧，快过来呀！”

“怎么了？”

迪克抱着双肩说：“怎么了？！我在这黑乎乎的地方待了好几个钟头，你都不理我。特博，老伙计，不要走。我现在眼前一片黑暗，伸手不见五指，真的！”

托尔潘纳拿着蜡烛凑到迪克眼前，只见他的双眼暗淡无光。于是他又点了汽油灯，迪克听到点燃火焰的声音，一只手猛地抓住托尔潘纳的肩膀，吓了他一大跳。

“不要离开我。现在不要丢下我一个人，好吗？我看不见了。你明白吗？这里很黑——一片漆黑——我好像已经完全看不见了。”

“这样好点了吗？”托尔潘纳双手抱着迪克，轻轻地前后摇晃着他。

“嗯，好多了。现在不要说话，让我安静一会儿，黑暗就会渐渐消散的。好像真的要散了。嘘！”迪克皱着眉头，绝望地努力睁开眼睛看着前方。深夜的寒气不禁让托尔潘纳毛骨悚然。

“你能像刚才那样静静地待一会儿吗？”托尔潘纳说，

“我去拿睡衣和拖鞋过来。”

迪克双手紧紧地抓住床头，等待着他眼中黑暗的消散。“你怎么去了这么久?”托尔潘纳回来时，迪克大喊，“还是很黑。你经过走廊时弄什么东西砰砰作响?”

“长椅、毯子、还有枕头。我就睡在你旁边，躺下吧。明早就会好了。”

“不可能了!”迪克突然哀号了起来，“我完蛋了！上帝啊，我瞎了！我真的瞎了，黑暗永远都不会消失了!”他说着差点就要从床上蹦了起来，但是托尔潘纳双臂紧紧地抱住他，下巴就压他的肩上，迪克被抱得几乎喘不过气来。最后，迪克只能无力地挣扎着，整个人气喘吁吁地说道：“我瞎了!”

“冷静！迪克，稳住!”耳边传来托尔潘纳语气沉重的声音，双臂却更加紧抱着迪克。“忍忍吧，老伙计。不要让人家觉得你在害怕。”他双臂紧紧地抱着，一点也不放松。两个人累得一个劲地直喘气。

迪克不断地左右摇晃着头，不断地唉声叹气。

“放开我，”他气喘吁吁地说，“你要压断我肋骨啊。我们，我们一定不能让人家觉得我们胆小如鼠，我们也不能让那些黑暗的势力还有那可怕的命运看到我们的恐惧，一定不能。”

“躺下，现在一切都结束了。”

“好的，”迪克顺从地回答，“不过，能让我握着你的手吗？我需要握住点东西才能够安心。突然变瞎了，我特别怕。”

托尔潘纳从长椅那儿向迪克伸出他那毛茸茸的大手给

迪克紧紧地握着。半个小时后迪克酣然入睡。托尔潘纳轻轻抽出他的手，俯下身，轻轻地吻了他的前额，就好像生离死别时亲吻一个受伤的战友，以缓解离别的悲伤。

灰蒙蒙的黎明时分，托尔潘纳听到迪克喃喃地说着梦话。他显然梦中正漂流在狂飙无边的浪潮中，只听见他讲话语速非常快，“可惜——真是太可惜了，但还是有用处的。乔治公爵，你赶紧把它吃掉。我瞎了就瞎了，无所谓的。一定记得不要管所有有关米兰可利亚的传闻以及那些胡说八道的幽默，说女王做事绝对不会错，显然不过是众人皆知的骂名——我以前也曾经这么认为。但特博还不知道这点。再往荒原走远一点，我会告诉他的。

“那些船夫把轮船的绳索弄得一团糟！那些四英寸的船绳很快就会被磨断的。我早就告诉过你了，待会儿就真的会发生。碧绿绿的河水上泛起白花花的浪花，轮船正在水面快速遨游。多美的画面啊！我要把它画下来。不，我画不了了。我的眼睛发炎了，我看不见了。这是埃及十种流行病之一，现在正沿着尼罗河往上蔓延，典型的症状就是白内障。哈哈！我开玩笑的，特博。笑一下嘛，哇，你真是我的偶像，注意站远一点，不要靠近那个绳索……亲爱的梅茜，它会把你绊倒到河里的，到时候你会全身脏兮兮的。”

“噢！”托尔潘纳说道，“这些是以前发生的事情了，就是河上的那晚。”

“如果你身上弄脏了，她一定会说是我的错，而且你离防波堤很近。梅茜，那不公平。啊！我知道你会打偏的。

“亲爱的，低下来一点点，往左转一下。你明显不自信嘛。不要生气，亲爱的。如果能给你带来一点慰藉，减少一点伤痛，砍掉我的手我都愿意。砍右手吧，如果真能让你开心的话。”

“现在我们都不听了。就像小岛的大声呼唤一样，隔着因仇恨充满了种种误解的汪洋大海，又有谁会聆听?！尽管，我觉得，它喊的都是些实话。”托尔潘纳说。

但迪克还继续说个不停，讲的都是他和梅茜的那些陈年旧事。有时他会长篇大论地大谈特谈他的那些画作，然后又不停地咒骂自己愚蠢地作茧自缚。他祈求梅茜给他个吻——就一个——在她临走前，恳求她从马恩河畔维特里回来，希望她能够乐意回来；但是在他所有的胡言乱语中，他祈盼天地能为他作证，他的女神是不可能“犯错”的。

托尔潘纳很认真地听着，试图了解他背后那不为人知的生活经历。连续三天，迪克一直语无伦次地讲述着他的过去，最后终于沉睡过去。“他承受的压力该有多重呀！可怜的家伙！”托尔潘纳自言自语，“迪克，像狗一样老实，任劳任怨！而我居然还数落他傲慢自大！我早该知道我不应该这样判断一个人。可我偏偏还这么做了。那女人真是太可恶了！迪克把自己的一生都献给了她，真该死！显然，她肯定亲过迪克。”

“特博，”迪克在床上喊道，“出去走走吧。你在这也待太久了，我自己会起来的。嘿！真恼人。我不能自己穿衣服了。噢，太可笑了！”

托尔潘纳帮他穿上衣服，扶他到画室的长椅上。他端坐着，焦急地等待着眼睛中的黑暗消逝。但是那天他没有等到，第二天也没有等到。迪克扶着墙壁慢慢地四处行走，结果他的小腿撞到了壁炉。这使他意识到还是爬行比较好，因为这样可以一只手先在前面摸索。于是，托尔潘纳回来的时候看到的情景是，他整个人趴在地板上。

“我正在就我现在的情况来熟悉我周围的情况。”迪克解释说，“还记得广场上被你戏弄过的那个黑鬼吗？可惜那时你没有识人的慧眼，他可能对我们有点用处。有我的信吗？把那些灰色的上面印有类似皇冠的大信封里面的信统统拿给我。那些信现在对我来说已经没有意义了。”

托尔潘纳递给了他一封信，封口上写有一个黑色的M的信件。迪克把信放进口袋里。或许信上写的东西托尔潘纳早已看过，但这是只属于他和梅茜的，尽管她也许从来就不曾属于他。

“等她发现我不回信的时候，她也就不会再写信给我了。这样也好吧。现在的我对她来说已经没有任何意义了。”迪克申辩道，一副他很清楚自己现状理所应当告知梅茜一切的样子，然而在内心里他却挣扎不已。“我已经跌到人生谷底了，我不会乞求她怜悯的。而且，这样对她来说也很残忍。”他努力想要忘掉梅茜，但失明的现状却让他空闲了下来，每每总让他忍不住东想西想。在长期无尽的黑暗中无所事事地痛苦煎熬让迪克几近崩溃。梅茜寄来一封又一封的信，之后就再也没有任何声息了。迪克坐在窗边，感受着夏日空气里蔓延着的热气，脑海里情不自禁幻想着梅茜也许跟别人在一起了，跟一个比他更厉害的男人。双目失明的缘故让他的幻想变得更加尖锐敏感，几乎所有的细节都历历在目，清晰无限，使得他愤怒不已，在画室里上蹿下跳，撞倒火炉，似乎他往哪里走都会撞到它。最糟糕的是，在茫无边际的黑暗中，即便是抽着平时深爱的烟草，吞云吐雾也变得索然无味。他身上的优雅傲慢渐渐消逝，取而代之的是无尽的痛苦绝望。这个托尔潘纳是很清楚的，因为每天晚上都可以看到迪克无助地紧紧地抱着枕头。迪克的日子就这样交织着时不时地崩溃、无尽难耐的等待和无比沉重的黑暗。

“去公园走走吧，”托尔潘纳说，“从开始作画到现在你都没出去过呢。”

“出去又有什么用呢？就算去到外面，我看到的也一样是一片死寂的黑暗啊；而且——”他走到楼梯口时还犹犹豫豫地说，“而且搞不好我会被撞倒的。”

“有我呢，不会的。我们小心点就好了。”

一路上听到街道上车来车往的轰隆声，迪克万分紧张，紧紧抓住托尔潘纳的手臂，一刻不放。拐弯走进公园的时候，迪克很是任性地说，“想象一下不得不用脚去探索前面是不是排水沟的人生有多可怕。该死的上帝，让我死吧”。

“当过兵的人不可以胡说八道，信口开河。天啊，那里有士兵！”

闻言，迪克挺直了腰杆。“走近点。我们进去看看，发生了什么事情。从草坪上走过去吧，我闻到了树的气息。”

“小心栏杆！啊，没事了。”托尔潘纳一边说，一边一脚踢开了迪克前面的一堆草。只听见迪克正在那里陶醉地嗅着空气：“你闻一闻。很香，是不是？”“现在抬起脚，我们跑过去。”他们走到离军队很近很近的地方，铿然作响的刺刀声，让迪克倒吸了一口冷气。

“我们再走近一点。他们在列队，是吗？”

“嗯。你怎么知道？”

“感觉。哦，我的男神们！——我英俊潇洒的士兵们！”他慢慢地向前走，仿佛自己能看得到一样，“曾经我是最擅长画他们的，现在谁来画他们呢？”

“他们马上就要走了。别急，先等乐队奏起来。”

“哈！我可不是新兵蛋子。太静了，我根本不知道是什么情况。走近一点，特博！——再近一点，噢，天啊！为什么不让我看看，亲眼看看，哪怕就一分钟！——半分钟也行啊！”

他听到了军队的声音，几乎就在触手可及的地方，他甚至一清二楚地听到乐手从地上抬起大鼓时收紧胸前索具的声音。

“鼓手把鼓槌举到头顶了。”托尔潘纳低声说。

“我知道。我知道！我不知道的话，还有谁知道呢！嘘！”

“咚——”随着鼓槌的下击，进行曲响了起来，列队的士兵们踩着音乐向前出发。迪克感受到了部队前进生成的一股风迎面扑来，听到了部队前进中凌乱沉重的脚步声夹杂了腰间子弹壳摩擦的声音。鼓声越来越猛，这是音乐厅不可能奏得出来的高潮效果，这个效果使得前进中的部队的步伐越来越步调一致，完美统一——

他身材挺拔高挑，
他身份显赫至尊。
他周六夜伴家人，
诚心诚意；

他还要知道如何爱我，

知道接吻调情；

要是他够让我们幸福，

我又怎么能拒绝得了——

最后的列队离开后，托尔潘纳看见迪克低下了头，就问：“怎么了?”

迪克说：“没什么。我突然间觉得有点失落——没事。特博，带我回去吧。你为什么要带我出来呢?”

第十二章

三个朋友埋葬他们死去的朋友，
用泥和土埋葬他的眼和嘴。
从此天涯海角，各奔东西，
强者胜，弱者亡。
三个朋友论生死，
强者胜，弱者亡。
他们问：“那他还与我们同在吗？”
“如光耀眼，风拂面。”

——《民谣》

回来后，托尔潘纳就直接送迪克到床上去睡觉了。毕竟眼睛看不见的人总得听从那些看得见的人的指令。而且自他从公园回来以后，他居然对托尔潘纳滔滔不绝地大说特说，说他要好好活着，因为他可以看见整个的世界，所以他应该好好活着。但是他自己却已经瞎了，死亡堆里的一员了，就算是苟活于世，也不过是增加弟兄们的负担而已了。托尔潘纳就说他唠唠叨叨像个古米奇太太，而迪克气得要死，却又无可奈何，只好老老实实回去翻来覆去地折腾他那三封梅茜寄来的却又从未开启的信件。

此刻，体形硕大结实，个性争强好斗的奈尔海正坐在托尔潘纳的房间里，他对托尔潘纳的所作所为很是生气。在他身后坐着号称战地飞鹰的肯努。他们中间摆着一幅地图，上面钉满或黑或白的大头针。奈尔海说："我错误估计了巴尔干地区的状况，但是我对整个局势的看法是正确的。我们在南苏丹的工作全部又要从头做起了。公众并不关心这些，但是政府会很在意的。事实上他们正在悄无声息地做安排。这个你我都明白得很。"

"我还记得当我们的部队从恩图曼撤回来的时候，人们是怎么样咒骂我们的。那时候我觉得该来的迟早还是会来的，可是我现在走不了，你能怪我吗?”托尔潘纳说道。他指了指迪克所在的那个房间。夜里很炎热，房门是开着的。

肯努正在那里咕噜咕噜地吸着他的水烟枪，舒服得像一只肥硕慵懒心满意足的猫咪，“我们一点也不怪你，你做的一切都异乎寻常的好。但是，每个人，包括你，特博，每个人都有自己必须做的工作。我知道这样说很残忍，但是迪克已经不能再继续工作了，他倒下来了，他现在已经残掉了，完了，他玩完了。但是他小有资产，饿不死他的。可是你不能为了他把自己赔进去吧。好好想想你自己吧。”

“迪克的资产比你我的加起来五倍还多。”

“那是因为他每画一幅画都签下了自己的名字。现在这一切都结束了。你必须好好控制自己，随时准备出发。你可以自己开价，工作方面，你做得比我们三个中任何一个都好。”

“不要跟我说这条件有多诱人。我会待在这里照顾迪克一段时间。他现在就像一只得了头痛症的熊一般，动不动就暴跳如雷，但我觉得他喜欢我在他身边。”

奈尔海对托尔潘纳这种软心肠烂同情心很不理解，他甚至大肆批评那些为了别的傻瓜不惜丢掉自己事业的愚蠢行为。他的说辞让托尔潘纳大为恼火，甚至气得满脸通红。毕竟整天照顾迪克的种种压力本身就已经让他神经紧绷了。

“其实，我们还有第三种选择。”肯努若有所思地说，“这样一来，我们就没有必要做傻事了。毕竟迪克是一个身强力壮的人——或者说他曾经是。他温文尔雅，蛮有吸引力的，而且胆子大，很有闯劲。”

“噢，”肯努的话让奈尔海想起了一件发生在开罗的事情，“我明白了，——特博，对不起。”

托尔潘纳点了点头，表示不跟他计较：“要是他跟你绝交，你就有得受了——肯努，你继续说。”

“每次我看到有同志牺牲在沙漠那里的时候，我常常就会想，如果这个信息可以快速传遍世界各地而且交通工具的速度也够快的话，那么每个牺牲的人的床边至少会有一个女人来给他送终。”

“你说得太玄之又玄了。拜托你说得明白一点，谢谢了。”奈尔海如是说。

“让我们再认认真真地想一想，特博这样全方位无微不至的照顾是否就是迪克所需要的。特博，你自己觉得呢？”

“我知道我做的不是他所需要的。但是，我又能怎么样呢？”

“那就大家面对面把事情摊开来说。我们都是迪克的朋友。你跟他更是生死之交了。”

“但是，在他迷失方向的时候，我得帮他重回正轨。”

“如果你这么说的话，那么我想我们的猜测是正确的了。她是谁？”

于是，托尔潘纳原原本本地讲述了迪克与梅茜的故事，作为一个战地记者，他很清楚应该用什么样的语调来讲述这样的一个爱情故事。肯努和奈海尔一言不发，认认真真地听着。

“一个男人经历多年漂泊之后，还会回来找寻自己的初恋？可能吗？”肯努说，“这可能吗？”

“我说的是事实。他现在也只字不提了，但他常常坐在那儿摆弄着三封她的来信，以为我没看见呢。我该怎么办呢？”

“直接跟他明说啊！”奈尔海说道。

“啊，是啊！给她写信——请记住，我不知道她的全名——写信去求她可怜他，接受他。我相信你曾经告诉迪克你为他感到难过吧。奈尔海，你还记得那次发生了什么吗？去啊，去卧室那里跟迪克说啊，让他勇敢大胆地把一切情况向那个名叫梅茜或者什么的姑娘说清楚一切啊，向她求爱啊。我敢说，你真这样做了，他一定会杀了你的。失明的事情已经让他相当暴力了。”

“托尔潘纳的想法事实上已经非常清晰了。”肯努说，“他将会到马恩河畔维特里那里去，那是贝塞尔荒原铁路线上的一条从图尔加斯起始的单轨道铁路。70年代[①]的时候，普鲁士人曾经炮轰过它，因为附近山顶上，距离教堂1800码处的一棵白杨树旁驻扎着一个骑兵。我应该没有记错吧。

“不过特博所说的这个画室的具体位置我说不清楚，因为那是他的事。我已经告诉他他该走的路线了，他可以直接去那里冷静地把情况一五一十明明白白地告诉那个女孩，然后她就会回到迪克的身边了。特别需要注意的一点是，她不容易被说服。毕竟迪克曾经说过，‘我们之所以会分开，完全是因为她那该死的固执’。”

“他们两人每年有420英镑的收入。

①指十九世纪七十年代。编者注。

“迪克即使是在精神错乱的情况下，也不会忘记具体的数字。你根本没有理由不去。”奈尔海说。

托尔潘纳看起来非常纠结：“可是这样太荒谬，不可能的！我又不能直接抓住她的头发就把她拉回来。”

“我们做的事情——本来就很荒谬很难办啊。可这也是我们挣钱的门路啊。我们做的事情除了娱乐大众外，我想不出还有什么其他意义。不过我们现在有了做事情的意义了，那么其他的枝梢末节就都无关紧要了。在托尔潘纳回来前，我会和奈尔海一起住在这里的。镇上不久就会有一批行为举止放纵不羁的‘特别来宾’到访，而且他们将会把这里当成他们的活动基地，这也是托尔潘纳必须去找那个女孩的又一个原因。毕竟老话有言嘛，善有善报。而且——”说到这里，肯努突然低下了声音，“我们不能眼睁睁地看着你和迪克一起落难。这是你唯一可以离开的机会，而且你这样做了迪克会感激你的。”

“他当然会啦——不过再糟糕也就是这样了！无论如何我都可以去试试。我没法想象她怎么会拒绝迪克的。”

“找她就跟她明明白白地说清楚。我可是见识过你甜言蜜语让一个暴怒中的伊朗美女跟你约会的手段的。所以，找迪克的女孩跟她把情况说清楚对你来说那简直就是小事一桩。你最好明天上午就出发。因为我和奈尔海都已经过来帮忙了。这是命令，你只能服从。”

第二天早上，托尔潘纳说：“迪克，需要我帮忙吗？”

“不用！别管我。我瞎了，你究竟要我跟你说多少遍？”

“有没有什么东西需要我帮你做，帮你戴或者帮你拿的？”

“没有。赶紧离我远点，你那靴子的声音吵死人了。”

托尔潘纳心想："可怜的家伙！我最近穿靴子肯定是戳到他痛处了，他可不需要这么沉重的脚步声。"想完，他大声说："好吧，既然你一个人待着没有问题，那我就安心走个四五天。至少道个别吧。房东会照看你的，而且肯努就住我房间。"

迪克脸色一沉："你不会整整一个星期都不回来吧？我知道我脾气不好，但没有你，我真不行的。"

"不会的。我不过是离开一会儿，等我走了，搞不好你相反会很高兴。"

迪克一边摸索着走到大椅子那里去，一边想着托尔潘纳这样做究竟是什么意思。他不想让那个老房东来照看自己，但是托尔潘纳小心翼翼的照料也确实让他心烦。托尔潘纳不知道什么才是他真正想要的。他的眼睛好不了了，梅茜的来信他无法打开亲眼看，只能在他手指的摩挲中日渐起毛变黄。要是这种生活不改变，他就永远无法亲眼看到信件的内容。而梅茜还会继续给他寄去新的信件，尽管他只能够拿来把玩。

这时，奈尔海进来了，带着一个礼物——一块红色的造型蜡。他认为迪克会喜欢把玩它。迪克摆弄了几分钟后就说："这是什么东西吗？拿开。在以后的五十年里我都要看不见了，给我这个干嘛？你知道托尔潘纳去哪了吗？"

奈尔海说他不知道，"在他回来前我们会一直住他的房间。要帮忙做什么吗？"

"就让我一个人独自待着吧。不要觉得我不识好歹。但我最好是一个人待着。"

奈尔海听完呵呵地笑了起来，而迪克又陷入了他死气沉沉的冥思和对命运不公的无声抗议中。他已经有很长一段时间没有去思考他在过去干过的那些工作了，也完全没有了继续工作的欲望。他为自己感到无限遗憾，完完全全沉浸在疗伤的自我抚慰中。在心灵的深处，他的灵魂和肉体都在呼唤着梅茜——他觉得她会理解他的。可是他满脑子想的都是梅茜，她有自己的工作，她不会在意他的。他的经验告诉他，男人钱财散尽的时候，女人也会随之离开。而且一个男人被踢出局的时候，自有他人接踵而至。对此，迪克的说法是，“那么，至少她能像我使用比奈特一样使用我——哪怕是出于某种学习研究也好啊。只要能够再次接近她，我别无他求，就算我知道另有男人在向她示爱。哎，多好的忠犬啊我！”

突然楼梯那里传来了一阵欢快的歌声——

我们走——走——离开这里，

债主们将会哭泣，甚至号啕大哭，

非常抱歉他们很快会发现

我们已经远离英格兰，

星期二来自印度的信函如是说。

接着是一阵杂乱的脚步声，托尔潘纳那边巨大的摔门声，以及七嘴八舌激烈的争论声。只听见其中有人撕着短促尖锐的声音说：“看看，好家伙！我找到了一个新水壶，一流的哦，嘿，怎么样？要不打开看看?!”

迪克一跃而起，他太熟悉这声音了。“这是卡萨维迪，他从大陆回来了。怪不得特博走了。他们当时肯定就在那里了，而——我却不知道！”

奈尔海根本无法让那些人安静下来。“都是我的错。”

迪克苦涩地自言自语道。“鸟儿已经准备好起飞了，他们是不会告诉我的。我还听到了摩腾——萨瑟兰和麦凯耶。几乎伦敦一半的战地记者都在那儿了——唯独我却不知道。”

他跌跌撞撞地走过楼梯平台冲进托尔潘纳的房间，他能感觉到那里挤满了人。他问道：“麻烦出在哪儿？最后还是在巴尔干半岛吗？为什么都没有人告诉我？”

“我们以为你不会感兴趣了。”奈尔海满脸愧疚地说，“还是在苏丹那里，跟以前一样。”

“哇，你们真好运！你们聊，我就坐这儿听你们说。那可是大伙聚会的重头戏啊——卡萨维迪，你坐哪儿呢？你的英语还是说得跟过去一样烂啊。”

奈海尔扶着迪克坐在一张椅子上。他听到翻动地图的沙沙声，大伙滔滔不绝的谈论声，这些让他心驰神往。大家开始热议不已，他们讨论新闻审查制度、铁路线路、运输、供水、将军的领导才能等等。他们七嘴八舌、高谈阔论、甚至是大声狂笑。此情此景，如果让那些对他们信任有加的大众看到的话，肯定会大吃一惊。一场战争将在苏丹一触即发已经是毋庸置疑的了。奈尔海也是这么说，那么大伙先做好准备是很有必要的了。肯努已经致电开罗要马了；而卡萨维迪已经搞到了一份不完全准确的部队派遣名单，大伙正在认认真真听他读出来。肯努给迪克介绍了一些之前不认识的人，他们将会由中央南部财团用作战时艺术家。肯努说：“这是他第一次外派，你给他说说吧，比方说一些关于骑骆驼的技巧吧。”

“哦，该死的骆驼！”卡萨维迪痛苦地抱怨道，“我还得重新学着骑骆驼，况且我现在腿脚都已经老了！听着，伙计们，我很了解你的军事安排。你将要去萨瑟兰得尔斯的皇家阿盖尔郡。这是我所了解到的最权威的信息。”

一阵大笑打断了他的说话。

奈尔海说道：“都坐下，英国陆军部甚至都没有做出这样的表格。”

有人问道：“那儿有军队驻守萨瓦金吗?”

这一下可就炸开了锅，大伙七嘴八舌热烈讨论起来，各种声音交织在一起：“他们会用到多少埃及部队呢?”“上帝请保佑那些农民!”“在那里有一条铁路通到普林斯迪沼泽地那里”——“我们最终还是应该在萨瓦金—柏柏尔建一道防线。”“加拿大海员们真是太小心谨慎了，居然给我一个整天醉醺醺的克鲁人来划一艘捕鲸船。”“谁来指挥沙漠纵队呢?”“不，他们从不在金纳湾那里炸大石头。我们将不得不像往常一样停下来。”“你们必须得告诉我那里是否会有一支印度的队伍，不然我会打破你们的头。”“小心，不要把地图撕开了。”“我跟你说，这是一场与非洲公司在南方的抢夺战。”“在那条线上，大多数的井里都有几内亚蠕虫。”此时，奈尔海发现根本没有办法让大伙安静下来，气得哇哇大叫，双手狠狠地往桌子上敲。

整个屋子因此一下子沉寂了下来。迪克问道：“那托尔潘纳做什么呢?”

奈尔海说：“特博他现在还在犹豫不决。我猜想他现在还沉醉在某个温柔乡里吧。”

肯努接道：“他说他要留下来。”

“是吗?”迪克信誓旦旦地说道，“他不会的。虽然我现在身体不是很好，但是如果你和奈尔海都搞不定他，那我将不遗余力地说服他，直到他答应为止。他肯定会跟你们一块儿的，我保证！他是你们当中最好的。在恩图曼那里会有一些艰苦的任务非他不能完成。这一回，我们肯定得去那里工作。哦，我忘了我自己的情况了。我真希望能与你们一起去。”

肯努也说道：“我们也都希望你能去，迪克。”

那个中央南方财团新来的艺术家也说道：“我最希望你能一起去了。你能不能告诉我——”

“我给你一个建议，”迪克边说边朝门口走去，“如果你碰巧在混战中被砍伤了头部，你就不要抵抗了，让他继续砍，一死百了。你会发现这样其实是最轻松的。谢谢大家能够让我进来了解情况。”

一小时后，除了肯努还留下来以外，其他人统统都走光了。奈尔海说道：“看来迪克还是很有气性啊。”

“那是神圣战争的号角在呼唤。你有没有注意到他是如何回应的？可怜的家伙！去看看他吧。”肯努说道。

只见迪克就坐在画室的桌子旁，双手托着脑袋，脸上已经完全看不见刚才参与热烈谈论的激情。听到他们进去的脚步声，可是他还是静静地坐着，一动不动。

“我好难过！”他抱怨道，“我的天啊，我真的很难过！可是，你们知道吗？世界本身就是个自转运行的纺织轮，它不会为谁而停下。特博走之前，我可以见见他吗？”

奈尔海说道：“啊，当然，你会见到他的。”

第十三章

一小时前夕阳向西坠落，

那是否是家的方向？

如果白天迷了路，

是否夜幕会指示归途？

——《老歌》

“梅茜，该上床睡觉了。”

“太热了，我睡不着。不用担心我！”梅茜手肘搭在窗台上，眼睛直视着那条洒满月光的笔直的白杨小道。马恩河畔维特里镇的夏天早已来临，炎热至极：草坪上的草早已经晒枯了；河岸边上的黏土也晒成了砖块；沿路的花朵儿也已奄奄一息；花园中的玫瑰枯立枝头，了无生气。屋檐低矮的小卧室里同样高温难耐。照射在对面的卡麦画室墙壁上的白花花的月光仿佛让这炎热难耐的夜晚更加令人难以忍受。只见那里大门紧锁，挂在门上的那个大铃铛投射下来的黑影让梅茜很是不爽。

“太吓人了！应该把它全部刷成白色，”梅茜喃喃自语道，“而且这扇门为什么也不在这面墙的正中央呢。我之前怎么就没有注意到呢！”

这一小时对于梅茜而言简直就是一种煎熬难耐。首先，过去几周的炎热高温已经让她整个人疲惫不堪；其次，她的画作让她很不满意，特别是米兰可利亚这个女性头部的刻画并未达到她的期望值，而且她根本没有办法按时完工交付给画廊；还有，卡麦还和两天前一样唠叨个不停；还有一点不值一提的是，她的迪克已经有六个多星期没有给她写信了。她不满于这令人烦躁的热浪、不满唠叨不停的卡麦、不满她那老是让人不满意的画作，但是最让她恼火生气的是迪克的杳无音讯。

她总共已经给迪克写过三封信了——每次在她对创作《米兰可利亚》头像有什么创新想法的时候，她就给他写信，希望能够跟他进行沟通和交流。可是，迪克似乎总对她的这些来信统统不予理睬。所以，她决定再也不给他写信了。等到秋天的时候，她会回到英格兰去，她会去跟迪克说话的。但是，当然了，她是不会提前回去的，她也是有自己的傲气的。尽管不管她承认还是不承认，她的内心深处很想念那些跟迪克一起度过的周日下午时光。整个夏天，卡麦一直反反复复强调的是，“小姐，坚持下去吧！坚持啊！”——这句烦人的话。他就像一只夏日里的知了，一只头戴大毡帽，身穿羊驼呢子外套和白裤的满头银发的成年知了，一直在叫个不停。

但是那时在梅茜那坐落在郁郁葱葱、凉风习习的伦敦公园北部的画室里，迪克就很是自在地在那里来来回回地踱着步子看她作画，他所说的话往往比那些要坚持之类的话语恶劣十倍，甚至还会从她手中一把抢过画笔，直接给她指出画得不对的地方。她还记得迪克最近的一封来信给出的净是些微不足道的建议，例如建议她不要在太阳下作画啊，不要在路边的农舍里喝水啊等。而同样的建议他还不止提了一回，甚至是反反复复说了三次，就好像梅茜并不会照顾好自己似的。

可如今迪克在做什么呢？为什么不给她写信了呢？这

时外面路上传来了一阵说话声，梅茜不禁把头伸出了窗户。只见镇上驻军的一个骑兵正在跟卡麦的女厨窃窃私语。月光照映下，骑兵枪上的刺刀闪闪发光，他手里紧握着配枪，以免发出不合时宜的声音；女厨头上的厨帽正好投下暗暗的影子，根本看不清楚她的脸，只见他们的脸颊靠得很近。他突然伸手搂住了女厨的腰，接着传来了亲吻的声音。

“呸！”梅茜往后退了两步，轻蔑道。

“怎么了？”那红发女孩在她床上挣扎着往外面探出身子来问道。

“没什么，不过是一个新兵正在亲吻卡麦那个女厨。”梅茜说道，“现在他们都走了。”

她又将头伸出窗外，在睡衣的外面披了件披肩来抵御夜里的寒气，毕竟晚上还是有徐徐晚风轻轻吹拂的。窗下那已经被烈日烤枯的玫瑰花随风微微点头，仿佛知道了什么不可告人的秘密似的。会不会是迪克已经不再关注她的工作，也不关注他自己的工作，而是去关注苏珊娜的堕落绯闻和那些征兵的事情了呢？不！他不会的！玫瑰在晚风摇曳中频频点头，枝上仅剩的一片叶子也跟着摆动起来，像个淘气的小妖精在不停地抓挠着自己的耳朵。

迪克绝对不会这样做的！梅茜在心里对自己说，“因为他是我的——我的——我的！他说过他永远是我的。我确定，我不会管他做什么事情。但如果他真那样做了，这可不仅会影响到他自己的创作，而且还会影响到我的工作。”

晚风中，玫瑰继续以花朵很独特的方式随风点着头，而这对花本身而言是毫无意义的。在这个世界上没有任何东西能够让迪克放弃自己的享乐，违背自己的选择，除非是上帝的旨意。而对他来说，梅茜就是上帝，上帝就是让他来协助梅茜创作的。而她所做的事情，正如她自己的剪贴本上面所强调的那样，就是为英格兰的画展做准备。然而当她好不容易说服卡麦同意她给画展送画参展的时候，却不知道怎么回事，总是被画廊拒收。似乎，她将来要做的工作就是不停地一如既往地为画展准备画作，然后不停地被画展以完全同样的方式拒收。

“热死了，根本睡不着！”这时，红发女孩在床上翻来覆去地抱怨，生生打断了梅茜的思绪。

的的确确一直都是如此。那么她以后的人生将会是奔波在英格兰的那间小画室与卡麦那间坐落在马恩河畔维特里的大画坊之间。不，她应该去找另一个导师，一个真正能够给她带来成功的导师，如果刻苦耐劳，不懈努力真的可以带来成功的话。迪克曾经跟她说过，他花了整整十年的时间才真正弄明白这一行。她也同样花了十年的时间，可这十年却让她一无所获。迪克曾经说他的十年也是一无所获，但那只是就他与她之间的关系而言罢了。迪克还曾经跟她说过，他会等她十年，等她回心转意，他相信她迟早会回到他的身边的。结果，他却没有时间给她写信？他是在他那封写满有关中暑啊、白喉病啊奇奇怪怪的信中说过这些话的。之后就再也没有收到他的来信了。他应该是在月光下到处闲逛，跟那些女厨们处处调情。她现在很想好好教训他一顿——自然不是身着睡衣的此刻，而是要衣着正式得体，认真严肃地好好给他说道说道。然而，他要是亲了别的女孩，想必他也就不会在乎她是否会去教训他了。相反，他可能会反过来嘲笑她自作多情。这样也好！那她就能够安心回到画室去，去准备她的画作啊、画廊啊等等东西了。

梅茜的万千思绪如水车轮般缓缓地不停地转动啊转动。一切都那么清晰明了，历历在目。身后那红发女孩正在那里辗转反侧，夜不成眠。

梅茜双手托住下巴，心里认定迪克就是一个行为恶劣的人，认定这是毋庸置疑的事实。她不断地回想他们过去的种种，回想迪克的种种不好，仿佛就为了证明自己是正确的，完全一副以事实说话的样子。她想起了那时有个男孩，他说他爱她，而且他亲吻了她——吻在她的脸颊上，就在一朵不断点头的黄色海罂粟旁边，就像花园里那朵完完全全干枯的玫瑰那样不停地点着头。之后他们分隔两地，期间很多男人向她表白，但都在她最忙碌的时候。后来那男孩回来了，在他们第二次见面的时候男孩告诉她他还深爱着她，之后他——他做了很多事情，没完没了，却没有坚持到最后。他全身心地为她付出。他跟她谈论艺术、家务活、绘画技巧、茶杯甚至是滥用咸菜做兴奋剂等等这类话题——真是太粗俗了！貂毛刷——这是他赠送给她的最好的礼物——她每天都在用。他常常给她各式各样的建议，让她受益匪浅。他的眼神时不时让她受用不已。那是一种什么样的眼神啊？就像那筋疲力尽乖乖匍匐在地等候女主人指令爬到她脚下的猎犬的眼神。可是，她又是怎么回报他的呢？没有，什么也没有，除了有次给了他亲吻她的机会以外——她穿着她那件宽大袖子的睡衣一边刷牙一边想。而且是直接吻在唇上。真是太丢人了！难道那样还不够吗？远远超了好不好？如果真的是不够，那他也不应该就不给她写信了啊，难道他吻别的女孩去了，也就无所谓他们之间的债务问题了？“梅茜，你再这样下去就要着凉了。快去睡觉吧。”红发女孩带着疲倦的声音在梅茜身后响起，“你在窗边那里站着，我根本睡不着。”

梅茜只是耸了耸肩，没有作答。她一直在努力地想迪克的种种卑鄙行径，以及其他那些甚至与他没有多少瓜葛的种种卑劣行径。朦胧的月色洒在对面画室的天窗上，为清冷的夜空镀上了一层淡淡的银色，这一切都让梅茜难以入眠。她就这样一直目不转睛地盯着那月光，渐渐地出了神，思绪万千，浮想联翩。渐渐地月亮下山了，藏到了一大片草地背后。远处一只野兔蹦蹦跳跳地穿过马路寻觅回家的路。墙上那门铃手柄的影子随着月亮的淡去渐渐由短变长，直至最后消失。接着阵阵晨风刮起，扫过高地上的片片青草地，带来阵阵凉意，牛群纷纷朝着因干旱而低洼下去的河里奔去。梅茜的头靠在窗台上，任凭一头乌黑的长发胡乱地散布在双臂上。

“梅茜，醒醒啊！你这样会着凉的。”

“好的，好的，亲爱的。”她蹒跚起来，像个疲惫不堪的孩子似的趔趔趄趄地向床边走去，倒在床上，将头埋在枕头下面一个劲儿地咕哝着，“我以为——我以为……

“可是迪克他应该会给我写信的啊。”

画室的日子总是那么单调无味，波澜不惊，充斥着油漆和松脂散发的气味，卡麦还是在那里老生常谈个不停。作为一个艺术家，他沉默寡言，但是作为一个老师，他绝对是滔滔不绝，口若悬河。当然，学生得听他的才算。显然，这天，梅茜根本就对他的说教充耳不闻，甚至是极其不耐，一副恨不得时间飞逝，工作赶紧结束的样子。

梅茜心里很清楚，工作结束在什么时候。因为时间一到，卡麦便会把手放在身后，手上紧紧地握着他那件黑色羊驼呢子外套，暗淡无光的双眼一直盯着的既不是正在画画的自己的学生，也不是那些学生正在画的画作，迷离眼神背后忆起的是往日时光、他的爱徒比奈特。“你们做得都不错，”他说，“但是要记住，仅仅掌握了作画的方法、技巧、力度，甚至能画出有感染力的作品，这些都是不够的。但是你们也一定要相信，总有一天自己的作品能够钉在墙壁上风风光光地供大家欣赏。在所有我教过的学生当中——”每当他讲到这句话时，学生们就开始取下画板上的画钉，或开始收拾各种颜料管子，“就在所有我教过的学生中，比奈特是最出色的一个。他刚来我画室那会儿，就已经对作品非常有研究，也很了解作画的技巧以及有关的绘画知识。在离开这里的时候，他应该已经完全掌握色彩的控制、专业的构图以及相关的专业知识等等，可是他没有。就因为，他缺少执着的信念。我已经很久、很久都没收到任何有关比奈特——我这个最优秀的学生的消息了。所以，今天，你们应该高兴，我不再唠叨了。你们要坚持下去啊！女士们，坚持啊！当然，首先，你要有你的信念。”

说完卡麦走到花园里边去吸烟，顺便怀念他那久不联系的学生比奈特。而学生们则三三两两地回到自己的宿舍或直接就在画室里计划下午去哪儿消暑纳凉。

梅茜闷闷不乐地看着她那幅《米兰可利亚》，不想再痛苦地面对它，于是她急匆匆地走过马路，准备回去给迪克写封信。突然，一个身骑白色军马、高大威猛的男子却引起了她的注意。至于这男子，也就是托尔潘纳是如何用二十个小时，到达维特里镇骑兵军官的营房，如何让他们相信这是一次法国的光荣复仇行动，又如何亲切得让上校感动得流泪，甚至如何借到军中最好的马匹到达卡麦的画室，这些都是谜，或许也只有战地记者才可能解开这样的谜团了。

“对不起，打扰一下，”他问道，“这似乎是个荒谬的问题，但我真不知道她是不是还有别的名字。请问你们镇上是否有个年轻姑娘叫梅茜？”

“我就是梅茜啊！”梅茜答道，大大的太阳帽完全遮住了她的脸。

“我想我该自我介绍一下，”他说，座下的军马在那令人炫目的白色飞尘中不停跳跃嘶鸣，“我叫托尔潘纳，迪克·赫尔达是我最好的朋友。呃……呃……我想说的是，迪克，他失明了。”

“失明?!”梅茜吓了一跳，愣愣地说，“他不可能失明的!”

“他差不多失明两个月了，完全看不见任何东西了。”

梅茜抬起头，托尔潘纳看到了一张苍白无比的脸。“不！不！不可以！不可以失明！我不允许他失明!”

“小姐，要不你亲自去看一下迪克吧。”托尔潘纳建议道。

“现在？——马上吗？”

“噢，不是的。巴黎的火车晚上才能经过这里，所以你有充足的时间来准备一下。”

“是赫尔达先生让你来找我的吗?”

“当然不是的。迪克是绝对不会做这种事情的。他总是一个人坐在画室里，反反复复地摆弄着你寄过去的那些信件。他根本无法去读那些信件，因为他失明了。”

说完，托尔潘纳听到从那个太阳帽下传来一阵哽咽的声音。梅茜低垂着头，走进了宿舍，红发女孩正在沙发上休息。

“迪克失明了!”梅茜吐出这几个字的时候迅速地吸了口气，强装镇定地靠着椅背稳稳当当地坐了下来，“我的迪克失明了!”

“什么?”红发姑娘坐不住了，从沙发上跳了起来。

“一个英格兰来的男人告诉我的，迪克已经六个星期没给我写信了。”

“你要亲自去一趟吗?”

“我得好好想想。”

“想想?!如果我是你，我恨不得马上去伦敦看他，我会亲吻他的双眼，不停地亲吻他的双眼，直到他复明重见光明为止!你若不去我这就替你去。噢，瞧我都在胡言乱语些什么!你这白痴!马上去看望他呀!马上去啊!”

托尔潘纳的脖子因为太阳暴晒而起了个水泡，但他依然强忍着，面带微笑地耐心等待着梅茜。最后，梅茜终于出来了，她没有戴上遮阳帽。

“我来了。”梅茜对托尔潘纳说道，眼睛却一个劲儿地盯着地上。

“那么今晚七点，你得到维特里车站去。”托尔潘纳习惯性地发号施令，这是一个必须回复遵守的军令。对此，梅茜一声不吭，她心里却是很感激的。托尔潘纳正一只手努力控制那匹桀骜不驯的马，而且他一副理所当然下达命令的样子，让她根本找不到反驳的机会。梅茜回到宿舍与红发女孩道别，只见她正在那里痛哭流涕。两人又是眼泪又是亲吻，稍作告别，接着就是收拾行李，准备薄荷脑这类路上用得着的东西。中间梅茜还去向卡麦道了个别。这样一来，一个闷热难耐的下午就这样过去了。

随之而来的是不停翻涌的思绪。目前她的主要任务就是去看望迪克，那个有着这样优秀朋友的男人，现如今正坐在黑暗中拿着她那几封未开启的信不停地摆弄着。

“你在这儿做什么呢?”梅茜问她的同伴。

“我？噢，我会待在这里，完成你的《米兰可利亚》啊。”她微笑着，脸上不免带着丝丝的遗憾，“去到那边记得给我写信。”

那晚，维特里镇上流传着一则关于一个疯狂的英格兰男人的小道消息。小道消息强调，毫无疑问那个男人给太阳晒昏了头，他和驻扎部队里的军官们拼酒，把他们统统灌醉之后，牵了一匹马就一路扬长而去。更疯狂的小道消息是，他之后就跟那些在绅士卡麦手下学画画的英格兰女爱徒之一一道私奔离开了小镇。

“他们真是太逗了，”月光下，苏珊娜靠着画室的墙壁跟那个前来相会的新兵蛋子说道，“她平时走路的时候总是一副目空一切的样子。可是她吻我双颊告别的时候就好像我是她亲妹妹一样。看！她还给了我十法郎!”

士兵亲吻了她，同时为自己是个优秀的士兵而备感自豪。

在去加来的路上，托尔潘纳几乎不跟梅茜说话，但又无微不至地照顾到梅茜的方方面面：给她找了个单人包间，让她可以清静清静，不受任何打扰。他对这么容易就完成了这一趟的差事感到很是惊奇。

“跟梅茜相处最安全的做法就是让她自己想通。不过，从迪克的表现来看，特别是当他完全昏了头的时候，情况肯定完全不是那样。她显然应该是那个发号施令的人。真令人好奇这次她居然会喜欢听人家发号施令?!”

一路上梅茜沉默寡言。她常常一言不发，双眼紧闭地坐在那个空荡荡的隔间里，似乎这样就能体会到迪克失明的感觉一样。对她来说，这就是一个命令，一个她必须马上动身回伦敦的命令，而且最终她竟发现自己渐渐喜欢上了现在的这种情形。至少这比照看那些行李和与她那个完全对周周生活毫无兴趣的红发室友相处好得多。可是隐隐约约间她又觉得自己现如今的处境很糟糕，很有失身份。毕竟一直以来她都觉得自己是成功的，是出类拔萃的。这种恍惚的心绪持续缠绕着她，直到托尔潘纳爬到轮船上层找到她，毫无征兆地开始谈论起了迪克失明的话题。他刻意省去了些细节，但还是把整件事情的来龙去脉交代得清清楚楚。而说着说着他突然就停了下来，仿佛突然对这一话题失去了兴趣，径直走去吸烟了。对托尔潘纳的这种行为，梅茜很是生气，同时她也对自己很不满。

她马不停蹄地从多佛港赶往伦敦，急得连叫人送早餐过来的时间都没有。此时她已没有时间去理会心中的愤慨，而是站在大厅里的铅制楼梯下焦急等候着托尔潘纳去楼上了解情况。那种自己像个淘气的小姑娘一样需要被照顾的感觉又一次袭上心头，顿时气红了她苍白憔悴的脸颊。都是迪克的错，他怎么可以这么蠢，怎么可以失明呢！

托尔潘纳领她上了楼，来到一扇紧关着的门前。他轻轻地就把门给打开，只见迪克正坐在窗边，耷拉着脑袋，手上正不停地摆弄着三封信。托尔潘纳悄悄离开了画室，“啪”的一声随手带上了画室的门。

听到声音，迪克马上把信塞进口袋里面。“嗨，特博，是你吗？这几天我好孤独啊。”

他的声音带着失明人士所独有的那种腔调。这让梅茜很是讶异，潜意识下她缩到了角落里去。一时间心跳如雷，不得不放一只手在胸口上让自己平复下来。迪克睁着眼睛直勾勾地盯着她，她这才清楚地意识到，迪克真的失明了。

在回来的火车上，她试过闭上眼睛感受失明，可以一直闭着眼睛直到想睁开的时候才睁开，其实不过是一种很孩子气的游戏。而现在站在她面前的这个人才是真真正正地失明，尽管眼睛睁得很大，却什么也看不到。

“特博，是你吗？他们说你回来了。”迪克看起来很疑惑，得不到回答后又有点生气。

“不，就我一个。”梅茜紧张地小声回答，甚至紧张到嘴唇都无法张开。

“哦！”迪克一动也不动，恍若未闻。“这可是一个新现象，我正在渐渐适应黑暗，可我适应不了幻听。”

除了失明，他是不是也疯了呢？要不他怎么自说自话啊？梅茜更加心慌意乱，甚至是喘不过气来。迪克站起来开始在房间里摸索前进，他一边摸着一张张的桌子和椅子，一边走了过来。路上他踩到地毯上的什么东西，就会咒骂一下，然后蹲下去摸索一番，弄明白那是什么东西。看到他这个样子，梅茜不禁想起当初在公园里见到他散步时的情形，那时他一副高高在上的样子，仿佛整个世界都是他的。还想起两个月以前他在她的画室来回踱步的样子，还想起在英吉利海峡的汽轮上他箭步飞跨舷梯的样子。她感觉自己的心跳越来越强烈，几乎让她难以承受。迪克显然听见了她的呼吸声，一路循声而来，越走越近。她下意识地伸出一只手，到底是要避开他还是要把他引过来，她自己也搞不清。她的手碰到了他的胸口，他吓得往后退，像中了子弹一样。

"梅茜，是你！"他哽咽着说，"你，你来这儿干吗？"

"我来——我来——看你。"

迪克紧闭着双唇。

"那么，你请坐吧。你看，我现在眼睛看不见了，而且——"

"我知道，我知道。可你为什么不告诉我呢？"

"我没法写信。"

"你可以告诉托尔潘纳先生，让他帮你写啊。"

"我自己的事情跟他有什么关系？"

"他——把我从法国的马恩河畔维特里带回来，他认为我应该见见你。"

"为什么？出了什么事？我可以帮到你什么？不，我不能了，我忘了。"

"噢！迪克。我很抱歉！我应该早点告诉你，而且——

先让我扶你回椅子上坐下来再说吧。”

“不用！我又不是孩子。你不用可怜我。我可从没打算要告诉你这件事。我现在不是很好。是的，我失败了，我完蛋了。不过，你不用管我。”

他摸索着回到他的椅子上坐下，表面平静，心口一阵一阵地疼痛。

梅茜看着他，内心里的害怕渐渐消逝，接着而来的是一阵痛苦和愧疚。他曾经意气风发，满怀激情地从伦敦飞过来不管不顾地向她表白心声，现如今他确实如他自己所说，失败了，完蛋了，他不再高高在上，他甚至有点悲惨。他也不再是一个比她厉害的艺术家，也再不是一个她曾经仰视的人物。现在他只是一个坐在椅子上，强忍哭意的瞎子。她深深地为他惋惜，她从来没有像这样为别人深感惋惜过。但是再怎么样替他感到惋惜，她还是觉得他自己说对了，他的的确确是完蛋了。

她只是呆呆地站在原地，深感羞愧的同时又有一点点难过。因为事实上她这趟回来还指望着能够得到他的指点而有所收获呢。此刻她内心满是可惜和遗憾，完全没有一丝一毫的爱意。

“呃”，迪克慢慢地转过头去，“我可从来没有想过要给你添麻烦。你出什么事了吗?”

他注意到梅茜知道他的情况后一直在努力控制她的情绪，却没有想到她居然会崩溃大哭。只听见她跌坐在椅子上，随之而来的是她掩面哭泣的声音。

“我做不到，我做不到!”她绝望地大哭，“真的，我做不到。这不是我的错。我真的很抱歉。迪克，我真的很抱歉。”

闻言，迪克整个身子又僵硬了起来，她的话像鞭子一样让他浑身疼痛。

她一直在哭个不停。因为她知道自己不会为他牺牲，而更糟糕的感觉是她早早就意识到自己还未经尝试就已经打了退堂鼓。

“我鄙视这样的我——真的，我鄙视自己。可是我真的做不到。噢，迪克，你也不会这样要求我的，对吗?”她恸哭着说。

她抬起头看了一会儿，无意中发现迪克双眼正直勾勾地“看”着她。只见他胡子拉碴，脸色苍白，神情呆滞，正努力对她咧嘴挤笑。但他那双空洞无神的眼睛让梅茜害怕不已。她的迪克已经瞎了。现在在她面前的这个人如果不开口说话，她根本认不出他是谁。

“谁叫你做什么了？梅茜。我已经告诉过你事情是怎么样的了。担心有什么用呢？求求你，别哭了，完全不值得。”

“你不知道我有多恨自己。噢，迪克，帮帮我，救救我!”她痛哭流涕，完全情绪失控，这使他很是惊恐。他踉踉跄跄地走近她，伸手搂着她，让她的头靠在他的肩膀上。

“嘘，亲爱的，嘘，别哭。你没做错什么。你也没什么可自责的——从来都没有。你不过是对这一趟的旅行有点失望而已。我想主要是因为你今天早上没有吃早餐。特博真不应该就这样把你带到这里来。”

“是我自己要来的。真的是我自己要来的。”她争辩道。

“很好。现在你来了，你也看见了。我也——非常的感激。如果你现在感觉好点了，你就去找点东西填肚子吧。你是怎么过来的？”

闻言，梅茜哭得更加不可自抑，同时也生平第一次为自己有所依靠而感到开心不已。迪克温柔而又笨拙地轻拍她的肩膀，尽管他根本无法确定他拍的是否是她的肩膀。

最后她浑身发抖地从他的怀里挣脱出来，难过不已地等着他说些什么。他却已经摸索着走到了窗边，悄悄地拉开他们之间的距离，渐渐地平复内心深处的思绪万千。

“你现在好点了吗？”他问。

“好多了，不过——你，不恨我吗？”

“我恨你？上帝啊！我吗？”

“那，有没有——有什么事情我能够为你做？如果你需要，我可以留在英格兰帮你，或者我可以常常来看你。”

“不用。亲爱的。你最好以后都别来看我。虽然这样说很失礼，但我觉得——你最好现在就走。”

他意识到，如果再继续这样下去，他再也无法维持自己作为一个男人的体面了。

“我不知道我能够为你做什么，我这就走。迪克，噢，我为你感到非常非常的难过。”

“胡说。你根本不需要难过什么。有需要我会告诉你的。等一下，亲爱的。我有东西要给你。那是我眼睛刚刚开始出现问题的时候，我特意为你画的。那是我画的《米兰可利亚》，她是我失明前见过的美人。你可以帮我留着它。当然缺钱的话，你也可以把它卖了。无论什么样的行情，它应该都能值几百英镑。”他在自己的油画中摸索着。“那幅画的镶框是黑色的。我手上的这个画框是黑色的吗？就是这个了，你觉得画得怎么样？”

他把那幅满是划痕，根本无法分辨的画作递给梅茜，双眼紧张地对视着她，仿佛要努力捕捉她眼中的惊异。这是他唯一期待，唯一心心念念能够为她做的事情。

“怎么样？”

因为谈论的是他的得意之作，他的声音益发浑厚圆润。梅茜诧异地看着画布上那团模糊不清的东西，突然很想放声大笑，却又硬生生地强忍了下来。但是为了迪克——不管画布上这团污迹究竟意味着什么——她都必须不动声色。她盯着那幅被毁了的画，强忍着泪水哽咽道：“噢，迪克，画得真不错！”

他听出了她声音中的丝丝异常和兴奋，却以为那是对自己大作的肯定。“那么，你会收下吧？如果你愿意，我会派人送到你家里去。”

“我？噢，当然——谢谢。哈哈！”她必须得马上离开这里；不然她肯定会忍不下去，肯定会大笑出来，这可比流泪痛哭更要命。她哽咽着转身一路瞎跑开来，跑下了那空荡荡的楼梯，躲进一辆马车里，穿过公园区，回到自己的住所。坐在那已经拆除作画器械的画室里，她脑子里想着的是迪克黑暗无望的后半生，还有她自己的后半生。她也为他感到难过，为自己的行为感到羞愧，为以后感到屈辱，但是她更害怕的是回去以后如何面对红发女孩那种冰冷冷的恼怒。以前梅茜可从来没有害怕过自己的伙伴，可如今她却害怕了。“反正他也从没要我做什么。”说完这句话，她才意识到在内心深处其实她自己也是鄙视自己这种行为的。

梅茜这边的事情就交代到此。

但在迪克这边却更是一种不明所以的折磨。他根本没有想到梅茜居然就这样不辞而别，尽管最初是他自己命令她离开的。他对托尔潘纳的所作所为很是恼火，正是因为他的自作主张，才让自己受尽了羞辱，让自己好不容易的平静消失殆尽。之后他就陷入了重重的黑暗痛苦中，完全处于独自的孤寂中，甚至是完全放纵自己在黑暗中寻求慰藉。她没做错，她不过是在追求她自己想要追求的而已，迄今为止她追求的也不过是她的工作而已。他清楚地了解，她更关心的是她自己的事情而远远胜过他的一切。

摆脱痛苦之后他的思路逐渐清晰了起来，"一切的得失其实都是我自己的事情。而托尔潘纳之所以会这么自作主张是因为他自以为聪明地认定我是不好意思跟他说。看来我得好好想想"。

迪克一个人静静地想了两个小时后，托尔潘纳走进画室，"嗨！我回来了，你感觉好点了吗？"

"特博，我不知道该说什么。你过来。"迪克咳嗽着，声音嘶哑地说道，一边在心里想着究竟该说些什么，该怎么说才好。

"有什么好说的？我们出去走走？"托尔潘纳一副心满意足的样子说道。

像往常一样他俩一起走下楼遛弯去，一路上托尔潘纳一手搂着迪克的肩膀，而迪克则完全沉浸在自己的心思中。

最后，他问道："你到底是怎么发现的？"

"如果你想保密，就别失去理智。迪克，我承认这完全是我的自作主张。不过如果你看见我是怎么样骑着还没有驯好的法国军马在烈日下飞跑完成这趟差事的话，你肯定会觉得好笑。今晚在我的房间有一场庆祝活动，肯定很热闹，有七个家伙将要——”

“我知道。就南苏丹那帮家伙。前几天我突然出现在他们的聚会上，那天我不是很开心。你已经做好准备出发了吗？这次你为谁效力？”

“我还没有签任何合同呢。我想看看你眼睛的具体情况再说。”

“那么，如果我的眼睛好不了了，你会留下来陪我吗？”他小心翼翼地问道。

“别问这么多，我也不过是一个普通人。”

“你不是努力当天使吗？很成功啊。”

“呃，是——的！好吧，今晚你来吗？让我们今晚一醉方休。大伙都认为战争是势在必行的了。”

“老伙计，如果我去与不去的结果都是一样的话，我想我就没有必要去了，我还是安安静静地待在这里吧。”

“安静地冥想？随你吧。我觉得你应该及时行乐。”

那天晚上，楼上楼下热闹不已。各方战地记者从戏院、餐厅和音乐厅涌到了托尔潘纳的房间，大肆讨论即将来临的战役事件、他们的战地计划等等。托尔潘纳、肯努和奈尔海宴请所有他们曾经共事过的人一起狂欢。老房东比顿先生说这是他坎坷一生中见过的最多绅士们欢聚一堂的狂欢。他们不管老老少少都在不停地狂叫高歌，整栋大楼喧嚣不已。因为战争已经迫在眉睫，他们心里都清楚这狂欢意味着什么。

迪克一个人待在自己的房间里，喧闹声从楼梯那里传来，开始的时候他有点不解，后面却突然大笑了起来。

“如果一个人开始担心他自己的处境，其实就已经到了很可笑的境地了。梅茜是对的，真是可怜啊。我没想到她居然会哭成那样。不过我现在终于知道特博是怎么想的了。如果他最终决定留下来陪我、安慰我，那他就真是傻了。我可以肯定这一点，如果他真这样做的话。另外，承认自己像把破椅那样被扔来扔去真不是什么好滋味。我必须得像往常一样，继续工作下去，就算是只有我自己一个人，以前不都这样吗？事实上，如果没有战争，迟早特博会发现，我其实是很愚蠢的。如果有办法，我一定不要妨碍别人的发展机遇。公是公，私是私。我想一个人待着，就是想一个人待着。他们怎么这么吵啊！”

有人在用力敲画室的门。

“出来玩会儿啊！迪克。”奈尔海喊道。

“我也想出去啊，但是去不了了。而且我没觉得有什么好玩的。”

“你等着，我告诉伙计们，让他们来把你拖出去，像拖头畜生一样哦。”

“别这样，老朋友。我实话告诉你，我现在就想一个人待着。”

“好吧。要给你送点什么过来吗？比如说汽水啊。

“卡萨维迪就要开始唱那些歌唱南方阳光明媚的歌曲了。”

有那么一刹那，迪克认真考虑了奈海尔的提议。但最终他还是说：“不了，谢谢，今天我头很疼。”

“你还真是个好孩子。那些年轻人，他们需要发泄发泄，狂欢一下。祝贺你，迪克。我本来也跟他们一样很担心你的情况呢。”

“你滚吧——噢，帮我把宾奇带过来。”

宾奇迈着轻快的步伐跑了进来，显然它整夜都跟着大伙一起嬉闹，完全一副沉浸在狂欢中的感觉，时不时还吠上几声应和他们的合唱。虽然很少进到画室，但它知道这里不是它可以摇尾放肆的地方，一进来它就乖乖地趴在迪克的膝盖上，到了睡觉的时间它就跟迪克一起睡觉。迪克显然整晚都像时针一样一直在数着时间度过。第二天起床的时候，他头疼不已却偏偏又很清醒，托尔潘纳再次正式地祝贺他，并且向他详细讲述了昨晚狂欢的盛况。

“对那些新入行的人，你看起来可不是很友好啊。”托尔潘纳先生说。

“没有关系的，那——那是我自己的事情。我一切都很好。你真的要走吗？”

“是的，和往常一样，效力于南方财团。他们给我来电报了。这次合同开的条件比以前的好。”

“那你什么时候动身？”

“后天，去意大利的布林迪西。”

“谢天谢地。”迪克发自内心地说。

“嗯，你这么高兴能够甩掉我可不够意思啊。不过你情况特殊，情有可原。”

“我不是那个意思。你走之前给我一百英镑现金可以吗？”

“当然。不过作为日常开销，这钱也太少了吧？”

“噢，这——只是用作结婚费用。”

托尔潘纳把钱给他的时候，五英镑、十英镑一张张告知他，然后小心翼翼地在写字桌上放好。

他心里想："现在我应该可以在走之前听他说说他女朋友的事情了吧。上天让我们对恋爱中的男人格外有耐心。"

但是迪克绝口不提梅茜，也不提结婚的事情。他只是站在托尔潘纳门外，趁托尔潘纳收拾行李的时候，问了一大堆关于即将来临的战争问题。最后托尔潘纳自己忍不住生气了起来。

"你总是这样遮遮掩掩，神神秘秘。迪克，你总是自作自受，你知道吗?"终于在离开前的那晚他开口问他。

"我——我想是的吧。对了，你认为这场战争要持续多久?"

"也许几天，也许几个星期，或者几个月。谁知道呢。甚至几年。"

"好希望我也能去啊。"

"老天爷！我可真搞不懂你。你不是说你要结婚了吗?——你还没有谢我呢!"

"是啊，当然了，我要结婚了。是的，我要结婚了。我非常感谢你，我没跟你道过谢吗?"

"那你干吗一副要上吊的样子?!"托尔潘纳说。

第二天托尔潘纳道了别就走了，剩迪克孤零零一个人独自享受着那份应有的孤独与寂寞。

第十四章

尽管最后，我们的士兵没有找到他；

尽管最后，他还是被剑刺伤；

尽管最后，在主人环绕中，

他恍若主人那样对奴隶大谈信仰；

尽管最后，卡菲尔人残害他，

身受奴役之苦和掠夺者之迫害；

尽管最后，黑暗降临他身上；

他始终呼唤真主阿拉，宣誓至死不渝。

——克孜巴什

“实在不好意思，赫尔达先生，只是——只是真的不会有什么事情发生吗?”比顿先生问道。

“是的!”又是一个早晨，迪克醒来了，感觉无比空虚绝望，脾气也变得暴躁起来。

“当然，这本来不关我的事，先生。我的意思是说我理解‘管好你自己的事情，让其他人也管好自己就好了’。可是，托尔潘纳先生在走之前有跟我提过，你有可能会搬家，住到自己的屋子里去。也就是说，你要住那种居家型有楼上楼下居室的房子，这样你就可以得到更好的照顾。不过我其实一直都是对我的房客照顾周到的，不是吗?”

“啊！那一定是间疯人院。不过我还不用麻烦您把我带到那里去。请把我的早餐拿过来，然后让我一个人静一静。”

“但愿我没有把什么事情搞砸，先生。不过，您是知道的，只要在合理的范围之内，我都尽可能满足这里所有房客的要求，尤其是那些生活有困难的人士，比如说像赫尔达先生您这样的。先生，你喜欢吃肉质细嫩的软籽熏鲱鱼，对吧？软籽熏鲱鱼比硬籽熏鲱鱼难弄得多。不过，正如我常说的那样，要努力让房客满意，不要怕麻烦。”

说完，比顿就离开了。迪克独自一个人待在房间里。托尔潘纳已经离开很久了，整栋单人套间里再也不像以前那般热热闹闹的了，迪克也终于慢慢适应了他的新生活。他的身体越来越差，恨不得早点死去。一个人无法分清当下是白天还是黑夜，只能够在黑暗中孤零零地生活是非常艰难的。因为每天午间时分他就觉得劳累不堪，就赶紧上床睡觉，然后凌晨寒气袭人的时候却又早早醒来。起初，迪克只要醒来，就会沿着房间的走廊摸索着走来走去。直到听到隔壁邻舍传来他人的如雷鼾声他才会意识到：原来天还未亮。于是，他又拖着疲惫不堪的身体回到自己的卧室继续睡觉。

后来，他学会了一直赖在床上，赖到整个公寓房间里有声音或动静的时候，赖到比顿先生来叫他，他才会起床。以前是托尔潘纳帮他穿衣服的，现在托尔潘纳走了。对迪克来说，穿衣可就是一件麻烦的事情了。因为那些衣服啊、领带啊等等的衣物似乎都躲到了屋子的角落里，要一件件地找出来。这可就意味着要经历无数次的撞上椅子啊、衣柜啊等等，碰得个鼻青脸肿的。好不容易穿好衣服了，除了在发呆静坐、冥思苦想中等待一日三餐，也无事可做。吃完早餐等午餐，吃完午餐等晚餐。一餐一餐之间的时间仿佛隔着几百年，每天都在不停地等待，度日如年。每天他都在不停地祈祷，祈祷了上百年，祈祷上帝把他的思想拿掉，不要让他再想了。可是，上帝似乎根本听不到。相反，他满脑子胡思乱想，各种各样的想法纷纷涌入，循环旋转、相互压迫、相互折磨，仿佛没有谷物碾磨却又一直不断地运转着的磨盘。整个大脑仿佛不知疲乏地转个不停，根本不给他片刻的休息。

就这样，一直想，一直想，伴随着一张张的图画映像，伴随着各种各样的回忆联想。他想起了梅茜，想起了过去的种种辉煌，想起了他那些勇往直前的漂洋过海，想起了成就事业的荣耀以及因此获得的种种甜美感受，想着要是他的眼睛没有问题，一切可能发生的种种。一直想到自己筋疲力尽，想到自己疲倦不堪，想到自己思绪停驻。然而恐惧却又如漫无目的的浪潮一波紧接着一波，铺天盖地地涌上心头：担心自己会长期饥饿；害怕看不见的天花板会塌下来砸死自己；害怕房间突然着火，而自己像一只虱子一样烧死在红色的火焰中；越来越恐惧所有一切比死亡更可怕的痛苦；等等。这些想法常常压得迪克垂头丧气，冷汗淋漓，双手情不自禁地紧抓椅子，直到盘子叮叮当当的响声传来，才知道吃的东西又已经摆放到了自己的面前。

有空的时候，比顿先生会亲自给迪克送饭。迪克也学会了耐心倾听比顿的唠唠叨叨。听他唠叨那些装不好的煤气气塞，那些年久失修的排污管，那些把图钉钉在墙上的小伎俩，以及那些清洁女工或女佣的种种罪过。在无所事事的日子里，就算是聊聊佣人的八卦也会变得非常有趣，即使是洗衣机水龙头的开关问题这样一件琐事都可以聊上好几天。

每周有那么一到两次，上午的时候，比顿先生会带上迪克一起出去采购物资，采购鱼啊、灯芯啊、芥末啊、木薯啊等东西。一路上比顿先生跟小贩们讨价还价的时候，迪克就会站在旁边，漫无目的地摆弄着柜台上的易拉罐或者串串球，他会一直站着，这边脚站累了就换另一边脚。偶尔他们会路遇比顿的某位朋友，这时候迪克就会安安静静地在旁边发呆，等比顿先生跟朋友寒暄完了，才又继续前进。

这样的生活并没有增强迪克的自尊心。相反，他现在不再剃胡须了，因为对于一个失明的人来说，剃须是一件很危险的事情。然而他又不愿意到理发店去剃胡须，因为到那里就意味着把自己的弱点完全暴露了。失明让他无法看清楚自己的衣服是否洗干净了，反正他从来就不是很关心个人外表的人，渐渐地他就成了众人皆知的邋遢鬼。一个失明的人要花上好几个月的时间去适应习惯黑暗的生活，之后才能考虑保持个人清洁卫生的问题。他需要有人服侍，如果没有人来，他就会很生气。但是他必须得坚持自己的立场，只好直挺挺地站着。可是，因为他是一个盲人，他根本看不见，就算是最卑微的仆人，也不会把他当回事。那些精明的人就会眼睛盯着地板，坐在那儿一动不动，根本不理他。

百无聊赖的时候，他会用钳子从煤筐中把煤一块块地夹出来，然后在炉围中将它们垒成小堆一块块数着，堆完后又必须将这些煤一块接一块小心翼翼地放回煤筐。有时候他会自己给自己出些计算题来解答。他也常常会自说自话，或跟那只猫聊个不停，当然是猫咪来到他跟前的时候。有时候想到他的艺术家手艺的时候，他就会用食指在空中勾画，只是他作画的样子太像是闭着眼睛去画一头猪。有时候他会到他的书架前转一转，数数他的书，再按书本的大小将它们排列整理好。有时候，他也会走到衣橱那里，去一件一件地数着那里的衬衣，然后根据衣服是否袖口磨损或者是纽扣丢失而把它们分类叠好，一堆一堆地摆在床上。

但是就算是这些事情，随着日子的一天天过去，也会渐渐令人生厌的。之后的日子就越来越长了，很长，很长。

这天，比顿先生让迪克去整理一个工具箱，箱子里放着锤子、丝锥、螺母、几节煤气管道、油瓶还有细绳等。

比顿先生说："如果我不知道这些小东西具体放在哪儿，那么我真正需要它们时就找不到了。先生，您不可能会知道，这公寓里的这些房子究竟要用多少这些小东西。"

说着他走到门口，手握着门把儿支支吾吾地说："这对您太难了，先生，我着实认为，这对您太难了。您不想做其他事吗，先生？"

"我会付房租的，还会把房间整理好的。这还不够吗？"

"先生，我从来没有怀疑过您支付房租的能力。不过，正如我经常跟我妻子说的那样，'这对他打击很大，因为他并不是一位老人，甚至还不是一位中年人，而是一位相当年轻的绅士'。这就是我觉得你很难的原因。"

"我也这么认为。"迪克心不在焉地回应道，长期遭受沉重打击的神经已经麻木到没有什么感觉了。

比顿先生一副就要走开的样子，继续说道："我在想你有没有兴趣，晚上有空的时候，听我儿子阿尔夫给你读点什么东西消遣一下？他读书读得很好，虽然才九岁。"

"非常感激！"迪克说道，"条件是我得付钱给他，是吧？"

“我们没这么想，当然这得由你自己决定。不过，你要是想听歌的话，你可能只能听阿尔夫唱‘男孩最好的朋友是——妈妈’这种儿歌。哈哈！”

“那我也听听他唱歌，让他今晚带着报纸过来吧。”

事实上，阿尔夫并不是一个乖巧的孩子。学校委员会给他颁发的各式各样的表现优秀证书，再加上对自己歌声的过分骄傲，使他很是骄傲自大。

晚上，比顿先生把儿子带到迪克房间，笑眯眯地看着儿子阿尔夫用稚嫩的伦敦腔引吭高歌一曲八节八行儿歌。一番表扬之后，比顿就让他一个人为迪克读外国电报，自己离开了。十分钟后，阿尔夫回到父母身边，脸色苍白，一副惊慌失措的样子。

阿尔夫解释道：“他说他再也无法忍受了。”

“他没有说你读得不好吧，阿尔夫？”比顿夫人问道。

“不，他说我读得很好，他说从来没有听过有人读得像我这么好，只是他说不想再听到报纸上的内容了。”

“或许是他在炒股的时候赔了一些钱吧。阿尔夫，你是不是给他念了有关于股票的新闻呀？”

“没有啊。我念的都是些关于国外战斗的新闻，就是那些士兵出征的战场的新闻。那篇文章很长很长，密密麻麻的都挤在一起，里面还有好多很难读的字。迪克叔叔给了我五先令，说我读得很好。他还说，下次要是他想听什么新闻的时候，他会叫人来找我的。”

“这真是太好了。不过，阿尔夫，我觉得你应该把这五先令存到你的驴子储蓄罐里去。你要好好干哦。他应该以后还会让你去给他读新闻的。嗯，他可能还没有开始体会到你读得有多好!”

“现在最好是先不要去打扰他吧。绅士们心情不好的时候都是这样的。”比顿先生说道。

对托尔潘纳独特的来信，尽管阿尔夫的阅读理解能力极其有限，可还是唤醒了沉寂在迪克内心骚动不安的魔鬼。听着阿尔夫吭哧吭哧地哼唱，他仿佛听到萨瓦金城外士兵身后广场上骆驼正在打鼾的声音，听到士兵们在炊具面前嬉笑怒骂的声音，甚至可以闻到沙漠之风吹来之前飘荡在营地上方的炊烟的阵阵刺鼻味道。

当天晚上，迪克虔诚地向上帝祈祷，祈祷上帝能够听到他的心声，祈求上帝能够看在他就算遭遇人生挫折也没有用枪结束自己生命的分上，再给他一次机会重见光明，重回战场。可是，他的祷告并没有得到回应。事实上，潜意识里迪克显然清楚地知道，自己活着不过是一个笑话，事实上他也没有做过什么高尚的事情能够让自己坦然活着。可是，如果现在自杀的话，后果肯定是很严重的，而且明显是一种对恐惧的屈服和耻辱，他一直是这样说服自己的。

“那只是为了好玩而已，”他自言自语地对着那只取代了宾奇地位的猫咪说道，“我不过是想知道这场战争究竟会持续多久，我现在还可以靠特博给我准备好的一百英镑过一年。在银行我一定至少还有两三千英镑，也就是说，我还可以用这些钱活上个二三十年。之后，我一年就可以用120英镑了，因为到那时，钱应该会更多了。我得好好考虑考虑。

“我现在二十五岁，等到了三十五岁，那时正是男人的黄金时期。大伙都说，‘男人到了中年，四十五岁的时候正是步入政坛的时机，然后到五十五岁……’报纸上常常这样报道说，‘五十五岁过世还算是英年早逝。’我呸！这些基督徒还真是怕死！然后就到六十五岁，那时我们就老了。那么我就有可能活到七十五岁了！天啊，我的猫猫啊！那就意味着我还有五十多年的时间要在这黑暗之中孤零零地生存，嗷，我的地狱啊！你会死去，比顿会死去，特博也会死去，还有卡麦——所有的人都会死。偏偏就我还活着，无所事事地活着。我为我自己感到很抱歉。我也好想有人会为我难过。显然，我不会马上死去，会清清醒醒地活着，只是痛苦永远存在，一如往昔。我的猫猫啊，有一天你会被活生生地解剖的，你会被绑在一张小桌子上，他们会一刀一刀地将你切开！不过，不用怕。他们肯定会很小心很小心地进行的，绝对不会让你死去的。你会活着，你会后悔当初你没有替我难过的。也许特博会回来，或者……我，我希望自己可以去找特博和奈尔海，尽管我会给他们添麻烦。”

猫猫走了，迪克还在滔滔不绝地说个没完。阿尔夫进来的时候，看到的情况是迪克正对着壁炉边空空如也的地毯自说自话。

阿尔夫开口道：“先生，这里有您一封信，要不要我念给你听？”

“先把它给我再说。”

迪克伸出去拿信的手微微地颤抖着，说话的声音也不是很平稳。这不太可能是梅茜的来信——不可能是她的来信。梅茜寄来的那三封信件他依然没有打开，信件的重量他最清楚不过了。他竟然还会奢望梅茜给他写信！内心深处他还没有意识到，这是一个无法弥补的错误，不管犯错误的人如何涕泪满面，可怜兮兮，也不管深爱无悔的自己如何努力修复，这都是一个愚蠢的奢望。最好的办法是把所有的这一切统统抛诸脑后，不要管究竟谁对谁错。因为事情已经发生，一切都已经覆水难收。

“好吧，给我念念吧。”迪克说道。阿尔夫就以他寄宿学校的阅读方式开始朗读起来——“你可能永远也想不到，我本来可以给予你至高无上的爱，给予你至高无上的忠诚。你觉得我会在乎你是什么样的人吗？但是你却风轻云淡地把一切事物都化为乌有。我对你的所作所为的唯一理解就是：你太年轻了。”“我读完了。”说完，阿尔夫把信件还给了迪克，那封最终被扔进火里的信。

“信里写的是什么？”阿尔夫回到屋里，比顿夫人好奇地问道。

“我也不清楚。我觉得那是一则通告，或者是宣传单，告诫人们年轻的时候不要对什么事情都自吹自擂。”

“我肯定是在以前四处漂泊的时候做了什么错事，现在终于报应到我身上来了。老天爷啊，这是什么状况啊——不会是一个恶作剧吧。可是，我实在想不起有谁会这么无聊地对我恶作剧。什么爱啊和忠诚啊不过都是过眼云烟，这听起来可真够让人浮想联翩的。等等，我不会是真的忘了些什么吧？”

迪克苦思冥想了好久好久，却依然无法想起来究竟他什么时候做过什么事情，能够让一个女人如此地牵肠挂肚、念叨不已。

然而，这封信还是触及到了他不愿意深思的事情。这深深刺痛了他，让他一整天都十分暴躁。内心深处无法承受的绝望让他越来越放纵身心的沉沦，在漫无边际的黑暗中无尽地痛苦煎熬。

随之而来的是对黑暗的无限恐惧和对光明的迫切奢求。然而光明终究没有重见。求而不得的苦楚让他汗流浃背，几近窒息。心情再一次跌落谷底，再一次经历跟刚开始失明时一样的无尽痛苦、无尽绝望。就这样辗转反侧才终于昏昏入睡几分钟。梦中，他没有失明。他梦到的整个梦境无限循环地重复着，直到他完全筋疲力尽，可是脑海里却一直是那永远挥之不去的对梅茜的牵挂和那些期待发生的美好事情。

最后，比顿先生走进他的房间，主动搀扶他出去走走。“今天我们不去市场采购了。如果你愿意的话，我们就去公园走走吧。”

“我要是乐意去公园的话，那才是见鬼了！”迪克说道，“我们就到街上去走走，我喜欢听到身边有人来人往的声音。”

其实事实并不是这样的。因为刚失明的人是不喜欢人们在他们身边不需要任何搀扶就可以自由自在地走来走去的——但是，迪克的的确确是完全没有去公园的欲望的。曾经有那么一次，也仅仅那么一次他去过公园。那时梅茜刚刚拒绝了他，他是在阿尔夫的照看下去的。到了公园，阿尔夫只顾着和几个同伴在九曲湖边钓鱼，完全把迪克抛诸脑后，晾一边去了。迪克在那里苦苦地等待了半个小时，又急又气，几乎都要崩溃大哭了。幸亏路遇一个好心路人，路人把他交给一位友善的警察。是警察把他带到了阿尔伯特大厅对面的一辆四轮马车那里，他才得以回到公寓。但是，他从来没有和比顿先生说过阿尔夫差点把他给弄丢这件事，然而……以前，他去公园的时候从来没有发生过这样的事情。

“那么，你想去哪条街上走走？”比顿先生很是同情地问道。尽管在他自己看来，一个真正的快乐假日就应该是和家人们一起坐在格林公园的草坪上，享受大袋大袋的美食。

“到河边走走吧。”迪克说。于是，他们就往河边走去。走到了黑修道士桥边的时候，远远就可以听到河水急速湍流的声音，这个声音一直到了滑铁卢路才又渐渐消逝。比顿先生一边走一边向他描述路边见到的美景。

“走在马路对面的那个人，”他说，“如果我没有认错的话，就是那个来你房间做模特的那个年轻女子。我对人的长相，那可是过目不忘。名字嘛，我就不记得了，当然，如果他/她是我的房客的话，我肯定是记得的！”

“拦住她，”迪克说，“她是贝茜·布洛克，你去告诉她，我想和她谈一谈，快去！”

闻言，比顿先生马上穿过了马路上来来往往的公交汽车，一把抓住正在往北边走去的贝茜。她立马认出了眼前这位有权有势的先生，以前她走过迪克房前的楼梯时，这位先生总是盯着她看。现在她被一把抓住后的第一反应就是：快跑。

“你是赫尔达先生的模特吗？”比顿先生拦住她气喘吁吁地问道，“你应该是。赫尔达先生现在在马路对面，他想见一见你。”

“为什么啊？”贝茜很是心虚，怕怕地问道。因为她还清楚地记得——或者应该说是从来没有忘记过——发生在那幅新作上的事情。

“因为是他让我这么做的。他现在已经几乎是什么也看不见了。”

“是因为他喝醉了吗？”

“不，是失明了。他什么都看不见了。看，他就在那边。”

顺着比顿先生手指的方向看，迪克正倚在大桥的栏杆边上——只见他驼背腰弯，胡子拉碴，身着一件皱巴巴的外套，脖子上围着一条脏兮兮的红色围巾。迪克这样的一个形象让贝茜满心的恐惧荡然无存。贝茜想，就算他要追打她，他也追不上。她穿过了马路，走到迪克面前。听到她的到来，迪克立刻面露喜色。毕竟好长一段时间以来，几乎没有任何女性愿意与他交谈了。

“您还好吗，赫尔达先生？”贝茜带着少许疑问关切地问道。比顿先生一副邦交大使的模样，尽心尽责相伴在一旁。

“事实上，我很好。哦，天啊！我很高兴能再见到你——哦，不，贝茜，我意思是，很高兴能再次听到你说话的声音。自从上次你拿钱离开之后，我都没有想过我们还能有缘再次见面。我也不知道为什么我们还能见面。你刚才是想去哪儿吗？”

“我只是打算随便走走，散散步。”贝茜说。

“哦？不是重操旧业吗？”迪克低声问道。

“主啊，当然不是！我现在已经升级了。”——贝茜很是骄傲地使用“升级”这个词——“我现在是一个酒吧服务员了，包住宿的那种。住在酒吧里，工作也在酒吧里，相当体面的那种。这就是我现在的工作。”

比顿从来不是注重个人品性高雅情操的那种人，因此他悄无声息地走开，连一句抱歉也没有。贝茜很是不安地看着他悄然离去；但是，既然迪克对这样的失礼行为一副根本无所谓的样子，那么她也就没有必要指出……

“帮客人打啤酒其实是很辛苦的，”她继续说道，“客人们在自动贩卖机那里交一便士就可以拿一份。所以，如果当天工作结束的时候，你少算了一便士的话，那天的工作就白干了——因此，我常常觉得那机器是不对的。您觉得呢?”

“我只见过贩卖机是怎么运作的，对吧，比顿。”

“他早就走了。”

“那么，恐怕我只能麻烦你送我回家了。当然我会付你钱的。好吗?”迪克转过来看着贝茜，贝茜看见了迪克那双空洞无神的双眼。

他又有些踌躇：“不过，跟你不是同一个方向的，会不会太麻烦你了？如果很麻烦的话，我可以请求警察来帮忙的。”

“没关系，我7点出门，4点之前回去就可以了，时间很充裕。”

“太好了——我可一直都无所事事，真希望自己也能有点事做。贝茜，我们回去吧。”

他转过身，突然跟人行道上的一个男子撞了个满怀。男子骂骂咧咧地绕过他走开。贝茜一言不发地挽起了他的手臂——就好像当模特让迪克画画时他让她把脸更多地转向光亮处一样。她沉默照做。就这样两人一路默默无言地走着，贝茜熟练敏捷地牵着迪克在人群中穿行。

“托尔潘纳先生，他——他去哪儿了？”最终她还是忍不住打破了沉默。

“他到沙漠那里去了。”

“去哪儿了？”

迪克伸出手，指着右边说，“东边——一直往河口处向东走，然后往西边一直走，然后再往南边走，最后再转向东边，就这样一直绕着欧洲的外围走，然后再往南走。天知道到底有多远呢。”迪克的一番解释让贝茜云里雾里，完全无法理解，但是她还是很好地克制了自己继续询问的欲望。她欲言又止，一路上小心翼翼地照顾着迪克，直到他们安全到达迪克的公寓。

“我们一起喝一些茶吃一些松饼吧，”他愉悦地邀约道，“贝茜，你知道吗，能够再次见到你真是让我太开心了。你那时为什么要离开得那么仓促呢？”

“我以为，你不再需要我了。”发现迪克对她的所作所为一无所知的这个事实让贝茜变得大胆了起来。

“不，我需要你。实际上——你走之后——无论如何都很高兴你又回来了。你还记得楼梯在哪儿吧？”

于是，贝茜领着迪克回到了他的房里——这里不受任何人打扰——因为她掩上了工作室的门。

“真是太乱了！”贝茜一开口就说，“这里究竟有多少个月没打扫过了？”

“还好吧，也就几个星期罢了。你别指望有人来帮忙打理了。”

“我知道你不会指望谁来帮你打理。但是，他们至少应该知道你是付了钱的吧。看看这些灰尘，实在是太可怕了。画架上全都布满了灰尘。”

“因为我现在也不常用到它了。”

“到处都是灰尘，那些画架上、地板上，甚至是你的外套上，到处都是灰尘。我要去和女仆们说一下。”

“按铃叫她们顺便准备茶。”迪克说着，熟门熟路地摸索着坐到他常坐的椅子上。

贝茜看到了他的动作，内心感慨万千，最后流露出来的是一种新滋生的优越感。这种突然而至的高人一等的感觉在她开口说话的时候尤为明显。

“你这个样子究竟有多久了？”她愤怒地问道，仿佛迪克的失明是因为女仆们造成的一样。

“什么样子？”

“就是你现在失明这个样子啊。”

“就在你带着支票离开的第二天，也就是我的画作差不多完成的时候；我几乎没有看到我画中的她呢。”

“从那时候开始，她们就一直欺骗你了吧。肯定是这样。我对她们这些小把戏可以说是了如指掌。”一个女人会全心全意地爱上一个男人，同时会看不上另一个男人。但按大多数女人的行事风格来看，她会竭尽所能去拯救那个她看不上的男人，不让他被蒙骗。因为她全身心爱护的那个人可以自己照顾好他自己，但是，她看不上的那个男人，显然是一个傻瓜，是需要保护的。

“可是，我觉得比顿先生不至于欺骗我很多。”迪克说。贝茜突然站起身提着裙子就走下了楼梯。清晰地感觉到她轻盈步伐间裙摆的摆动，迪克心底的愉悦感油然而生。

她按了按铃铛叫仆人，等到女仆来了之后，就简洁明了地说道，“给我们上一些茶和松饼，要两茶匙的量，一茶匙放到茶壶里。不要用我以前在的时候用过的那个旧茶壶。那个已经倒不出茶了，去取个新的来。”

女仆听完，很是愤慨地退下，迪克在一旁轻声地笑了起来。贝茜开始打扫起工作室，一时间灰尘四起，迪克不由得咳嗽起来。

“你在做什么？”

“收拾房间。这个看起来就像什么都没有的住所一样，你怎么能让房间变成这个样子呢？”

“我又能怎么样呢？打扫卫生?!”

比顿夫人走进房间的时候，贝茜正在用力地打扫着灰尘，房间里一片狼藉。因为比顿先生回家的时候跟她说过一下当时的情况，结束的时候还用了一句异常贴切的谚语告诫她：“己所不欲勿施于人。”所以她才会在贝茜要松饼和一个完好茶壶的时候，亲自上门服务。尽管事实上贝茜根本没有在公寓里任意索要东西的权利。

“松饼准备好了吗？”贝茜一边打扫一边问道。多亏了迪克当时给她的支票，她不再是一个娼妓，而且她现在靠自己努力做上了酒吧侍女的工作。所以，一身大方得体黑色衣着的贝茜大大方方地面对比顿夫人，毫无惧色。当着迪克的面，两个女人彬彬有礼地相互问候，让迪克很是欣慰。然而迪克看不到的是两人眼中的相互较量。贝茜最终赢了，比顿夫人悻悻转身去厨房烤松饼，同时向比顿先生毫不留情地大肆批判那些模特啊、荡妇啊、妓女啊等等。

“干涉他的事情对我们没有任何好处的，莉萨。”他说，“阿尔夫，你到街上去玩耍吧。平日里只要你不惹他，他对人都是很善良很友好的。可要是你惹到了他，他可是会变得很恶魔很可怕的。自从他失明再没有往日精明以后，我们就从他那里拿走了很多小东西。当然，这些对于一个盲人来说是小东西，但是，一旦我们被告上法庭，那我们可就完蛋了。没错，是我给他介绍这个女孩的，因为从一个男人角度来说，我觉得他需要。”

“是啊，的确非常需要！”比顿夫人把松饼狠狠地丢到了碟子里，突然想起了以前被解雇了的那些漂亮女佣。当时解雇她们的原因只是因为怀疑而已。

“我没有什么感到不好意思的。因为，只要他能支付并且按时支付我们足够的房租，我们根本没有必要去对他评头论足。我知道怎么应付这些年轻人，而你又擅长给他们做吃的。我想说的是，让每个人自己的问题自己解决，这样就不会有任何麻烦了。所以说，莉萨，给他们端松饼吧，你也要保证，不要和那个女人争吵。他的人生已经够残酷的了，如果惹怒他的话，我敢保证那后果是我们无法想象的。”

“这就好多了，”贝茜一边说，一边坐下来喝茶。“没什么事了，比顿夫人，谢谢你了。”

“我发誓，刚才我并不是故意那么说话的。”

对此，贝茜并未作声。她深知，这就是那些真正的贵族淑女击溃她们敌人的方法。只要是在顶级酒吧里做过女招待的，都会很快学会如何做一个真正的淑女。

她很是诧异和难过地看着坐在对面的迪克。只见他胸前大衣上到处是食物掉落玷污的痕迹；稀疏蓬乱的胡须下是紧闭下垂的嘴角，一副阴沉严肃的样子；额头上皱纹遍布，消瘦的两鬓是土灰色或者说是灰白色的头发，根本搞不清楚本来就是灰色的，还是因为脏了才变成灰色的。眼前这位郁郁寡欢、完全自暴自弃的落魄男士让她着迷。同时在她内心深处却又因此产生了一种邪恶的快感。毕竟这个以前看不起自己的人，现在也这么卑微，甚至是落魄到了尘埃里。

“哦！能听到你走来走去的声音，真是太好了。”迪克紧张地搓摩着双手说道。

“贝茜，说说你在酒吧工作的那些成功经验吧，还有你现在的生活情况。”

“过奖了。我现在过得相当不错，正如你现在在我身上看到的一样。不过，你看起来似乎过得不是很好，为什么你会突然失明？又为什么没有人照顾你呢？”

迪克太欣喜于聆听她的声音，内心感激不尽，根本就没有注意到她说话的语气。

“很久以前，我的头动过手术。这就是我突然失明的原因。我也没有指望过谁能够来照顾我。而且他们为什么要来照顾我呢？——比顿先生他们已经能够满足我的各种需求了。”

“你眼睛还没失明的时候，不是还认识很多朋友吗？”

“是有一些。不过，我并不希望他们来照顾我。”

“我想，这就是你为什么蓄起了胡子吧。把胡子剃了吧，这不适合你。”

“天啊，孩子，你以为这些日子我还在乎我自己会变成什么样子吗？”

“你应该在乎的。下次我来的时候，我希望你已经把胡子剃掉。我想我可以下次再过来吧，可以吗？”

“如果你还能过来的话那是再好不过了。我知道自己以前对你不是很好，那时我常常惹你生气。”

“那时我非常生气。你的确是那样的。”

“我真的是非常抱歉了。以后有空欢迎你过来看我，最好是常常过来。知道吗？在这个世界上，除了你和比顿先生，就没有人愿意接过照顾我的这个烂摊子了。”

她突然间抬起头说：“比顿先生和他的夫人同样也给你带来了许多的麻烦。他们让你随心所欲，随便你干什么都好。他们根本没有为你考虑，为你做任何事情。我看到的就是这些，我对这样的事情也非常了解。我会再次来访的，我也很乐意过来。但是，你必须去把胡子给剃了，而且你必须去买一些衣服——你现在的这些衣服不太合适你了。”

他很是无奈地说：“我已经有很多衣服了。”

“我知道你有很多衣服。你告诉比顿先生，让他给你一套新的套装，我会帮你刷好它，打理干净。赫尔达先生，你虽然双目失明，但是并不意味着你得看起来像个乞丐。”

“我真的看起来像个乞丐吗？”

“啊，我真替你难过，我真的好替你难过啊！”她握着迪克的双手，情不自禁地哭了起来。闻言，他神情呆滞地缓缓低下了头，仿佛要俯身亲吻她一样——她是唯一一个同情自己的女人。现在就算是一点点的同情就已经让他感激不已。说完，她站起身，准备离开。

“再也不要这个样子了，你要看起来更像个绅士才行。要做到这一点很简单，你剃干净胡子，换身衣裳就可以了。”

他可以很清晰地听见贝茜穿戴手套的声音，然后她站起来跟他道别。她走过他身后，大胆地从背后亲吻他的脖子，接着就轻快地跑开，就像那天摧毁他的画作《米兰可利亚》后跑开时一样迅速。

“我竟然亲吻了赫尔达先生，”她自言自语道，“他曾经那样对我，那样！好吧，我为他感到难过。如果他能够把胡子剃掉，其实他看起来也没有那么糟糕。但是——哼，比顿夫妇，他们竟然这样对待他，真是可耻！我认出今天比顿先生身上穿的衬衫就是迪克以前的衣服，毕竟我以前晾晒过那件衬衫的。明天，我倒要看看……我很想知道他究竟还有什么是他自己的。这可比我在酒吧里累死累活地干好多了——毕竟我其实根本不用做什么工作——如果没有人知道的话，也一样是非常体面的工作。”

贝茜临别时那匆匆一吻让迪克备受煎熬。整个晚上他脑袋里想的都是那个印在他脖子上的吻。而且相比起其他事情，这个吻让他确信刮胡子是明智的。

第二天早上他就按照贝茜的要求刮了胡子，而且感觉非常良好。他换上一套白色亚麻质地的新衣服，而且知道这个世界上依然有人说她希望他仪表堂堂的感觉让他精神振奋不已，因为他脑袋里偶尔会想起梅茜，她要是看他穿成那个样子，肯定不愿意吻他，更别提更多的吻了。

午饭后，他心想道，“我得好好想想。我不能再想那个女孩了，她会不会再来还是个问题。不过，要是能花钱让她来照顾我的话，那我一定愿意花这个钱。这世上没有人会愿意照顾我这个大麻烦，如果她愿意，我不会亏待她。她家境贫寒，地位低下，在社会上也不过是一个小小的酒吧女佣而已。如果她回来跟我说她愿意来照看我，那么我就会让她心想事成。”他搓了搓刚刚剃掉胡须的下巴，开始满脑子都在想她究竟会不会来。“我想，我那时的确看起来像个乞丐吧。”他继续道，“我肯定看起来就是那个样子了。我知道有东西掉在我衣服上，只是我那时觉得根本没有关系。她要是不来，那对我来说，真是太残忍了。她必须得来。梅茜来过一次，对她来说，一次足矣。她是对的，她有事情要忙。而贝茜只用打啤酒而已，她没有什么事情要忙的，除非她妄想某些年轻男人一直陪伴着她。

想想自己就这样被一个卖啤酒的给花言巧语地哄骗了，迪克心里就难过得不得了。

一时间迪克感觉内心深处的自己正在号啕大哭——毕竟这比以往任何事情都让他更伤心难过。这种痛苦反反复复地出现，无时无刻地浮现脑海，让人浮想联翩，又让人万分焦虑，最终让人陷入崩溃。

“我就知道，我就知道！”迪克绝望地紧握双手大声喊道，“可是，老天啊！难道我这个可怜的瞎子就只能是一日三餐，一衣蔽体地过日子?！求求你，让她回来吧！”

终于，有天下午，她早早就来了。那是因为她这段时间恰好没有遇到其他年轻男人，而且她看中了来迪克这里可以得到的那些能够让她享用余生的物质条件。

“我差点认不出你了，”她满意地说，“你现在看起来跟以前一样了，还是那个自信满满的绅士。”

“那，你不觉得该再给我一个吻吗?”迪克有点不好意思地红着脸说道。

“或许吧，但现在我还不会吻你。先坐下来，让我看看能为你做什么。我敢肯定，比顿先生骗你说你现在没办法检查每个月的家务记录了，对吗？”

“你最好回来帮我打理打理，贝茜。”

“在这些公寓里面，我是不能这么做的——这点你应该跟我一样清楚。”

“我知道。所以，我们可以到别的地方去啊，如果你觉得不麻烦的话。”

贝茜试探着说道：“不管怎么样，我都会努力照顾你的。我想我是不会介意为了我们俩而努力工作的。”

闻言，迪克笑了起来。

“你还记得我把银行存折放在哪里吗？特博走之前把钱都取出来了。你找找看。”

“以前应该都是放在烟草盒下面。啊！”

“是吗？”

“哇！四千两百一十英镑九先令零一便士！噢！我的天啊！”

“你可以拿那一便士。这一年的收入还不算糟糕，当然再加上一百二十英镑，够一年花了吧？”

舒适清闲的生活和美丽漂亮的衣服几乎已经是触手可得了，但她必须对得起家庭主妇这个称谓才能得到这一切。

“够了。但你必须得搬离这里。要是我们列一个财产清单，我想我们就能够找到比顿先生时不时从这些房间里顺走的那些小物件了。现在房间里明显看起来比以前空旷多了。”

“没关系了，就当送给他了。唯一让我特别想带走的就是那张以你为模特的画——那时你还常常骂我呢。贝茜，我们会搬离这里的，有多远走多远。”

“哦，是的。”她有点心神不宁地答道。

“我不知道我要去哪里才能让自己解脱，但我愿意试试。你可以买任何你中意的漂亮衣裙。你会喜欢的。

“贝茜，快吻我吧，神啊！能再次搂着女人的腰，这感觉真是太好了！”

随之而来的是迪克脑海中一直心心念念的情景。要是他胳膊搂着的是梅茜的腰，要是她能够与他相爱相吻——那为什么……一念如鞭笞，瞬间痛彻心扉，让他情不自禁紧紧地搂紧身前的女孩，让她更靠近自己的身体。她正满脑子想着如何跟他解释那幅《米兰可利亚》出的问题。至少，如果这个人是真的渴望她的陪伴与慰藉，那么他最多也就不过是难过一点点。毕竟要是她不干了，他就要重新跌入他以前深陷其中的痛苦深渊中。

至少，她还是蛮期待他究竟会怎么做的，而且就她所受的教育而言，男人就应该忍受并敬畏他的伴侣。

她紧张兮兮地笑了起来，轻巧地挣脱了他的怀抱。

为转移他的注意力，她直接说：“我要是你的话，我就不会担心那幅画。”

“画就在我那些画板后面。贝茜，你帮我找找。你应该跟我一样，很清楚那幅画的。”

“我是很清楚，不过——”

“不过什么？你很精明，一定能把它卖个好价钱。

“女人往往比男人更懂得讨价还价。对——对我们来说，这可是事关八九百英镑的事情啊。我只是很长一段时间都不愿想起它而已。因为它搅乱了我的生活。但我们可以抛开过去，摆脱一切，不是吗？让我们重新开始吧，贝茜。”

闻言她开始为过去的作为感到深深的后悔，因为她清楚地知道金钱的价值。不过，也有可能是这个瞎眼男人高估了他的画作。她很清楚，虽然很可笑，但是绅士们都很喜欢自吹自擂，高估自己。突然，她就好像一个弄坏了主人烟斗的女佣紧张兮兮地傻笑着要向主人解释情况时一样，紧张地咯咯傻笑了起来。

“我非常抱歉。不过，你还记得吗，托尔潘纳先生离开之前，我很生你的气？”

“你那时的确是很气愤，宝贝。而且，在我看来，你是有理由生气的。”

“所以，我——你确定托尔潘纳先生没有告诉你吗？”

“告诉我什么？天啊，究竟是什么事情让你这么大惊小怪？你还不如再吻吻我。”

他渐渐开始明白，这并不是第一次他有这种感觉了，那就是，女人的亲吻就是一种让人越来越上瘾的毒。你得到的越多，你就越是想要更多。

贝茜立即亲吻了他一下，顺势就在他的耳边小心翼翼地说道：“我那时很气愤，所以我用松节油把那幅画给擦掉了。你不会生气吧，对吗？”

“什么？你再说一遍！”他双手紧紧地抓住了她的手腕。

“我用松节油和刀涂花了那幅画。”贝茜支支吾吾地说道，“我以为你只要重新画一幅就好了，你重新画了一幅，是不是？啊，放开我的手，你弄疼我了。”

“那幅画还能看出些什么吗？”

“什么也看不出来了。我很抱歉，我以为你不把它当一回事呢，我当时只是觉得好玩才这么干的。你不会打我吧？”

“打你?！不会的！我得好好想想。”

他并没松开抓住她手腕的手，他就这样站着，站在那里死死地盯着地毯。

然后他狠狠地摇了摇头，就好像年轻的领头羊被牧人的鞭子抽在鼻子上，警告它要回到自己急切逃离通往屠宰场的通道时狠狠地摇头一样。好几周了，他一直都强迫自己不要去想那幅《米兰可利亚》，因为这幅画代表着他消逝的过去的人生。然后贝茜回来了，他们之间也有了新进展，那幅《米兰可利亚》就再一次出现在他深深的脑海里，而且比以往画布上的形象显得更加可爱了。用它就可以换来更多的财富，就可以更好地取悦贝茜，忘掉梅茜，就可以重新品尝成功的滋味——他几乎都要忘了那是什么样的滋味了。现在好了，就因为这个恶毒小女仆的愚蠢，一切都再也没有什么可指望的了，甚至是他再也没有了那种希望可以跟她长长久久的欲望。最糟糕的是，她的所作所为让他在梅茜眼里变得荒诞可笑。只要他爱她，女人就可以原谅毁掉她生命画作的男人；而男人会原谅那些毁掉他爱情的人，却绝不会原谅那些毁掉他作品的人。

“咔，咔，咔，”迪克咬牙切齿地咕哝着，然后轻声笑了起来。“这是个预兆，贝茜，呃——有好多事情我要好好考虑。对于我那时的所作所为，你那样做有你的道理。天啊！这就是梅茜为什么会跑开的原因。她一定以为我完全疯了——还真不能都怪她！整幅画都毁了，是吗？你为什么这么做呢？”

“因为我那时候太生气了。我现在不生气了——我现在非常后悔。”

“我想知道——算了，无所谓了。都怪我，搞出这样的乌龙。”

“什么乌龙？”

“你不会明白的，亲爱的。天啊！谁能想到就你这么一个小小的脏东西就能够毁了我的前程。”迪克喃喃自语道。而贝茜正努力地要摆脱他紧紧抓住她手腕的手。

“我可不是什么小小的脏东西，你不要这么叫我！我之所以要毁掉你那幅画是因为我当时恨你，但我现在后悔了，都是因为你——因为你——。”

“的的确确，就因为我瞎了嘛。这有什么好解释的。”

闻言，贝茜开始哭泣了起来。她不喜欢迪克这样违背她的意愿束缚她；她很害怕迪克那张双眼空洞无神的脸庞，害怕他脸上此刻的表情。她这么大动作的报复行为在迪克这里竟然只是一笑而过，同样也让她感觉难过。

“别哭了，”他说着，伸手把她抱进怀里，“你只是做了你认为对的事情而已。”

“我——我可不是什么小小的脏东西。你要是这么说我，我以后再也不会来看你了。”

“你不会明白你的所作所为对我有多大的影响的。我不生气——真的，我不生气。

“安静一会儿吧。”

贝茜缩成一团待在他的怀里。迪克想着这要是梅茜就好了。这一想法瞬间痛彻心扉，就像在伤口上灼上炙热的烙铁一样。

再也没有什么比让自己爱上一个错的女人更让人痛彻心扉了。

第一次心痛——第一次迷失的感觉都不过是痛苦开始的序幕而已。因为公正无私的上帝就喜欢给人类创造痛苦，因为他已经宣称，痛苦还会再来，就在你享受最大快乐的时刻来临。

他们都知道这种痛苦，就像那些抛弃自己的所爱，或者被自己所爱抛弃的人一样，只有在新一任妻子的怀抱中，才会深刻地体会那是一种什么样的痛苦。

如果能够在日常工作中找到分散精力的事情，最好还是继续保持孤独，继续独自忍受孤苦的滋味。毕竟等到分散精力的东西消失了，还是得自个儿孤零零地生活，还是很可怜地生活。

迪克紧紧地搂着贝茜，满脑子里都想着这些乱七八糟的事情。

“贝茜，也许你还不知道，”他说着，抬起了头，“上帝他真是又公平又可怕，而且还很有幽默感呢。一切都是我的报应——真是我的报应！要是特博在的话，他一定能够理解我所说的。他也会因你而崩溃的，年轻人啊，不过也许就那么一会儿。我拯救了他啊。这我得记上，我——”

“放开我，”贝茜阴着脸说，“放开我。”

“别急，会放开的！你有上过主日学校吗？”

“没有。我跟你说，放开我。你在愚弄我。”

“可事实上，我没有。我愚弄的是我自己……的确，‘他救得了别人，却救不了自己’。这不是寄宿学校的课本教条，这是活生生的惨痛现实啊。”他松开了她的手腕。但他恰好站在她与门口之间，她根本无法逃开，“一个女人究竟能弄出多大的恶作剧啊!”

“非常抱歉。我非常抱歉弄坏了你的那幅画。”

“不，我不这么认为，我还要感谢你毁了它……我们在谈论这幅画之前说什么来着?”

“我们在说有关搬家的事情——还有钱的事情。就我们两个，一起远走高飞。”

“当然，我们一起远走高飞——不，是我远走高飞。”

“那我呢?”

“我只能给你50英镑，感谢你弄坏了那幅画。”

“那你不——?”

“我不会和你走，亲爱的。想想这五十英镑都是你的，你可以买所有那些漂亮的东西。”

“你说过没有我，你什么都做不了。”

“刚刚我是那样想的。但是谢谢你，我现在好多了。把我的帽子给我。”

“要是我不给呢?”

“比顿会帮我的，届时你连五十英镑也没有了。现在，给我帽子。”

贝茜在心里咒骂个不停。她曾经非常真诚地同情他，几乎是同样真诚地亲吻过他，毕竟他还是相貌堂堂，英俊不凡的。能够作为他的保护者而存在的经历曾经让她开心不已。最为重要的是，他毕竟是手握四千英镑的大款。现在，就因为一时的失言还有她作为女人的那一点点让他痛苦一点点的，不多的小心思，她就要失去那笔钱，失去那些无忧无虑的悠闲，失去那些漂亮东西，失去一个伴侣，失去一个成为真正上流社会淑女的机会了。

“现在帮我把烟斗装满。烟草再没有味道了，不过没关系，我会把一切都考虑清楚的。今天是周几了，贝茜？”

“周二。”

“周三才是邮寄日。我真是蠢——我还真是一个愚蠢的瞎子啊！

“回家的路费只要22英镑。另外多拿出10英镑留作路上开销。我们要忍受比奈特太太的旧时作风。总共只要32英镑。再加上100英镑做最后一次人生旅行——哎呀，再见到我，特博不会被吓到吧！——总共132英镑，再预留78英镑做小费用——我会用上的一切娱乐等。

“你在哭什么呢，贝茜？这不是你的错，年轻人。这都是我的错。哦，你这个可笑的小家伙，擦干眼泪，带我出去走走。

“我得带上银行存折和支票簿。等一会儿，四千英镑算4%的利息——这是很安全的利息——这就意味着一年就有160英镑的利息了；另外那个的利息120英镑一年，也是很安全的。这样下来，一年就有280英镑了。280英镑加上300英镑，一年下来就可以把一个单身女人变成贵妇人了。贝茜，我们去银行吧。”

说着，他又往钱包里装了210英镑。显然，贝茜彻底被迪克给搞糊涂了，只能跟着他一路匆匆地赶去银行，又赶去邮局。直到在邮局那里，他才给她解释明白。

“塞得港，单人，头等舱，离行李舱门越近越好。

“船要去哪儿?”

“戈尔贡。”职员说。

“这是条小渔船。是到蒂尔伯里的小艇，还是到加隆的大船?”

“加隆。12英镑40分，周四出发。”

“多谢，请找零。我眼睛看不见——你能直接放在我手里吗?”

“如果客人都能够像他这样买票的时候简洁明了，而不是在那里叽里咕噜地问个不停，我的工作那可就好过多了。”职员对他旁边的伙计说道。旁边那伙计正在试图跟一位被孩子们烦得疲惫不堪的母亲解释说船上的炼乳给乘船的孩子吃跟日常给孩子吃的是一样好的。这个19岁未婚的职员，十分确定地对这位母亲说。

回到工作室时，迪克拍拍他腰带上装着钱和船票的地方说，“终于搞定了。我现在找到更重要的事情去做了，不用再考虑什么男人啊，魔鬼啊，女人啊的问题了。我有三件事要在周四前办完。但我用不上你了，贝茜。你周四早上九点来这里就行了。届时我们一起吃早饭，之后你送我到加隆站。”

“你要去干什么?”

“当然是远走高飞啊。我还待在这里干吗?”

“可你没法照顾自己啊?”

“我什么都能做，我之前没有意识到这一点，但是我可以的。事实上，我已经做了很多事情了。”

要是贝茜不反对，迪克所有的决定应该能够赢来一个亲吻。可是奇怪的是，贝茜拒绝了，而迪克则笑了起来。

“我想你的拒绝是有道理的。那么，后天九点来我这，你会得到你的报酬的。”

“真的吗?”

“我不会骗你的。不过，除非你来我这儿，否则你是不会知道我到底给不给你钱的。哦，但要等好久好久呢！再见，贝茜。你出去的时候，帮我叫比顿到这里来。”

之后，老房东走了进来。

“我房里所有的家具值多少钱?”迪克很傲慢地问道。

“先生，这，这可不由我说了算。有些家具还很好，有些则破旧得很。”

“我可为这些家具投了270英镑的保险!”

“保险单也说不准的，虽然我不是这个——”

“哼，你他妈的少啰唆！你都已经从我和其他房客那里捞了不少油水了。嗯，前几天你说到要退出这个行业，还说什么打算要买家酒馆呢。你就直接开个价吧。”

“50英镑。”比顿先生毫不犹豫地脱口而出。

“加一倍，否则我就砸碎一半家具，其余的烧掉。”

迪克摸索着来到了书架边，上面放着一排素描簿。他猛地扭断了一根红木柱。

“先生，那是罪过呀!”老房东惊恐地说道。

“这本来就是我自己的东西。100英镑，否则——”

“100就100。我还得要花3到6个英镑去把这壁柱给修好呢。”

“我想也是。你还真是一个不折不扣的大骗子。你刚才肯定是马上就想到了这个价位!”

“但愿我没有做过让任何房客不满意的事，先生，特别是对您。”

“请不要介意我说的那些话。明天给我钱。顺便帮我确定一下，我所有的衣服是不是已经打包放进那个棕色小牛皮行李箱了。我要走了。”

“但是住房搬迁须知上的要求怎么办？”

“我会交罚金的。帮我把行李收拾好，就不要管我了。”

比顿先生和他的太太讨论迪克突然要走的事。比顿太太一口咬定这一切都是贝茜搞的鬼，而比顿先生则对此比较看得开。

“他走得也太突然了。不过，他一向都是我行我素，想一出是一出的。这次就听他的吧！”

这时从迪克的房里传来了一阵反复吟唱的声音。

弟兄们，我们再也不会回来，
我们永远不会再回来。
我们将永永远远地离开，
不管什么理由，
都决不回来！
哦，弟兄们，就说我们四处漂泊，
哦，弟兄们，就说我们四处漂泊，
可我们不再回来，弟兄们，
我们决不回来！

“比顿先生！比顿先生！我的手枪到底放在哪儿了？”

“快去看看，他要自杀——他已经疯了吧！”比顿太太催促道。

比顿先生安抚迪克说：“先生，明天什么东西都可以找到。”然后迪克在他卧室里到处敲来敲去发泄了好一会儿之后，才意识到比顿先生这句话的意义。

“哦，你个红鼻子的老糊涂——你个无能的书呆子！”迪克最终忍不住大叫了起来。

“你以为我要自杀?！等下用你那笨手，拿住那把枪。要是你一碰它，它就会走火，因为我已经上好了子弹。你可别手抖啊。

“它应该就在我战地工具箱里的某个地方——在皮箱底下的包裹里。”

很久以前，迪克凭经验为自己精心配备了一套40磅重的野外设备。现在迪克努力要寻找的就是这套藏起来的宝贝，找出来重新整理整理。比顿先生从那个包裹的上方把左轮手枪扯了出来，而迪克一直用手摸索着箱子里的卡其外套、马裤、蓝布绑腿带以及叠放在一双长筒靴刺上厚重的法兰绒衬衫等。就在这些东西和水壶的下面，放着一本素描簿和一个猪皮制的文具盒。

“这些我都不要了，比顿先生，你可以拿去。其余的，我都要留着。把它们打包好放在我行李箱的右上方。弄好这些以后，你和你夫人到我画室来一下。我希望你们俩都来一下。等一下，给我支钢笔和一张信纸。”

眼睛失明的时候写东西不是一件容易的事情，但迪克写下来才可以把所有的事情交代得清清楚楚。所以，他左手紧随着右手开始写道：“我的字迹潦草的原因是因为我失明了，我看不到笔写到哪儿了。”“呼！——这样就算是律师都不会弄错了。我想，这务必得签字才行，但是没必要有见证人。现在往下挪一点点——为什么我以前不学习使用打字机呢?”“这是我，理查德·赫尔达的最后遗愿和遗嘱。”迪克这样写道。

“我现在身心健康，以前从来没有写过遗嘱。”“——就这样。妈的，这烂笔！我写到哪儿了?”“我把我在世上拥有的一切——包括4000英镑和2728英镑留给自己。”“——哦，我不能写得那么直接。”迪克撕下半张信纸，又重新小心翼翼地写道：“我把我在世上拥有的所有金钱留给——”他在这个地方写上了梅茜的名字以及那两家他存钱的银行的名字。

“可能写得不是很正规，但没有人有丝毫的权利可以对此提出质疑，而且我写了梅茜的地址。比顿先生，进来吧。这是我的签名。我想让你及你夫人帮我做证人。谢谢。明天你必须带我去你老板那里，由于没有事先通知就离开，所以，我会交罚金的。我会把这个文件存放在他那里，以防我不在时发生什么事情。现在让我们点燃火炉。请你们留下来，我要那信件的时候，就拿给我。”

谁也没有料到，迪克把一年积攒下来的账单，信件及记事本放到火炉里烧掉，炉火烧得好旺好旺！除了那三封未开的信件，他把画室里所有的文件都塞进了火炉，包括那些素描簿、粗糙的笔记本、新的以及只完成一半的油画等等，通通都烧了。

“可以肯定的一点是，如果一个房客长期居住在一个地方，他一定会积攒很多很多没用的垃圾。”对此，比顿先生如是说。

“的确如此。还有其他东西落下了吗?”迪克绕着墙周围一边摸索一边问道。

“一点也没留下了。壁炉烧得火旺火旺啊。

“好极了，一千英镑的素描就这样被你烧掉了。”

“呵呵，假若我还能记得我以前是干什么的，那确实值一千英镑。”

“是的，先生。”比顿先生毕恭毕敬地回答。他现在非常肯定，迪克已经疯了。否则他决不会唱一首歌来跟自己上好的家具告别。油画之类的东西的确占据很大的储存空间，处理掉的确是好多了。

剩下的就是把这份遗嘱留给可靠的人保管。这事只能等到明天去做了。迪克在地板上摸索来摸索去，找寻最后留下的纸片，一次又一次地确定，抽屉里或桌子里都已经没有留下任何他过去的文字或痕迹。然后，寂静的夜色中，他坐在火炉前，听着火炉里铁丝收缩时发出哔哔啵啵的声音，直到炉子里的火全部熄灭。

第十五章

放飞思想，心驰神往；

我即主宰，

手持亮闪闪长矛，

脚蹬风驰电掣的骏马，

奔向茫茫旷野。

我诏令各妖魔鬼怪，

竞技天下——

决出十强。

在我，

这是一条不归路。

——汤姆：《疯人院之歌》

“贝茜，再见。我答应给你50英镑，这是100英镑——这是我把家具卖给比顿获得的钱。这些钱可以让你过上一段身穿漂亮衣服的日子。总的来说，你是个善良的女孩，但你也给我和托尔潘纳惹了不少麻烦。”

“若是你见到托尔潘纳先生，请帮我问候他，好吗？”

“亲爱的，我当然会。现在请扶我上船上去，带我进船舱。一旦我登上了帆船，你这丫头就自由了，我也自由了。”

“在船上谁照顾你？”

“钱若是有用的话，领班会照顾我。要是我能够跟邮政公司派出的医生混熟的话，我们到达塞得港时，那位医生会照顾我。之后，就像以前一样，一切听天由命！”

在一团混乱不堪中，贝茜帮迪克找到了他搭乘的船舱，里面挤满了远行的人和他们泪眼汪汪的送别亲戚。随后，他跟她吻别之后，就躺在自己的铺位上，直到甲板上所有的闲杂人都走了。作为一个长期在自己房间里走动自如的人，这艘船上的地理情况对他来说完全是了如指掌。看不看得见，对于他是否过得舒服其实没有那么必要，就像喝酒对于他来说没有那么必要一样。

在船员们还没有开始沿着码头启动船只前进的时候，就有人给迪克介绍了该船的领班。迪克非常慷慨大方地赏他小费，因此获得了餐桌旁的一个好位置。迪克打开行李，愉快地在船舱里把一切都安顿好。在船上，他几乎不用摸索着走动，因为他对船上的一切都了如指掌。上帝还是很仁慈的：在他就要想起梅茜的时候，一阵倦意向他袭来，让他得以酣然入睡。直到汽船经过泰晤士河河口，准备扬帆向英吉利海峡驶去的时候，他才醒了过来。

发动机的嘎嘎声，汽油和油漆的臭味，以及隔壁船舱传来的熟悉声音，使他从迷迷糊糊的睡眠中清醒了过来，意识到自己所处的新环境。

"哇，能够再次醒过来的感觉真是好极了！"迪克打着哈欠，精神抖擞地伸展四肢，然后就直接到甲板上去。在那里他听到人们说他们现在几乎是沿着布莱顿的灯火前进。过了特拉法加广场之后就再也没有什么开阔的水域了，这是他早就熟知的事情。要到了法国的韦桑岛之后才开始有开阔平坦的海平面。但不管怎么样，迪克已经感受到了大海对他的治愈效果了。一阵浪涌袭来，无情拍打着船头，船身随之上下颠簸。一股大浪拍打着船尾，水花溅到了后甲板上，打湿了那里的一排新帆布躺椅。迪克听到了水花消退、带走击碎的玻璃碎片的声音。大约有一杯水量的水花溅到了迪克的脸上，感觉有点刺痛，但他却尽情地呼吸着大海的空气，然后推着轮椅摸索着向吸烟室驶去。快到门口的时候，一阵大风刮来，吹落了他的帽子。吸烟室的乘务员知道迪克是一位经验丰富的航海者，就告诉他说，一出了英吉利海峡沿岸天气就会更加寒冷起来，而且大部分的大风都是在海湾那里。一切就像那个乘务员所说的一样，恶劣的天气很快就降临。而迪克却感觉无比享受。在海上航行时，船上的人从一个地方走到另一个地方要扶着桌子，或紧握支柱，或绳索什么的，这是允许也是必要的。在陆地上，用双手去摸索前进的人显然是盲人。在海上，只要盲人不晕船，就可以和医生谈天说地，闲聊他人的糗事。迪克向这位医生讲述了很多故事——这些故事如果处理得当，其价值甚至比银子还贵重。迪克与他一边聊天一边抽烟，一直聊到深夜。因此，迪克很快就赢得了这位医生的关怀，他答应迪克到达塞得港时，他会抽出几个小时来陪他。

海风阵阵，海平面时而躁动，时而宁静。发动机则日日夜夜吟唱不停，日光一天比一天强烈。一天早上，在打开的格子舱口盖下面，印度水手理发师汤姆，帮迪克剃了胡须。那里凉风阵阵，遮阳篷布下，乘客们正在寻欢作乐。最后他们终于到达了塞得港。

迪克对医生说："若是你知道比奈特夫人住的地方，就带我去那儿吧。"

医生答道："嗨，我知道那个地方，这有什么难找的。不过我想提醒你，那里是这里最差劲的住宅区。一开始他们就打劫你，之后就会把你给宰个精光。"

"他们不会的。带我去那儿，我能照顾自己。"

因此，医生就把迪克带到了比奈特夫人那里。在那里，他闻到了久久不能遗忘的东方的味道。那是从苏伊士运河一直到香港这条路上飘荡着的味道，亘古不变。迪克跟那里的人们说着蹩脚的通用语。那里那家老朋友开的自助餐厅让迪克热血沸腾，差点热泪盈眶。他脚下踩着的是容易让人打滑的沙子。他举起外套袖子凑到鼻子跟前，感觉袖子上满是新鲜出炉的面包的暖暖的味道。

这家酒店是比奈特夫人的收入来源之一。迪克走进去的时候，比奈特夫人脸上依然挂着她那招牌式的笑容，完全看不出她惊讶与否。要不是有那么一会儿是处于一种完全的黑暗当中，迪克可能会完全意识不到他曾经离开过这里，因为直到此刻，迪克耳边响起的依然是他魂牵梦萦的声音。有人正开一瓶特浓的荷式毡酒。这酒味让迪克想起了比奈特先生。他们曾经一起谈论艺术，谈论堕落。

比奈特先生已经过世了。比奈特夫人跟迪克说了很多很多。看到迪克受到了热情的接待，作为一名船医，医生觉得这不可思议，之后他就告辞了。迪克对此感到很开心，说道：“一年了，这里的人们还记得我。此时，在海的对面，他们已经把我忘了。夫人，等你有空，我想跟你好好聊聊。回到这里，感觉真好！”

傍晚，她在沙滩上支了一张铁面的咖啡桌，与迪克一起坐在桌旁，身后的屋里，满是喧闹、欢乐、誓言和要挟。星星出来了，港湾船上的灯火在苏伊士运河河口上熠熠生辉。

“的确如此，伙计，战争促进贸易。但你来这儿干吗？我们还记得你。”

“我之前在英格兰，眼睛失明了。”

“但之前你已经是功成名就了。我们都听说了，就算是在这里呢——那时比奈特还在。你曾经画过黄色缇娜的头像——她现在还健在。每当邮政船把报纸送到时，她看了都会开怀大笑，开心不已。画里总有些东西我们在这儿都能辨认出来。你呢，则总会收获名誉和金钱。”

“我现在过得很不错——我会好好报答你的。”

“我不用。你已经支付过所有的东西了。”内心深处她觉得，“天哪，这么年轻，眼睛就看不见了。太可怕了！”

迪克看不到她脸上的怜悯之情，也看不到自己脸上的怜悯之情。他两鬓间的头发早已失去了颜色，他也没有感觉遗憾的需要。他现在恨不得马上再次奔赴前线，于是他说出了他的愿望。

她说：“去哪儿？苏伊士运河现在到处都是英国船只。10年前，这里曾经发生过战争，他们现在有时还像以前一样开火。在开罗下面那里还在打仗，但没有记者护照，你怎么能够去到那儿？而且沙漠那里经常会碰到打仗，当然也可能没有。”

“我必须得去萨瓦金。”多亏了阿尔夫给他读报，让他得知托尔潘纳追随的是一支保护萨瓦金-柏柏尔这条战线上的防御建设的纵队。邮政公司的汽船到不了那个港口。不过，比奈特夫人认识的那些人，每一个人提出的帮助或建议都很有价值。他们不是什么体面人物，但他们能够把事情办妥。所以，一旦有事要帮忙，他们就显得很重要了。

“但是现在萨瓦金那里总是在打仗。那片沙漠到处都是胆大妄为的人——而且前仆后继，源源不断。为什么一定要去萨瓦金？”

“因为我朋友在那儿。”

“你朋友！啧啧！那你朋友就死定了。”

比奈特夫人把自己一条圆润的胳膊搁在桌上，顺手给迪克再倒满了一杯咖啡。星空下，她仔细端详着迪克，根本没有期望他会低下头来，同意她的观点。“不会的，他很勇敢的。但是——假若真发生了什么……就怪你?”

“怪我?”她尖声地笑了起来，“那我该责怪谁呢——除了那些喝了我的酒不付钱的人，我还能怪谁?要是真的发生了，就非常可怕了。”

“我必须得去萨瓦金。请你替我想想。过去的一年内发生了很多很多的事情，可我认识的人都不在我身边。埃及的灯塔船沿着苏伊士运河就可以到达萨瓦金——就算是邮政船也可以——但即便如此——”

“你不要再想了，我知道，让我好好想想。是的，你应该去——应该去看看你的朋友。不过，你理智点。现在，你坐在这儿别动。我得去照看我的顾客了——等到屋里安静点之后你就去睡觉。的确，你应该去，该去。”

“明天怎样?”

“尽快吧，可能的话!”她像哄小孩一样安慰着他说。

他就在桌边那里坐着，聆听海港和街道那边传来的声音，然后满脑子想着什么时候才结束啊。最后，比奈特夫人过来带他到床上去，命令他睡觉。这时候人们还在酒吧那里欢声笑语，酣歌醉舞，热闹非凡。比奈特夫人穿过酒吧的时候，一只眼紧紧地盯着那些酒水单和女孩子，另一只眼则悄悄留意迪克感兴趣的东西。一路上，她向那些闷闷不乐、鬼鬼祟祟的土耳其农民兵团长官们投以微笑点头，对那些没有任何国籍的骆驼代理更是亲切备至。

第二天一大早，比奈特夫人就做好了巧克力，亲自送到迪克的房间。她身着一件红艳艳的丝绸礼服，襟前绣有暗金色花饰，戴着一串仿钻项链，看上去很得体。

“只有我能够做到，可我已经到了谨言慎行的年纪，不是吗？喝吧，再把面包卷也吃掉。在法国，儿子们表现乖巧时，母亲们就会给他们送上巧克力早餐。”她坐在床边小声小气地说道：“一切都安排好了。你坐灯塔的船去，我花了十英镑才买通船长。谁让政府从来不给他钱。船四天后到萨瓦金去。乔治会陪你去，他是个希腊骡夫，这需要另付十英镑，钱我会付的。不能让他们知道你有钱。骆驼能够走多远，乔治就会陪你走多远，然后他再回我这儿来，因为他挚爱的女孩在这里。如果我没收到你从萨瓦金发来的平安电报，那个女孩就要替乔治受罚。”

“谢谢，”迪克懒洋洋地伸手拿杯子，“夫人，你真是个好人。”

“如果可以的话，我宁愿劝你待在这里，安安分分地生活；可是，我知道这不是你要的生活。”她看着自己沾了酒渍的裙子苦笑道，“不，说实话，你应该去，你真应该去。这是最好的，孩子，这么做最好。”

她弯下腰，在迪克眉间留下一个吻。“这是早安之吻，”她边说边起身，“你穿戴好后我们就去找乔治商量，准备好一切。但我们要先把你的小皮箱打开，给我钥匙。”

“最近亲吻的次数多得有点令人震惊啊。我希望下一个吻我的是特博。尽管他更有可能的是见面就骂我，因为我妨碍到他了。嗯，很快就可以知道结果了——噢，夫人，帮我穿戴上最好的礼服。到那边就没有机会再打扮了。”

他在他新的装备中四处翻找，还被靴刺刺伤了双手。关于军装的穿戴有两种不同的说法——油光可鉴的短靴、洁净无瑕的蓝色绑带、卡其色外套和马裤，以及戴法非常严谨的头盔。正确的那种是出发前，精力充沛的士兵，自己高高兴兴地穿戴起来。

“每个细节都必须准确无误”，迪克解释，“尽管最后都会变脏，但现在穿戴整齐了，感觉很好。所有东西都穿戴整齐了吗?”

他轻轻拍了拍右臂上衬衫衣摆处掩盖的地方，左轮手枪就利索地藏在那里，然后整了整衣领。

“再整齐不过了，”比奈特夫人哭笑不得道，“看看你自己——啊，我忘了。”

“我非常满意。”他抚摸着绑得严严实实的绑腿说道。

“我们现在就去看看船长和乔治，还有那灯塔的船。快点，夫人。”

“但不能让别人看见你和我大白天在海港那里并肩同行。你自己想象一下，如果其他英国女士——”

“根本没有什么英国女士；就算有，我也已经不记得她们了。快带我去。”

尽管迪克焦灼难耐，船还是到了傍晚时分才开始缓缓出发。比奈特夫人跟船长和乔治说了很多很多，详细探讨了为迪克安排的各项事宜。比奈特夫人认识的人几乎没有把她的建议不当一回事儿的。轻视她的人都会在赌场里突然莫名其妙受到陌生人挑衅，甚至被刺伤。

那艘要去萨瓦金接她的灯塔负责人的小轮船整整花了六天时间才到达——其中两天就耗在拥挤的苏伊士运河

上。一路上，乔治一方面心心念念地牵挂着自己心爱的姑娘的人身安全，另一方面又喋喋不休地让迪克知道自己这么心不在焉完全是因为他。迪克只好不停地想方设法劝慰他。到达目的地之后，乔治带着迪克一起进入热闹非凡的海港。只见那里堆满了萨瓦金-柏柏尔防线的各种防御物资和耗损品，从机车零部件到成堆成堆的火车座椅和卧铺等，一派紧张繁忙。

乔治说："只要你跟着我，没人会问你要护照，或问你是干什么的。他们都忙得很。"

"当然。不过我想听听英国人谈话。他们可能还记得我，很久以前我在这一带还是蛮有名气的——那时我可了不起了。"

"在这里，很久以前就真的是很久很久以前了。要知道，现在这里可到处都是墓地。现在，你听着。这条新铁轨一直通向坦纳尔·哈桑——足足有七英里那么远。那儿有个军营。听说英国军队要去到比坦纳尔·哈桑更远的地方，他们所需的一切补给都由这条铁路运送过去。"

"啊！我知道，那是大本营。在那里可比在野外交战好多了。"

"所以连骡子都要用铁皮火车运过去。"

"铁皮什么?"

"就是周身都包裹着铁皮的火车，因为它仍然会是袭击的目标。"

"那是装甲火车。越来越先进了！前进，忠诚的乔治。"

"今晚我就跟我的骡子一起上火车去。只有接到特殊命令去大本营的人才能搭这趟火车。在城市外不远的地方就是战场了。"

“伙计们——这是他们的一贯作风!”迪克非常高兴地说道，一边还不忘嗅了嗅空气中弥漫着的干燥灰尘、灼热的铁皮和脱落的油漆混合一起的味道。毫无疑问，过去的生活非常慷慨地欢迎他的归来。

“今晚我把骡子聚集起来后，我们就上车。但在这之前，你得先在塞得港给比奈特夫人发一封电报，告诉她我没有伤害你。”

“看来比奈特夫人把你治得服服帖帖啊。要不然，你会不会拿把刀捅我?”

“我根本没有机会，”这个希腊人很老实地回答说，“我心爱的女人跟她在一起。”

“我理解的。心爱的女人与发财机会二者不能得兼，确实是一件很糟糕的事情。我同情你，乔治。”

他们一起到了电报站，在那里他们并没有受到任何质问，因为整个世界都忙得晕头转向，甚至是连转个头的时间都没有。此时的萨瓦金是普天之下最不适合度假的地方。在他们回来的时候，一个英国中尉盘问迪克是做什么的。迪克戴着蓝色护目镜，遮盖住了眼睛，挽着乔治的手肘回答道——“为埃及政府干活——负责贩骡。我受命把它们送往坦纳尔哈桑，需要出示证件吗?”

“噢，当然用不着。抱歉。我无权这么问的，我只是觉得你很面生，所以我才——”

“我想今晚就到火车上去，”迪克壮着胆子说，“把骡子装上火车应该不会有什么困难吧?”

“从这儿就可以看到那些马匹装运平台。你必须提早把它们全装上车。”这位年轻的中尉离开的时候还在思忖：这个谈吐彬彬有礼，由希腊骡夫护送着的看起来极为衰弱的流浪汉究竟是个什么人物？迪克并没有因此感到高兴。尽管在他看来，能够欺骗一个英国军官并不是一件小事情。但是如果让他知道他是被一个瞎子，一个连走路都是跌跌撞撞的瞎子用这么拙劣的方式欺骗，其后果是严重的。迪克一直在思考，如果事情不是按照他所预料的那样发展，那他该怎么办。他越想越后怕，完全没有了刚才虚张声势时的沾沾自喜。

乔治与迪克一起共进晚餐之后就到装运骡子的平台那里去了。迪克则独自坐在棚子里，双手紧捂着脸庞。就在他紧闭的双目中，他分明地看到梅茜巧笑倩兮，正张口哈哈大笑。一时间迪克感觉满脑子里都是乱哄哄的，越来越害怕，差点忍不住就要叫乔治过来。

突然，中尉的声音从身后传来："我说，你那些骡子都装上车了吗？"

"我的人正在照料它们。事实上——我的眼睛有点发炎了，看得不是很清楚。"

"天啊！那可太糟糕了。你应该到医院去休养一段时间。我以前也曾得过这样的疾病，跟眼瞎了差不多。"

"我知道了。火车什么时候启程？"

"六点准时出发。一小时后到达。"

"呃——那里还会有突袭行动吗？"

"大约每周有三个晚上会有。事实上，我负责的是晚班车。通常返回德乃过夜的夜班车都是空的。"

"我想，德乃营很大吧？"

"非常大。毕竟那里要供养我们的沙漠纵队啊。"

“很远吗?”

“大概三到四十英里远——那里干渴得像地狱一样。”

“在德乃和我们营地之间那个地方安全吗?”

“还算安全吧。我从来没有想过要独自一个人穿过那个地方，也没有接过任何命令要这么做，但侦察兵他们确实有本事跨越那片区域。”

“他们一贯如此。”

“那么，你以前来过这儿?”

“战争刚开始的时候，我在这里经历了大部分的战事。”

闻言，中尉首先想到的是，“他一定是曾经在这里服过兵役，后来被解雇了的，”因此他就此打住，再也不深入这个话题。

“那现在是你的人在赶骡子。这好奇怪啊——”

“难道应该是我去赶吗?”迪克答道。

“我并不是这个意思，但确实很奇怪啊。抱歉——我知道这样很无理，但听你的谈吐感觉你像是在公立学校读过书的人，你的语音语调很标准。”

“我是在公立学校读过书。”

“跟我料想的一样。我无意要冒犯你，不过你确实看起来有点不太对劲，对吧?我看见你坐在这里，把头埋进手里，所以我才走过来跟你聊聊天。”

“谢谢，我现在差不多是糟糕透顶了。”

“也许——我的意思是我也曾在公立学校待过，嗯，或许我可以给你贷款，而且——”

“你真是太好了。但不是钱的问题，事实上我并不缺钱……不过，我真希望你能够帮我一个忙。如果可以，希望你能够让我一直有事可做，让我进到火车车厢里去。那儿有个前车厢，对吧？”

“是的。你怎么知道的？”

“我以前曾经在装甲火车里待过。只要让我看看——我的意思是让我听听一些有趣的事情，我就非常感激了。虽然我不是战士，但我愿意自担风险。”

年轻的中尉想了一下就说：“好吧。反正车也是空的，到了那头也没有人会责备我。”

那边乔治和一群吵吵闹闹的临时工已经将骡子装运完毕。一辆装备3/8英寸厚钢板的窄轨装甲火车正停在那里，看起来就像一口长长的棺材，正准备出发。

跑在车头前的两节转向车厢完全是钢板覆盖，只是领头的那一节在车厢前设置了炮弹口，架设一挺机关枪在那里，而第二节车厢的炮弹口则设置在车厢的两侧。

这两节车厢共同形成一个长长的钢铁拱形舱，里面二十个枪炮手正在吵吵嚷嚷着。

“到白教堂了——最后一站了！啊，第一节礼拜课的时候我看见你在那里接吻！”迪克进入前面那节车厢的时候，有人正大声喊道。

“老天！这儿真来了个真正的乘客，要搭乘开往裘园-德乃-阿尔顿-伊灵的火车。请回答，长官。斯贝舒尔版本！明星啊，先生。”——”要给你拿个脚炉吗？”另一个人说。

“谢谢，我会付钱的。”迪克说道。那个年轻的中尉来了以后，车厢里就安静了下来，气氛也缓和下来。火车在崎岖的轨道上一颠一簸继续前行。

“在野外射杀那些顽固对抗分子这件事情上，现在已经改进多了。”迪克的声音从角落传来。

“噢，可惜他们还是无动于衷啊。又来了！”中尉说，一枚子弹击中了车厢外部，“我们的夜班车通常至少受袭击一次。他们一般针对的是后车厢，那里由我的副手坐镇。他常常把这当成一种消遣娱乐。”

“今晚肯定不是那样！你听！”迪克说。只听见一发发子弹伴随着种种叫嚣声“嗖嗖嗖”地袭击过来。沙漠那些人就喜欢在夜里搞袭击，而火车就是绝妙的攻击目标。

“要不要给他们加点料？”中尉问驾驶车头的工兵中尉。

“我想要的！这是我的地盘。如果不阻止他们，他们就会像恶魔一样如影随形。”

“对极了！”

“嘣！”中尉扣动扳机，子弹从机关枪五个枪眼里齐射出去，退回来的空弹壳相互碰撞掉落地上，烟雾向车厢后飘荡开来。火车的后车厢部分也进行了一通火力乱射，黑暗处的回击火力，有的是毫无声息，有的是无尽的哀号。迪克在地上又蹦又跳，这些声音、这些味道令他兴奋至极。

“上帝真好——不曾想我还能有机会再次听到这样的声音。送他们见鬼去吧，伙计们。噢，送他们见鬼去！”他叫喊道。

前面的铁轨上设置了障碍物，火车不得不停了下来。一支队伍出去探个究竟，然后骂骂咧咧地回来拿铲子。那群沙漠小儿把沙子和碎石堆在了轨道上，他们足足花了二十分钟才清理干净。然后火车重新缓慢前行，不同的是沿途受到更多袭击，叫喊声不绝于耳，机关枪一直咔嗒咔嗒地持续扫射着。然后在进入德乃-哈森那段咆哮营保护区的前一段路上，有一大截的铁轨被掀起来了，成了他们前进的终极障碍。

“现在，你明白为什么要花一个半小时到达了吧。”中尉边说边把弹药筒漏斗从自己心爱的枪上卸下来。

“不管怎么说，这段经历让人很爽。我希望它持续双倍的时间。要是从外面看的话，那得多壮观啊！”迪克很是遗憾地感叹道。

“再过几晚就会比较乏味了。对了，等处理好你的骡子之后，你到我的架铺来。我们一起看看找点什么东西吃。我是炮手本尼尔——隶属炮兵部队的——过来的时候小心黑，千万别被帐篷绳子给绊倒了。

但是，一切对于迪克来说其实都是黑暗的。下火车之后，他大喊乔治的名字。在这里，他只能凭着嗅觉感受周围有骆驼，有干草堆，有人在做饭，有炊烟的味道，有防晒帆布帐篷。他还听到火车后车厢卡车的钢铁皮那里传来一阵轻轻松松的踢踏声，同时还伴随有动物刺耳的鸣叫声和人们嘟嘟囔囔的抱怨声。那是乔治正在把骡子从火车上面卸载下来。

汽车发动的轰鸣声就在迪克耳边响起，卷起一阵沙漠冷风飕飕地从两腿间穿梭而过。他又饿又累，觉得自己一身脏兮兮的，这使得他情不自禁地使劲用手擦拭着自己身上的大衣。这显然是一件没有任何意义的事情，因为他自己根本看不见。最后，他把双手插进口袋，开始一一细数自己曾经在人生地不熟的荒郊野岭中等火车，等骆驼，等骡子或者马载他出任务的场景。当时，他的眼睛还没有问题——几乎没有人的视力比他更好——他还可以看得到一支武装部队就在他眼前就餐的壮观景象，那是令他终生难忘的事情。那时，营地里灯火阑珊，光随影动，精彩纷呈，人们尽情狂欢。而此刻留给他的，不过是又一场穿越黑暗旅行，一场不知行踪几何的旅程。

或许他还会有机会再次握紧托尔潘纳的手。托尔潘纳，那个生龙活虎、力大如牛的家伙，曾经为朋友两肋插刀，成就了迪克·赫尔达的声名与体面。那是一个至少不会是眼前这个就算是同名却又瞎又失魂落魄的流浪汉能够相提并论的。对，他一定要找到托尔潘纳，回到原来的生活状态中。这样，他就可以忘却一切：忘掉贝茜，那个毁了他的《米兰可利亚》又几近毁了他生活的女人；忘掉比顿，那个生活在一个到处是大头钉、气塞，还有那些没人要的破玩意儿的奇怪虚幻城市中的人；忘掉那个说无条件赋予他爱与忠诚却又没有留名的奇奇怪怪的人；最重要的是要忘掉梅茜，从她的角度来说，毋庸置疑，她所做的一切的一切都是正确的。但是，现在看来，一切又是那么耐人寻味。

乔治拍了下他的胳膊，将他拉回了现实。

“现在该怎么办？”乔治问道。

“啊，对，接下来该怎么办呢？带我到骆驼队伍那里去吧，带我到那群沙漠侦察兵宿营的地方去吧！他们就坐在骆驼旁歇息，他们用角落里的黑毯盛谷物喂骆驼，人就坐在骆驼旁边吃东西，跟骆驼一样。快领我去那里！”

那个营地那里满地都是车辙，坑洼不平，相当简陋。迪克好几次让路边矮小的灌木丛给绊倒。正如迪克所讲到的一样，那些巡逻兵正坐在骆驼旁边。用动物粪便生起的营火火光映红了他们胡子拉碴的面庞，骆驼们正在他们旁边休息，嘴里吐着气，发出咕咕的声音。在沙漠中跟随供需队伍前进不是迪克原计划中的事情。这样临时提出要求加入是一件非常唐突的事情。因为前线并不需要一个失明的闲散人员，那么他就很有可能会被迫返回萨瓦金。

所以他必须自己去说清楚，而且现在就直接过去。

“现在是最后一关了——也是难度最大的一关。”他说道，“弟兄们，祝愿我能安然过关！”乔治小心警惕地把他带到最近的一簇火堆旁。骆驼队的首领深深地鞠了一躬，他身旁的骆驼闻到欧洲人的气息，像只正在孵蛋的母鸡那样好奇地对他左看右看，一副准备要站起来的样子。

“我要一头骆驼和一个驼手今晚带我到前线。”迪克说道。

“一头穆拉骆驼可以吗？”一个声音略带轻蔑地问道，这是他所知道的骆驼种群中最好的驮运骆驼。

“不，我要比沙林骆驼。”迪克极为严肃地说道，“一头鞍座没有磨损的比沙林骆驼。要不一分钱我都不给，你这肮脏的家伙。”

两三分钟静默过后，有人道：“我们今晚要歇脚，不会往外调派人员和骆驼的。”

“给钱也不干？”

“嗯……呀！英镑吗？”

接着又陷入一段死寂般的静默中。

“多少钱？”

“我会在行程结束的时候，直接付25英镑给驼手。同时会先付更多的钱给首领保管，等驼手完成任务后回来再领。”

这可是一单大买卖了。那个首领心知自己肯定可以赚上一笔中介费，努力地替迪克促成这单生意。

“就这不到一个晚上的路程——就可以赚上50英镑了。要知道，50英镑意味着可以有房、有水源、有绿树、有妻妾，舒舒服服地安度余生了。谁去？”迪克问道。

“我，”一个声音道，“我去——不过不是营地的外派任务。”

“笨蛋！别以为我不知道骆驼可以自行脱缰而去，如果有人看到了去追它，哨兵也不会开枪的。去25英镑，回25英镑就到手了！但那头骆驼必须是头上等的比沙林骆驼，我可不要运货的骆驼。”

接着，两人开始讨价还价。半小时后，迪克付了第一笔定金给首领。首领接到钱后，压低声音对驼手嘱咐了几句。

迪克听到驼手说：“就一小段路而已。随便用头货运骆驼敷衍就行了。我又不是傻子，凭什么浪费自己的骆驼在一个瞎子身上？”

“虽然我看不到，”迪克稍稍提高了声音说道，“但我可有天赋第六眼哦。驼手必须坐在我前面。如果天亮的时候还没到达英国军队营地，他就死定了。”

“但是，上帝啊，你知道英国军队驻营在哪里吗？”

“要不你就让个识路的人来骑骆驼领路。你认识路吗？记住了，这可是生死攸关的事情哦。”

“我知道了。”驼手很不高兴地说道，“离我的骆驼远点，我要给它松绑了。”

“别急。乔治，帮我牵一下骆驼的头。我要摸摸他。”迪克在骆驼身上摸来摸去，直到他摸到骆驼身上那个半圆形的烙印。那是沙漠中小型骑运比沙林骆驼身上才有的烙印。

“好了，就这头。给这头骆驼松绑。记住，上帝永远不会保佑那些想要糊弄瞎子的人。”

驼手不禁哑口无言，他尴尬狼狈的样子逗得营火旁的众人哄笑了起来。他本来打算用一头行动缓慢、鞍座磨损的运货小马驹来打发迪克的。

“退后！”有人大叫道，并用皮鞭狠狠地抽着那头比沙林骆驼的肚子。迪克感到骆驼鼻绳在他手中拴紧，他赶紧照做——耳边就听到有人大声喝道：“驾！驾！驾！松绑了。”

随着一声嘶吼和咕咕声，那头比沙林骆驼站了起来，缓缓地走向沙漠。驼手紧随其后，骂骂咧咧地大声哀号。

乔治抓住迪克的手臂，匆匆忙忙地带着他跌跌绊绊地绕过一名令人厌烦的哨兵。这名哨兵在队伍中专门负责给骆驼烙印。

“你们在吵些什么？”他大喊道。

“我所有的行李行当都在那头该死的骆驼上。”迪克行了个军礼后说道。

“去吧，注意别让人给割喉了——你和你的骆驼都要注意。”

骆驼消失在一座小沙丘之后，喊叫声就停了下来。驼手叫它返回来并让它跪下。

“先爬上去再说。”迪克说道。然后他爬到了第二个座椅上，慢慢掏出手枪顶住驼手的背说道：“看在上帝的分上，赶紧走，继续前进。再见了，乔治。记得代我向夫人问好，祝你和心上人生活愉快。继续前进吧，孩子。”

不一会儿他就彻底地消失在一片寂静声中，只听到摇摇欲坠的马鞍声和不知疲倦的踩在沙漠上的软软的脚步声。迪克依着骆驼行走的高低起伏，勒紧腰间的安全带，把自己调整到最舒适的状态，慢慢地感受黑暗中的前进。接下来的一个小时内，他所能感到的，只是骆驼在快速前行。

“真是一头好骆驼。”最后他说道。

“我从来不让他饿着，他是我自己的骆驼，是头纯种的骆驼。”驼手回答道。

“走吧。”

倦意袭来，他的头渐渐地垂到了胸口。他努力地想方设法分散注意力，但疲倦让他无法集中思想。半梦半醒间他仿佛回到了珍妮特夫人家中，正在学习唱忏悔圣歌。他没有遵守安息日的规矩，所以珍妮特夫人把他关在他的卧室里。但他现在最多只能哼出那首忏悔圣歌的前两句歌词——

“神主降临，

人们免受奴役灾难——”

他一遍又一遍地反复吟唱这两句歌词。驼手悄悄地调整鞍座，伺机夺走迪克手中的手枪，希望尽早结束这趟旅途。

迪克察觉到了，用枪柄猛击驼手的头部，一个激灵的功夫，瞌睡也就全醒了。有人藏在沙丘上的骆驼刺那里大声嚷嚷，骆驼正艰难地向上爬行。一声枪响打破了暗夜的沉寂，之后又是一片万籁俱寂，让人不禁昏昏欲睡。迪克顾不上想那么多了，他实在是疲惫不堪，周身僵硬酸痛，根本无法动弹，只能不由自主地时不时打个盹，猛地醒来那会儿就用手枪去敲敲打打前面的驼手。

“今晚有月亮吗?”他迷迷糊糊地问道。

“月亮正慢慢下山。”

“要是我能亲眼看看这月色就好了。停下骆驼，让我至少可以亲耳听听沙漠的声音。”

驼手照做，停了下来。天地间，万籁俱寂。一股清风拂面而来，卷落远处灌木丛上的几片枯叶，又停了下来。风扬起铁路壕沟边上的沙土，又轻柔地把沙土吹落到壕沟底下去。

“走吧，夜晚还是很冷的。”

只有那些曾经守候过黎明的人才会明白等待破晓来临前的那一个小时是多么的漫长。而对迪克来说，从黑暗降临那一刻开始，他似乎除了一路的跌跌撞撞，什么都做不了。百无聊赖之时，他会用手拨弄鞍座前部的钉头，认真地把所有钉头都数了个遍。过了好长好长一段时间，他会把手枪从右手换到左手，好让右手放下来好好歇歇。离开伦敦后，即使是在安全的路上，他都一直保持着这样的警惕——一刻也不敢放松，就算是雇人照顾自己也一样。然而，每每他手触画布的时候，他就总想着作一幅画，画月渐西山，夜凉如水，满目黄沙。清辉之下，一头骆驼上蜷缩着两个人，行走在一望无际的沙漠上。另一只手却始终紧紧握着手枪，直到整条胳膊麻木到毫无知觉。事实上，他生活在无边的黑暗之中，根本无法眼见画布之类的东西。

驼手在前面嘀嘀咕咕着，迪克察觉到了空气中的细微变化。

“我觉得应该是天亮了。”他低声说道。

“就快到了，那边就是部队的营地了。我干得还不错吧？”

一阵风吹过，带来了前方广场上骆驼的刺鼻味道，引得他们所坐的骆驼伸长了脖子，发出阵阵嘶吼声。

“走吧，我们必须快点到那边去，快走。”

“它们正在营地里走来走去。营地里四处尘土飞扬，我看不清他们在干什么。”

“你都看不到，难道我可以看得见？快走。”

他们能够清晰地听到前方人声鼎沸，骆驼嘶叫吐泡的声音，还有士兵们上马整装待发的声音。

忽而响起了两三声枪响。

“是朝我们开枪吗？我确定，他们能认出我是英国人。”迪克怒道。

“不，枪声是从沙漠传来的。”驼手害怕地蜷缩在鞍座上道。

“往前走吧，伙计！一小时前天就亮了，我们早就无处可躲了。”

他们骑着骆驼一路直奔军营，身后是一阵枪林弹雨疯狂扫射。这是那些沙漠小子所制定的突袭计划，出其不意地在破晓时分袭击英国军队。此时，他们埋伏在远处，瞄准那没有任何保护的唯一的一个移动目标进行乱射。

“我这什么运气啊！这走的是什么破运啊！”迪克道，“老天，战事马上就开始了。噢，老天真是待我不薄啊！”

“只不过……”心中的痛苦让他眼前一黑——“梅茜……”

“感谢真主阿拉！我们进入营地了。”驼手对他说。在他们进入军队的掩护区域后，骆驼跪坐了下来。

“你们究竟是什么人？是特遣兵还是哪个部队的？山脊那边的敌军势力如何？你们是怎么过来的？”一阵七嘴八舌的提问传来，人们议论纷纷。在回答所有问题之前，迪克深吸了一口气，解开了身上的安全带，在鞍座上扯着嗓子，疲惫沙哑地喊道：“托尔潘纳！哟呵！特博！喂！托尔潘纳。”

一个正在拿火堆里的碳给自己嘴里的烟斗点火的满脸胡茬儿的男人听到喊声后身手矫健地冲着大声嚷嚷的迪克走了过来。此时，掩护部队警惕地四周张望，开始朝周围冒出阵阵白烟的小丘附近一顿扫射。渐渐地，四处冒腾的白色云朵汇集成了长长的白色线状层云，远远看去就像清晨天边的层层白云。那是远处小丘上的沙漠军队开始波浪状四处散开，躲进山谷里面造成的沙尘雾。而追击进攻的广场这边的士兵则是让自己造成的沙尘给呛得咳嗽不停，引起骂声阵阵。他们只好从侧边进攻，绕开沙尘雾。一头受伤的骆驼跳了起来，叫唤不停。为了防止出现混乱情况，有人直接将它给割喉了，最终骆驼咕的一声就死掉了。接着传来一个男人中弹而亡的哽咽声；之后是一阵痛苦的叫喊声和变本加厉的报复性扫射。

这场突如其来的袭击让人措手不及，在场的人都没来得及问出个所以然。

“趴下！伙计，赶紧趴到骆驼后面去！”

“不，我祈祷，祈祷你能把我调到战争的前线。”迪克把脸转向托尔潘纳的方向，并举起手去扶正自己的头盔，却没有算准距离，相反把头盔给拨掉了。托尔潘纳看到的迪克竟已两鬓斑白，形容枯槁，宛如一位饱经风霜的老人。

“下来，你个蠢货！迪基[1]，快下来！”

迪克的确是顺从地从骆驼上下来了，却如同一棵树一样，直挺挺地从比沙林骆驼鞍座上侧倒下来，重重地摔在托尔潘纳脚边。他曾祈盼的好运最终降临了，仁慈无比的上帝最终赐了他一颗子弹，穿过他的脑袋，结束了他的一生。

在骆驼侧面掩护下，托尔潘纳紧紧地抱着迪克的身体，缓缓地跪了下来。

①译者注：迪基，迪克的昵称。